金色狼と灰色猫

獣人国と番紋《つがいもん》

棕櫚 Syuro

illustrator
榎本あいう Aiu Enomoto

この物語はフィクションであり、実際の人物・
団体・事件等とは、一切関係ありません。

Contents

オーヴァン
４３歳くらい。上位種の黒豹。王都ソレンヌ軍第五隊所属、隊長。黒髪に黒い耳と尻尾、黄色い瞳。
ミシェイル
２６歳。灰色猫。ハリルの店の唯一の従業員。灰色の髪に、灰色と黄色のまだらに混じった瞳。光を受けると、銀髪に、青や緑に輝く瞳に変化。
イブキチヒロ（伊吹千裕）
１８歳。上位種の金色狼。稀人として獣人国に来たばかりの時は黒い短髪の少年姿。転変後は金色の髪、金色の耳、金色の尻尾、青灰色の瞳を持つように。

Character introduction

ハリル
４３歳くらい。茶色狸。ミシェイルが働くアデライドの経営者。かわいい番と３人の子持ち。
セヴラン
２５歳。上位種の灰色狼。王都ソレンヌ軍第五隊所属、副隊長。切れ長の草色の瞳、一見地味だが整った顔立ちの美形。
ジェルヴェ
２２歳。上位種の黒虎。カサンドラ軍第三隊所属。浅黒い肌に黒髪、黄色い瞳。

初出一覧

金色狼と灰色猫

黒虎と灰色狼

*上記の作品は「ムーンライトノベルズ」(https://mnlt.syosetu.com/)掲載の「金色狼と灰色猫」と「獣人国　閑談集」の一部を加筆修正したものです。
(「ムーンライトノベルズ」は「株式会社ナイトランタン」の登録商標です)

ベッドが壊れた　　書き下ろし

金色狼と灰色猫

第一章　お前のところに落ちてきたんだ

それは、店の扉にクローズドの札を掲げ、清掃をしている時に起こった。

一日の業務を終え、明かりを少なくした店の中、店長であるハリルは厨房でなべを洗い、調理も接客もこなす唯一の従業員ミシェイルは、客の使った椅子や机を整頓していた。

その時だった。

「……え」

立ち上がろうとしていたミシェイルの上に影が差し、誰かが、正面からもたれかかってくる。咄嗟《とっさ》に両手を突き出して支えたミシェイルだが、一体何が起こったのかわからなかった。

「店長！」

ミシェイルはせっぱつまった声をあげる。

呼ばれたハリルがはん？　と振り向くと、

「お？　どっから現れたんだこの酔っ払い」

黒髪の男がミシェイルに支えられながら、ゆらゆらと立っているではないか。

ハリルは頭上の狸耳を不愉快そうにぴくぴくと動かしながら、カウンターを回り込む。

「突然現れたんです」

ミシェイルは弱りきった声で告げた。ゆるく癖のある柔らかそうな灰色の髪にうもれるように、髪と同じ色の猫耳がへちょりと垂れている。

「なんだそりゃ」

そもそも、店の扉には鍵をかけてあるし、店内に客が残っていないのは確認している。席数が十にも満たない狭いレストラン内には、彼ら二人の目を盗んで隠れていられる場所もない。

恰幅《かっぷく》のいいハリルはミシェイルから男を受け取ると、店の床の上に乱暴に転がした。男はまるっきり意識がないのか、特に抵抗もせずに床にのびる。

清潔に整えた黒い短髪の、黄味がかった肌をした男——まだ少年といってもいいくらいの若い顔立ちの男だった。その肌の色といい、平坦な顔立ちといい、あまり見ない容姿をしている。服装も見かけないもので、襟の立った黒い上下揃いの服の中に白いシャツを着ているようだ。

そしてなにより、彼には『耳』も『尻尾』もなかった。

二人は、呆然とその姿を眺めた。耳も尻尾もないのであれば、彼らと同じ獣人だとはとうてい思えなかったのだ。

「……人間……？」

ここ獣人国からはるかな山の向こうには、耳も尻尾も持たない『人間』の国があるという。

ミシェイルが呟《つぶや》くと、ハリルはいささか緊張した面持ちで首を振った。

「…………違う。こいつは、『稀人《まれびと》』だ」

ハリルの口から出た聞き慣れない単語にミシェイルは首を傾げる。

「マレビト？」

「異界から来る番《つがい》だ。……多分、じきに転変《てんぺん》が始まるぞ」

ハリルが男を指さす。つられてミシェイルが見つめると、その刹那《せつな》、男は目を刺すような光に包まれた。反射的に目を閉じたミシェイルが、再び目を開けてみると、すでに光はおさまり——そして男が寝ていたはずの場所には、服だけが抜け殻《がら》のように残されているではないか。

ミシェイルは呆気にとられて、床に落ちている服をまじまじと見つめた。

「……消えた？」

いぶかしげなミシェイルの呟きに、ハリルは頰をこわばらせながらも首を振る。

「いや、転変してるんだ。服の中にいるんだろう。掘り出してやれ」

訳知り顔のハリルにそう言われ、ミシェイルはおずおずと服を探ってみた。すると上着の間から見つかったのは、

「………金色の……狼《おおかみ》……」

まばゆいばかりの金色の被毛の小さな狼だった。ぐっすりと眠っているのか、くったりと横たわって微動《びどう》だにしない。あまりに小さくかわいらしいその姿に心を摑まれたミシェイルは、子狼をそっと抱き上げた。しっかりと腕をくぐらせ、胸元に抱いてやる。

「……小さい」

「すぐに大きくなるぞ。マレビトの転変には、三日から四日ほどかかるらしい。上で寝かせてきてやるといい」

どこまでも物知りなハリルにそう言われ、ミシェイルはそっと二階に上がった。

店の二階は住居となっており、今はミシェイルだけが暮らしている。店を開店した頃はハリルと共

に住み込んでいたのだが、ハリルはそのうちに結婚してよそに家を構えたのだ。ミシェイルは連れ添う相手もいないまま、十二年間、ひとりで二階に住み込みを続けていた。

ミシェイルは子狼を胸に抱いたまま静かな足取りで進むと、自室のベッドに金色の子狼を寝かせた。転落防止に、布団で堤を築いておくのも忘れない。ぐっすりと眠る姿を見守り、呼吸の深さを確かめると、金色の被毛を撫でる。何故か、離れがたい思いがあったが、無理やり振り切って手を離した。そうっと部屋のドアを閉めると、忍び足で階段を下りてハリルの元へと戻る。

「寝かせてきたか？」

ハリルはカウンター横のスツールに座って物思いにふけっている様子だったが、下りてきたミシェイルにそう言葉を掛けた。

「はい」

ミシェイルはハリルの隣のスツールに腰を下ろす。

「店長……異界から来る番、って、あの狼は一体誰の番なんですか？」

この世界の人間たちはそれぞれに運命の相手、すなわち『番』を持つ。

先天的にも後天的にも、肌に刻まれる紋様。番紋《つがいもん》と呼ばれるそれは、各番それぞれで紋様が違い、同じ紋様の相手とだけ結ばれる。

生まれた時にすでに番紋を持つものは、年上の番を持つ証《あかし》。生まれてから番紋が浮かんだものは、その瞬間に年下の番が生まれたということだ。

そして、彼、ミシェイルは、いまだ番紋を持たぬ二十六歳の青年であった。

「誰ってお前」

ハリルは呆《あき》れたように言ったが、すぐにため息をついた。番紋を持たぬまま年を重ねた青年の淋しさが、そうとは思い至らせないのだと気づいたからだ。

「番は番と呼び合う。あの金色狼は、お前のところに落ちてきたんだ……わかるだろう、それで」

その瞬間のミシェイルの顔は見ものだった。

灰色の猫耳にしびびと震えが走り、白い顔が引きつったかと思えば、次の瞬間にはまったく表情をなくし、そして最終的には、桜色の唇がわなないた。

「…………嘘だ」

「かわいくないこと言ってると、ひんむいて身体あらためるぞ。番紋が出てるはずだ。どこか違和感のある場所は？　あれが出る時は、熱くなる」

ミシェイルは胸元をぎゅっと握り締める。ハリルはそこをじっと凝視し続け、やがてミシェイルは諦めたように手を解いた。

開襟《かいきん》シャツのボタンをはずし、胸元を開く。

そこには、親指の先ほどの大きさの、麻の葉紋様にも似たものが浮かび上がっていた。

「番紋だろうな」

「…………はい。こんなの……なかったですから」

答える声も唇もわなないている。ミシェイルはカウンターに肘をつくと両手で顔を覆った。

ぽたりと落ちるしずくを見ないふりをしながら、ハリルはミシェイルの背を撫でてやる。けれども、優しげな手つきとは裏腹に、その表情は苦い。

（不幸なことにならなきゃいいが）

異界から来るマレビトは、当然異界の住人だったのだ。

彼らには、異界での生活があったに違いない。

その生活を忘れられず、不幸になる——ハリルはそんな例を知っていた。

マレビトは、稀《まれ》だからこそ稀人《マレビト》と呼ばれる。獣人の多くは、その存在すら知らないだろう。ハリルが知っていたのは、幸か不幸か行き会ったことがあるからだ。彼らに。

番紋の出現を待ち続けてついにはマレビトの番を得、その信頼を得ぬままに事に及び、最後には生涯その信頼を得ることができずに死んだ獣人。その妻となったマレビトは、後にしてきた世界を懐かしんでやまず、失うきっかけとなった番をうとみ、彼を殺して消えた。

来た時と同じように突然に消えたのだ——おそらくは、番の死によってこの世界との同調が切れ、元の世界に戻ったのだろうと思われる。

番とは、いとしみいつくしむ相手だ。一生涯を共にする唯一の存在なのだ。それを殺害したこの事件は、彼らを知るものの心に衝撃と深い傷を残した。

ハリルはもちろん、この事件のことをミシェイルに告げる気はない。

(どうにかうまい方向に進めばいいが)

長年番を待ち続けたミシェイルのためにも、そう祈るのみである。

ミシェイルは彼が若い時分から面倒を見て育ててきた、息子も同然の存在だった。

「イル、お前もうあがれ。あとは俺がやっとくから」

泣き止まないミシェイルの灰色の髪を撫で、ぽんぽんと背を叩く。

「はい……すみません」

日頃は生真面目に仕事をこなすミシェイルだが、さすがに今日は素直に二階に上がっていく。

ハリルは息を吐き、残りの掃除を終える。そして店舗の戸締まりをすると、大通りを越えた先にある、彼自身の番と子どもたちの待つ家へと帰った。


その夜ミシェイルは、金色狼を抱き締めて眠った。

朝起きた時、金色狼は相変わらず目を覚《さ》ます様子もなかったが、身体が大きくなっていた。昨晩は簡単に腕の中におさまった子ども狼が、両腕に余るほどの大きさに成長していたのだ。闇の中、腕の感触だけでそれと悟ったミシェイルは、ベッドから飛び降りると窓に駆け寄った。

がちんと掛け金を外して窓のよろい戸を開け、明るくなった室内を振り返ると、頬を紅潮させてベッドに近づく。

（大きくなってる……）

明るい中で確認した姿は、確かに大きくなっていた。ミシェイルはそれを見て白い頬をぱっと明るく染めると、小さな金色狼の頭をくすぐるようにそっと撫でた。

それからふと思いついて、再び窓に寄り、よろい戸を片面だけ閉ざす。それによって朝のまばゆい光に包まれていた室内はほどよい薄暗さとなった。特に、ベッドには直射日光が当たらない。彼はそれを満足そうに確かめてから、そっと部屋を出た。

出た先は、小さいながらも居間となっている。よく手入れはされているが古びた印象のソファとローテーブルが置かれ、ソファと同色のカーテンのかけられた窓からは、薄く朝陽が差し込んでいる。

まだ早い時間帯とあってか、外からは物音ひとつしない。静寂に満ちた居間をそっと横切り、ミシェイルはその隅にしつらえられた小さなキッチンに立った。

なるべく音をたてぬように気を遣いながら、自分の食事の準備をし始める。粉を溶いて薄く焼き、適当な野菜と合わせてガレットを作る。それと薄めた果汁でいつもながらの朝食とする。

ふと、手持ち無沙汰《ぶさた》に気づいたのは、それからすぐのことだった。

普段なら、朝起きてすぐに窓のよろい戸を開け、そのまま窓辺で一服するのだ。窓から見下ろす、店舗の裏の荒れ果てた庭は彼の頭痛の種だったが、朝起きた直後の時間だけその奔放《ほんぽう》な緑に癒やされてもいた。今日は、その憩いのひとときが持てずにいたのだ。あの小さな金色の狼に気を取られていたので。

薄く息を吐き、まあいいかと思った。眠っている番が起きれば、共に暮らすようになれば、日々の習慣などはどんどん変わっていくのだろう。

(楽しみだな)

目覚めた番は、一体どんな人物なのか。

それからミシェイルは、廊下の向こうのひと部屋――番と結婚して出て行くまでハリルが使っていた部屋を見に行った。ベッドや収納棚などはそのまま残してあるので、掃除をすればすぐに使用できそうだ。こちらの方がミシェイルの部屋よりもかなり広く、家具もよいものを置いている。目覚めた番に使ってもらうには最適だろう。

その部屋のよろい戸と窓も開け放して風を通すと、引き出しからリネンを取り出し、風呂場から他の洗濯物も回収して階段を下りていく。そのまま庭に出るつもりでいたが、カウンターの上に積んである物に気づいて立ち止まった。

それは、服だった。

異界から来たという彼の番が、転変が始まるまで着ていた服。

ミシェイルはそれも洗ってしまおうと、カウンターを回り込んでいく。すると、服の置いてあるカウンター下には、靴も置かれていた。

ハリルが畳み、揃えてくれたらしいそれらを、ミシェイルは見つめる。

その靴は、大きかった。

ミシェイルは数秒間それを見つめ続けた。

なにか暗雲《あんうん》が心に立ち込めるのを感じつつ、彼は服を取り上げた。妙な気分だった。番が現れてからの高揚《こうよう》が、じわじわとしぼみはじめたのである。

(服？　靴？　……なんだろう)

改めて見返しても、服も靴も、見慣れないものであるという以外に特徴はない。ただ、あんな小さな子狼の持ち物としては、とても大きい――ただそれだけのことのはずだった。

だがそれにしては違和感を醸《かも》すそれを、ミシェイルはひどく重たいもののように抱え込んだ。そして庭に出ると、テラス下に設置した洗濯機の中に入れる。その他の洗濯物も交えて蓋《ふた》を閉めると、注水しながらハンドルをぐるぐる回す。この洗濯機は、一分ハンドルを回せば十分間自動で回り続ける優れものだ。といってもすでに七年以上は使用しており、巷《ちまた》にはもっと性能のいい商品が出回っているらしいのだが。

彼は洗濯機の脇の椅子に座ると、その側《そば》に置いてあった煙草《たばこ》を手に取った。

火をつけて深く吸い込むと、口の中一杯に清涼感が広がる。

普段なら洗濯機を回すこの時間はぼんやりして過ごすのだが、今日は何故か落ち着かず、火をつけてすぐの煙草をもみ消すとせわしなく立ち上がった。


昼前である。

ミシェイルが厨房に入って作業をしていると、ハリルがいつも通りの時間に出勤してきた。

挨拶《あいさつ》を交わしながらロッカールームに消え、コックコートに着替えて出てくる。

「どうだ、番の様子は」

何気なく聞かれたそれに、ミシェイルは眉をひそめた。

「……ちょっと見てきます」

朝、部屋を出たきり、そのままにしていたのだ。

ミシェイルがそっと覗《のぞ》きに行くと、金色の狼は陽の光にうつくしい被毛をきらめかせながら、眠ったままでいた。

変わりない姿に安堵《あんど》しつつ、また少し大きくなっていることにどきりとする。

朝は喜べたその成長を、何故今は喜べなくなっているのか。

ミシェイルは、沈んでしまった自分の気持ちが理解できない。

居間に続くドアを開けっぱなしにし、閉めたままだった居間の窓も開け放つ。そして再び部屋に戻ると、今度は今後の太陽の動きを計算しながらよろい戸の角度を調節する。夕方からは冷えるので、途中で窓を閉めに来るのを覚えていないといけないなと思いつつ、ミシェイルは店舗に下りた。

「どうだった？」

「よく寝ていました」

「大きくなってるか？」

「はい」

ミシェイルは硬い表情で頷《うなず》いた。


ひとり用のベッドは狭かったが、その夜もミシェイルは金色狼と眠った。

狭いせいか寝つきは悪く、眠りは浅く、何度も夢を見た。久々に、赤い炎の悪夢を見た。

汗に濡れていつもより少し早くに目覚めると、隣の狼は、まだ眠ったまま、もうすでに成熟した大人のような大きさにまで育っていた。

それを見て何故かぞっとして、ミシェイルは昨日のように風通しをよくすると部屋を逃げ出す。

食欲はまったく湧かなかったので水割りの果汁だけを流し込み、階下に下りた。

（どうしてだろう……？）

金色のあの狼が自分の番だと聞いた時は、あんなにも嬉しかったというのに。

今は何故か、彼が怖くてたまらない。

狼種と――それも獣人たちの中でも最高と謳《うた》われる体色を有する金色狼と、最下位の体色のつまらない灰色猫だからだろうか。彼が目覚めた時に、失望されるのを恐れているのだろうか？

（だが、異界からのマレビトの彼にそんな判断がつくだろうか？）

そう考えた時、ミシェイルははっとした。

己の恐れの原因がなんなのか、すっと見通せたのだ。

「マレビトというのは、元の世界の記憶はあるのでしょうか？」

ミシェイルは、出勤してきたハリルに、頃合いを見て疑問をぶつけた。

ハリルは料理の下ごしらえの手を休めず、いぶかしげにミシェイルを見る。

「あるぞ」

その答えを聞いて、ミシェイルは固唾《かたず》を呑《の》んだ。

（ああ、やはり）

小さな姿になったから、誤解していたのだ。

マレビトが、まっさらに生まれ変わるのだと。

だが、狼は成長を続けている。おそらくはきっと、彼が異界で着ていた服や靴の大きさに見合う年齢まで成長するのだろう。

（彼は一体いくつなのだろうか？）

自分より上には見えなかった。異界の顔立ちをしていたからはっきりとはわからないが、おそらく若い。自分より年下なのは確かだろう。だがそれでも、彼の服も靴も、ミシェイルのものよりは大きい。その大きさはまるで、彼がミシェイルの『番』という付属物ではなく、自己を確立した一個の存在だと知らしめているようではないか。

「マレビトの世界には、『番』という概念はあるのでしょうか」

「……俺の知っていたマレビトには、なかったな」

険しい顔をしながら、ハリルは答える。

「では、あの狼くんにも、ないかもしれませんね」

「……ない、かも、しれんな」

ハリルは頬を引きつらせながら答えた。彼には、この幸薄《さちうす》い不幸体質の猫種が、ろくでもないことを考えて不幸な道を選ぼうとしているような気がしたのだ。

ミシェイルが口を開くのを、ハリルはふさぎたくなった。だがそんなことは、できるわけがない。

ハリルの心配をよそに、物思いにふける様子の灰色猫は言った。

「じゃあ、彼が目覚めても、俺が彼の番であることは、内緒にしていた方がいいでしょうね」

「なんでそうなる。お前、泣くほど喜んでたじゃないか」

「……ですが、何も知らない異界に来て、いきなり番《つが》えって言われてもびっくりするでしょう？　だから……彼がこちらに慣れるまでは、あるいは事実を受け入れられるまでは黙っていた方がいいのではと思うのです」

「それは」

確かにそうかもしれなかった。いきなり番わされて最悪な結末を選んだマレビトを、ハリルは知っている。

「でもお前。お前はそれでいいのか？　あんなに待ったのにまた更に待つなんて、辛《つら》いんじゃないのか？」

ミシェイルの言うことには一理《いちり》ある。それを頭ではわかっていても、長く番を得られなかったミシェイルの辛さや悲しみを知っているハリルとしては、感情では納得できないのだろう。真剣な顔をして、下ごしらえの手さえ止めて彼に詰め寄る。

ミシェイルは穏やかに笑った。純粋に自分を心配してくれている、この父親代わりの茶色い狸のあたたかな気持ちが分かっているのだろう。

「今までずっと辛かったですけど……それって彼にはなんの関係もないじゃないですか。番を待ち望んだのは俺自身だけの問題で、めぐり合うのが遅かったのは 彼の落ち度じゃない。……だから、まだ待てます。二十六年待ったんですから、彼が俺を見てくれるまで待つくらい、なんでもないと思います」

必要以上に肩肘を張った、突っ張った声音ではなかった。ミシェイルの物言いはどこまでも穏やかで、未来を見据える強さすら感じさせるものだった。その言葉にこめられた決意に打たれる心地さえして、ハリルはわずかに仰《の》け反《ぞ》ってミシェイルを見上げる。

思えば、昔は小さな子どもだったのに、今では身長も抜かれてしまった。

ハリルは、ミシェイルの成長ぶりを目の当たりにし、いつの間にか彼が得ていた強さに喜びを感じた。

「まあ、番同士だ。どうしたって意識せずにはいられない。そんなに長くは待たずにすむだろう」

激励めいたハリルの言葉を受けて、ミシェイルはにこっと笑った。

「ならよかった。というわけで、俺と彼が番だというのは他言無用ですよ？」

ミシェイルはその夜、金色狼と共には寝なかった。

様子を見に部屋には入ったが、触れることもはばかられ、見守るだけにとどめた。

ミシェイルは、金色狼の部屋にする予定の隣の部屋で眠った。

翌朝、目覚めて自室に行くと、ベッドの上の金色狼は、すっかり人型へと変身を遂《と》げていた。肌の色は転変前のように黄味が強く、身体はやはり狼種らしくミシェイルよりは大きく逞《たくま》しい。ミシェイルはどきりと波打つ胸をなだめつつ、静かに歩み寄ると、彼にそっと上掛けを掛けてやった。

そしていつものようによろい戸を開け、風を通す。庭の緑を目にしながら、さざめく心をほう、と落ち着けた。窓枠に放置したままの煙草を手に取り、実に数日ぶりのそれに火をつける。やにわに立ち込める、朝にふさわしい爽《さわ》やかな香りを胸一杯に吸い込みながら、煙草を口に運んだ。それからくるりと振り返り、ベッドに寝たままの金色狼を眺める。彼の、転変前は黒かったはずの髪はすっかり金色へと変化していた。その時には存在しなかった金色の耳が頭上に現れ、ふさふさとした金色の尻尾が上掛けからはみ出ている。ミシェイルよりも太い二の腕に、ここ数日で見慣れた紋様を見つけた。

彼の出現と共に、自分の胸にも浮かび上がった紋様を脳裏に描きながら、彼の腕にあるそれと合致《がっち》させる。——本当に番なのだなと思った。

ハリルには、お前のところに出現したのだからお前の番だと言われていたが、本当にそれが腑《ふ》に落ちたのは、番紋を目にしたこの時だったかもしれない。

物心ついた時から番の出現を待ち続け、ここ数年ではもう、自分には番など現れないのだろうと諦めていた。それがまさか、異界からの番を得ることになろうとは。

渇望《かつぼう》し焦《こ》がれ続けた存在の出現に、胸に歓喜が湧き上がる。不思議なほどのいとしさが身の内にこみ上げ、涙となってあふれそうになるそれを、ミシェイルは数度またたくことで逃《のが》した。

（いけない。泣いてしまっては、彼が起きた時に変に思われる）

ただでさえつまらない灰色猫なのに、顔までが泣いたせいで腫《は》れていては、初対面に最悪な印象を残してしまう。

ミシェイルはあわてて目尻を拭《ぬぐ》い、つとめて違うことを考えようとした。

（そう、例《たと》えば、目の色）

彼の瞳の色は何色なんだろうか。

そんなことを考えていると、彼のまぶたがぴくりと動いた。


はじめに見えたのは、鈍《にぶ》い銀色の輝きだった。

まぶしくて目を凝《こ》らすと、それが人の形をしていることがわかってきた。

（誰……）

朝陽だろうか。澄んだ透明な光に満ちた窓辺に、誰かが立っている。

目を射《い》る印象的な銀色の輝きは、そのひとの髪のようだった。まぶしい光を反射してきらきらと輝く、柔らかそうな曲線を描く少し長めの髪が、白い頬に流れていた。

窓枠にもたれ、曲げた片腕でもう片方の肘を支えている。白い指先に細い煙草を挟み、ずいぶんと爽やかでスパイシーな紫煙《しえん》をくゆらせながらこちらを見ているのは、痩身《そうしん》の青年だった。

その目を見返して、彼は驚いた。

光を受けてきらめくその瞳が、まるでカラスアゲハの羽のように青くギラリと輝いたからだ。更にたとえるなら、水槽で群れる青い熱帯魚の体色であり、青と緑を行き来する宝石の遊色効果のようでもある。不可思議で捉《とら》えがたいその色味に一瞬で心を惹《ひ》かれ、目を見開いた彼を、その青年はいささか戸惑ったように見返した。今まさに桜色の唇に挟もうとしていた煙草を、あわてた仕草《しぐさ》で傍《かたわ》らの灰皿に押しつけ、ぎゅっともみ消す。うつむいたその頭に、ぴこりと動く三角形の一対があるのを彼は見た。

（猫の耳……？）

灰色をしたそれは、確かに獣の耳だった。猫の耳に似たものが、銀色のゆるい巻き毛の間、頭の頂点を挟んで左右対称に生えているのだ。

彼がぼんやりとその耳を見るうちに、青年が光の中から出てきた。

すると、銀色の髪が灰色にくすんだ平凡なものに、あれほど鮮《あざ》やかな変化を見せた輝く瞳が、灰色に黄緑を混ぜたような微妙な色あいに変化する。光の反射を失った青年は、驚くほど地味で貧相な青年へと変わってしまった。白い肌の優しげな顔立ちは整ってうつくしいとさえいえるのに、汚いとも形容されそうなまだらな瞳がそれを台無しにしていた。

（黄緑と灰色のサビ猫だ）

青年の変わり果てた地味な姿を見て、彼はそう思った。

「……喋《しゃべ》れる？」

静かな所作で歩み寄り、ベッド脇に膝をついた青年が、静かに問いかけてくる。それに答えようと彼は唇を動かすのだが、かさついた唇からもれたのは、低いうめきだけだった。

「お水持ってこようか」

青年は困ったように微笑んで軽く首を傾げてみせ、彼を安心させるような柔らかな口調で言い置くと、部屋を出て行った。

遠ざかっていく軽い足音を聞きながら、彼は再び夢うつつへと落ち込んでいった。


次に目を覚ました時、部屋には誰もいなかった。

先ほど見たそのままに窓は開け放たれ、カーテンも掛かっていない味気ない開口部からはそよ風が吹き込んでいる。

あの青年の姿を求めて首をめぐらすと、ベッド脇のサイドテーブルにコップと水差しがあった。おそらく青年が持ってきたものの、彼が眠り込んでしまっていたために置いていったのだろう。

彼はしばらくぼんやりとそれを眺めていたが、眺めるうちに耐えがたいほどの喉の渇きを感じ始めた。

身体は泥でも詰まっているかのように重たいが、試しに手を伸ばしてみる。さながら汚泥《おでい》を掻き分けるような緩慢《かんまん》さではあるものの、身体は動いた。彼はそれに気をよくし、伸ばした手をベッドにつくと身体をひねって上体を起こす。

ずいぶんと長く眠っていたような気がした。

身体のこわばりは、それこそ乾いた泥がひび割れていくかのようだ。筋肉に亀裂が入るようなこまかな痛みを感じつつ、彼はそれをおして体勢を整えると、ベッドの上に座り込んだ。

腹から薄い掛け物がずり落ちる。

それをきっかけに全裸で寝ていたことを知って、赤面する。そして、ふと股間に視線を落とし、驚愕した。

(毛が金色……?)

はっと見れば、視界に入り込む前髪や横髪の色も金だ。一瞬なにがなにやら理解できず、彼は目をまたたかせた。生まれてこの方、髪を染めたことは一度もない。彼は、大手商社に勤める父親の転勤にともなわれて色々な国に移り住んだ経験はあるが、両親共に生粋の黒髪だった。当然、その間に生まれたひとり息子である彼も、純粋な黒髪の持ち主だ。

呆然《ぼうぜん》としながら横髪をわし掴みにし、それと股間の毛とに視線を往復させる。どう見ても金色だった。

そして、尻でばさりとなにかが動いた。

なにか――もさりと毛の密集したなにかが尻で左右にうごめき、彼の腰や背をくすぐるのである。

ぎょっとした彼はすかさず手を伸ばし、うごめくなにかをがしっと掴み取る。

力を入れて引っこ抜くつもりで掴み取ったその行為に、悲鳴をあげたのは彼自身だった。

「!?」

手を前に回し、握り込んだそれの正体の思いがけなさに、ギョッとする。それは、尻尾だった。髪の色と同じく金色に輝く、毛足の長いふっさりとした尻尾だったのだ。

彼はあわてて尻に手を回し、尻尾の付け根を探る。それは確かに、彼の尾てい骨《び》から生えていた。

彼は呆然としながら胡坐《あぐら》をかき、彼自身の意志とは関係なくばたばた暴れる尻尾をいじくりながら息を吐いた。そして、先ほど見かけた、光と影の落差が印象的なあの青年の姿を思い出す。あの青年は、頭に猫の耳を生やしていた。

(まさか)

彼はばっと両手を頭にやる。するとそこには、予想に違《たが》わぬものがあったのだ。

彼は目を見開きながら、それをもにもにともみ込む。くすぐったさにしばたいて逃げようとするそれは、確かに『耳』だった。短く柔らかな毛の密集した、肉厚の耳。

(うわあ……)

あまりのことに、心臓がばくばくとする。

そこから手を離し、今度は、本来自分の耳があったところへ手をやる。つまり、頭の側面、こめかみの斜め下あたりだ。

だが、そこには何もなかった。つるりと平坦な肌が、そのまま髪の生え際に繋がっていく。ただそれだけの場所と成り果てていた。

彼はそこからも手を離すと、一旦腕を組んだ。跳ね回る鼓動を落ち着けようと、息を深く吸って吐いた。それから、水差しを持ち上げるとコップに水を注《つ》ぐ。ごくりと水を飲めば、それは驚くほどの美味《うま》さだった。彼はその一杯を一気に飲みほし、続けてもう一杯注いで飲む。

そして三杯目を手に持ちながら、思案した。

(どうしてこんなところにいるんだろう)

まったく見覚えのない部屋である。天井も梁《はり》も木組みがむき出しで壁紙は布貼りである。窓にガラスは嵌《は》まっているが、いびつに歪《ゆが》んだそれは、どうにも現代建築には見えない。もっと古い時代――あるいは文明が発展していない、国を思わせる。もちろん彼の家はありきたりな近代建築で、マンションの室内には塩化ビニール製の壁紙が貼られ、窓には歪みもくもりもないガラスが嵌まっていた。

その家から、どうしてこの部屋へと移動しているのか。彼にはまったく心当たりがなかった。ただ、とても長く深い眠りについていたような感覚だけがある。意識を泥濘《でいねい》に捕らわれたような長い眠りの間に、彼は摑み上げられ、植え替えられた――そんな感覚があった。

そう、それはいうなれば、元の世界から引き剝《は》がされ、吸い出され、違う世界の別の身体に押し込まれたような感覚。なのかもしれない。

(俺の身体には、尻尾もなかったし、耳もこんな位置でこんな形じゃなかった。毛の色も違う)

コレは明らかに、違う身体だ。

(さてどうするか)

先ほどの、あの青年はどこにいるのだろうか。

するとなんとなしに耳がぴくりと動き、階下の音を拾う。

カチャカチャと食器の触れ合う、固い音。人々の声と吐息。木製らしき床を歩き回る靴の音。勢いよく流れる水音。注文に応《こた》えたり笑ったりする声。客らしき人物の陽気なお喋り。そしてその中に、店長、と呼ぶあの青年の声を、彼の耳は聞き取った。

(店? レストラン、かな?)

彼は鼻をひくひくさせる。

料理のよい匂いを嗅《か》ぎ取った途端《とたん》、急激に空腹に襲われたが、彼はため息をついてそれを紛らわせた。なにせ自分は素っ裸なのである。

(服くらい着ないと、下に行けない)

すると、サイドテーブルの上、水差しの奥に布の塊《かたまり》が積まれているのに目がいった。

手に取って広げてみれば、服のようである。

ボタンのついた開襟シャツに、前も後ろも開いて紐《ひも》のついた少し変わった形のズボン。そのズボンよりも生地が薄くて股下ぎりぎりの丈しかないものは、下着だと思われる。

彼は立ち上がると、その下着にとりあえず両足を通してみた。

前が開くようになっている側が、多分前だ。

では後ろが、この丸い穴……おそらく尻尾を通す穴なのだろう。尻尾を嵌めてみるとしっくりきた。問題は、この尻尾の上の短い紐だ。紐の先に穴があるのでボタンを探してみるとそれらしきものを発見したので、紐を尻尾の上部で交差させて、側面のボタンを穴に押し込む。それで完成のようだった。

上手に着られたことに彼は気をよくして、今度はズボンに挑戦してみた。ズボンも似たような形状で、ボタンの数が背面に多くて苦戦したものの、なんとか着ることができた。

彼は開襟シャツをはおるとボタンを留めながら、開けっ放しにされていた部屋のドアをくぐる。隣は居間のようで、右手側の突き当たりには小さなキッチンがあり、奥の二枚並んだ窓の側には、古ぼけた木製のソファと、同じように古ぼけたテーブルが置いてあった。ソファの布面も床に敷かれたラグも、赤を基調とした織物で、あたたかみのある部屋である。更に首をめぐらすと、左手側にはクローゼットらしき出っ張りにドアがついており、その出っ張りの隣のへこんだ部分の壁には、姿見が掛けられていた。

(うわ)

そこには、ドアの隙間からひょっこり顔を覗かせた金髪の男が映っていた。

(俺、こんな姿なのか……?)

彼は、以前の姿とはまったくかけ離れた色彩をまとう己を再確認し、衝撃を受ける。

姿見の前まで行ってまじまじと見つめると、顔立ちには以前の面影は残っていたが、彫りが深く鼻が高くなっていた。そしてなにより、シベリアンハスキーに似た青灰色の感情のこもらない瞳がすべてを台無しにしていた。

(うん。凶悪。どう見ても悪人ヅラ)

試しにニカッと笑ってみるが、笑顔すら怖い。絶対零度の瞳の色味は薄まる気配さえない。俺はこんな顔でこの見知らぬ世界を乗り切っていけるのか、と絶望を覚えて目をごしごしこすっていると、

「あ」

あの青年の声が聞こえた。

その声の思いがけない近さに、彼はびくりとして振り返る。

「起きたんだね」

姿見の横には階段があった。下の店舗と繋がっているのだろう。その一番下に、あの青年が立っていた。彼の姿を認め、青年が上がってくる。

「身体は大丈夫?」

「……は、はい」

自分より目線の低い、地味な灰色猫に何故だか気《け》おされて、彼はうわずった声で返事をする。

その猫からは、料理の匂いと朝の煙草の匂いに混じって、何故か心をくすぐるような甘い香りがした。

「俺はミシェイル。君は？」

柔らかな声が問うた。猫は問いながら、腕を組んでじっと彼を見つめる。

「……えと、伊吹千裕《いぶきちひろ》です」

猫の耳がぴくぴくっと動き、組んだ腕の二の腕を親指がつねる。

「イブキツィーロ？」

「いえ、チヒロです。チ・ヒ・ロ」

「チィーロ？」

発音を聞き逃すまいとしているのか、ぴんと立ち上がった灰色の耳が千裕の方を向いている。二の腕はきつくつねられたまま、白いはずの肌を赤く染めていた。

「……あの、そこ……アザになりますよ？」

どうにも気になって、千裕は指を差して指摘する。

「え」

猫がぱっと指をはずすと、その下の皮膚はやはり赤くうっ血していた。腕を上げた拍子に半袖に隠れていた上腕までがあらわになり、そこにも同じようなアザがあるのに気づいた。

（癖なのかな？）

痛ましい有り様に思わず顔をしかめてしまうと、猫の耳がへしょりとしおれる。

うつむいてしまった猫に、千裕はあわてた。

(しまった。俺は今、凶悪顔の狼なんだった)

「や、あの、怒ってませんからね?」

「……ごめん。ちゃんと発音できなくて」

「い、いえ。俺の国では名前呼びなんて、恋人とか親友とかそんな相手じゃないとしませんし。イブキでいいです、イブキって呼んでください」

だから全然気にしないで下さい。

そんな気持ちをこめて説明をしたのに、猫は何故かますます耳をぺたりと伏せて、うなだれてしまうではないか。

「え、えっと!」

千裕は焦《あせ》った。

「じゃあ、俺はあなたのことをなんて呼べばいいですか? ミシェイルさんだから……ミーさん?」

その時千裕の頭にあったのは、父方の祖母の家で飼われていた猫のことだ。

田んぼと日本家屋ばかりのど田舎に似つかわしくない、ロシアンブルー系統のミックスで、高貴さ漂うその猫に祖母は「み〜さんやぁ」と呼びかけていた。

千裕の発案があまりにも意外で唐突すぎたのか、猫は目を丸くして千裕を見上げてくる。

「……イブキ君がそう呼びたいなら……いいけど……」

「——はぁ、じゃあ……ミーさんでお願いします」

一方の千裕は、ごく普通に思いつく愛称だと思ったがために、何故青年がそこまで呆気にとられているのかがわからない。

二人は数度またたきを繰り返し、お互いの様子をうかがうように見合う。

「イルー！　狼、起きてたかー？」

階下から怒鳴り声が響いたのは、その時だった。

ミシェイルはびくりと肩を揺らし、千裕は彼の戸惑いの意味を知る。

（イル……ああ、ミシェイルの下の方を呼んでるのね）

「ちょっと待っててね」

ミシェイルは千裕にそう言い置くと、ぱたぱたと階下へと下りていく。

千裕はその場にたたずみ、思わず耳を澄ませた。

「起きてました」

「どうだった？」

「すっかり人型で、金色の狼でした。耳も尻尾もありましたよ」

「元気そうだったか？」

「はい」

「じゃ、これ食わせてやれよ。そしたら、俺は帰るから」

「はい。ありがとうございます」

ミシェイルと、太めの声の男性の会話である。ミシェイルの丁寧さなどから、その男性がおそらく『店長』と呼ばれていた人物なのだろうと千裕は推察する。

足音に続き、出入り口を開閉するような音が聞こえる。

しばし待つうちに、ミシェイルが再び姿を現した。

「イブキ君、お腹減ってない？」

そう問われて、千裕は腹部に手を当てた。その動きだけで答えがわかったのか、ミシェイルはわずかに微笑む。

「ご飯あるから、下においでよ」

千裕は誘われるままに、ミシェイルについて階段を下りた。

階段は倉庫や事務所を兼ねているらしい小部屋に繋がり、それを抜けた先が厨房になっていた。

カウンター脇から店舗へと入り、ミシェイルが振り返る。

「うちは料理屋なんだ。今は昼が終わった中休みだけどね」

カウンターに四席ほど、窓際に二人掛けのテーブルが三つほど並ぶ小さな店内を見渡して、ミシェイルが言う。

中休みというだけあって店内に客の姿はなく、窓越しに見える通りにも雑踏というほどの人影もなく、店内は穏やかな静けさに包まれていた。

「イブキ君、靴は？」

振り返ったミシェイルは、何気なく視線を落とし、千裕の足を見て驚いたようだった。

「え？」

千裕は裸足だった。

「あ」

目覚めたのは部屋の中だったから、靴を履くことに思い至らなかったのだ。

「イブキ君の靴、ベッド脇に置いてあるよ」

「ちょっと履いてきます」

寝ていた部屋に引き返すと、見覚えのある運動靴があったので千裕は驚いた。それは日本で履いていた靴だったからだ。

足を入れてみたが、すぐに違和感に気づいた。

(小さい)

前はきついし、かかとがはみ出てしまう。

千裕はため息をついた。確かに、目線の高さが違うとは思っていたのだ。こちらでの彼の身体は以前のものよりも大きく、それが足のサイズにも現れているのだろう。

千裕はやむなく、靴のかかとをだらしなく履き潰しながら階下に向かった。

カウンターの向こうにミシェイルが立っていて、その前には茜色《あかねいろ》の透き通ったスープとパンが置かれている。促《うなが》されて、千裕はその前のスツールに座った。

「靴あったでしょ」

「はい」

「イブキ君のいたところじゃあ、室内では靴を脱ぐのかな?」

ミシェイルの質問に少し面食らって、千裕は考える。

そうだ。何気なく履いてきたが、ベッド脇に靴が置いてあったということは、ここはきっと室内で靴を脱がない文化なのだ。

「そうですね。雨と湿気の多いところだったので、室内に持ち込まないようにだと思うんですけど」

「色々と違うんだろうね」

「……そうですね」

ミシェイルも、千裕が靴を履き忘れた理由を考えたのだろう。

このやり取りから、ミシェイルは何らかの事情を知っているのだと、千裕はあたりをつけた。少なくとも、千裕がこの世界以外の場所から来たことはわかっているようだ。

「さ。冷めないうちに食べて」

促され、千裕はイタダキマスと呟いてから、スープを口に運ぶ。

食事をし始めた千裕の邪魔をする気はないのか、ミシェイルは再び上に上がっていった。

スープは地球でいうところのコンソメのような味がする。パンを食べてみたが、こちらも違和感なくパンだった。どちらも普通に美味《おい》しかったので、千裕は安心して食事を続けた。

しばらくしてから下りてきたミシェイルは、シーツを小脇に丸めて持っている。厨房の中を横切ると、突き当たりのドアから外に出たようだった。

千裕はゆっくりと、パンとスープを食べ終えた。用意されていた食事を見た時は少ないなと思ったのだが、身体がまだ食物を受け入れられないのか、これでも重たいくらいの量だった。最後に添えられていたコップの飲み物を飲んだが、ただの水かと思ったそれはほんのりと酸味のきいた果汁水だった。

「食べた？」

ミシェイルが戻ってきて、再びカウンターに立つ。

「いただきました。ごちそうさまでした」

「足りた？」

「はい。なんかまだたくさんは食べられないみたいで」

ミシェイルは頷いた。

「そうだろうね。それで……何か質問があれば聞くけど」

ここでやっと本題に入るのか、と千裕は思った。

「じゃあ……ここはどこで、あなたは誰で、俺はどうしてここにいるんでしょう？」

訊《き》きたいことは沢山あるが、突きつめればそういうことだった。千裕は食事をしながら考えていたその質問を、いささかのためらいもなく目の前の青年にぶつけた。

「ここは獣人の国。ここには、他に人間の国とか、鳥人の国とか、海を越えた大陸には魚人の国とか竜人の国だとかがある。……イブキ君のいた世界とは、違う世界だと思う」

千裕は頷いた。

異世界だという点では、予想通りである。

「俺は……誰って言われても困るけど……イブキ君の第一発見者。この料理屋で十四の頃から十二年間住み込みで働いてて、ギャルソンもやるし厨房で料理もする。それから、猫の獣人で、ご覧の通りの灰色猫だ」

千裕はミシェイルを見た。

室内にいる今、確かに彼は灰色の猫に過ぎなかった。光を反射していない髪は暖炉《だんろ》の燃えかすのようにくすんで艶のない灰色だったし、黄緑と灰色の混じり合ったまだらな瞳は、あの印象的な青い光に輝くこともなかった。

よく見れば、彼は顔立ちそのものは、端整で柔和《にゅうわ》な美しさを持っている。白い肌は繭玉《まゆだま》のような柔らかさを連想させ、つやのある唇はきれいな桜色だ。二重の目が少しつり気味なのはやはり猫だからなのか。だがその上の眉は少し垂れており、きつめな目尻の印象を穏やかなものに変えている。全体的に、物静かで穏やかな雰囲気の青年だった。接客業をしているせいか立ち居振る舞いにもどことなく品があり、指先まで神経の行き届いた所作が美しい。

けれど彼には、これらの美点が美点であると気づかせないほどの地味な雰囲気がまとわりついていた。千裕が目覚めて目にした、あの銀色のうつくしく印象的な青年は幻《まぼろし》だったのではないかと疑うほどの地味さだった。それほどまでに違う姿を、今、千裕の目の前にいるミシェイルは晒《さら》していた。

「三番は……わからない」

ミシェイルは目を伏せて、首を振った。

一番、二番と答えてきたが、この三番目の質問については、ミシェイルは嘘をついた。

本当は知っている。イブキチヒロという名の彼が界《かい》を越えたのは、番であるミシェイルに引き寄せられたからだ。だがそれを、馬鹿正直に告げることはできなかった。

ミシェイルは居心地悪げに腕を組むと、先ほどとは反対側の腕に爪を立てる。

「では、どうすれば戻れるのかも？」

ミシェイルの真正面にいるイブキはすぐにその動きに気づいて、眉をひそめた。

「……わからない」

灰色の頭を振り、耳をうなだれさせるミシェイル。

千裕のそれは、戻りたいからこその質問である。それが、彼をここに呼び寄せる原因となったミシェイルには痛かった。

（そりゃ、戻りたいよね）

きっと突然に、日常から切り離されてしまったのだろう。元の世界にはきっと家族も友人もいたに違いないのだ。それらすべてから突然、分断された。

（自分がそんな目にあったら、俺だって戸惑うし、帰りたいって思うだろうな……）

ミシェイルは立てた爪をそのままに、ぎりっと引っかいた。

「ちょっと」

白い肌に赤くみみずばれが走るのを見ていられなくて、千裕は手を上げて彼の注意を引く。

「それ、見てる方も痛いから。やめて下さい」

指を差して指摘され、ミシェイルははっとしたように腕組みを解いた。

「ごめん」

千裕はため息をついた。ごく軽い自傷行為なのだろうが、見ている側は非常に不愉快だ。

元々うなだれていたミシェイルの猫耳が、ぺたんと倒れる。

千裕はフォローするのも面倒になって、落ち込んだミシェイルを無視して話を進めた。

「――まあ、こんなに身体が変化してるのに戻れるなんて思っていませんでしたから、いいんですよ」

降って湧いた災難に割りきれなさを感じつつも、このもの静かで気弱げな猫の青年を責めれば帰れる訳ではないのだ。千裕はものわかりよく言いきった言葉の裏で、やりきれなさを吐息に落とし込む。

「ねえ、俺のように世界を越えてくる人間は、他にもいるんですか？」

それよりは、次の質問だった。

「ええと、イブキ君のように界を越えるひとはたまにいて、『マレビト』と呼ぶらしいよ。でも数は多くないみたいで、イブキ君は俺が出会った初めてのマレビトだ」

「その『マレビト』を国で保護したり、あるいは差別したりは？」

それは大事な点だった。その違いで、この世界での生きづらさが変化する。

ミシェイルは戸惑いがちにだが、断言した。

「……ない、と思う。なにせ、マレビトの存在すら、普通は知らないと思う。実際俺も知らなくて。でもうちの店長が、かなり昔にマレビトに出会ったことがあったらしくて、それで教えてもらったんだ。イブキ君がマレビトだって気づいたのも、店長だから」

「その店長さんとは、いつ会えますか？」

千裕が下りてくる前に、「家に帰る」と言って出て行ったのが店長なのだろう。

「中休みだから自宅に戻ってる。あと二時間くらいでまた来る予定だ」

「店長さんにお話をお聞きしても？」

「構わないと思う」

そこで二人の間に沈黙が落ちる。

ミシェイルは軽く首を傾げた。

「――イブキ君の質問は、それだけ？」

「……そうですね」

当面どうするかなどはまったくの白紙だが、その店長と話をしなければ何も始まらないと判断したのだ。例えば、この世界で生活するにしても住居と職の問題があるが、それとて、単なる従業員のミシェイルと話すよりはその店長と話をした方が幅が広がるに違いない。

「……じゃあこっちからも質問していいかな？」

ミシェイルは戸惑ったようにまたたきを繰り返しながら、ためらいがちに口を開いた。

「はいどうぞ」

「ええと……」

ミシェイルは千裕を真似た。

「年はいくつで、職業はなんで、結婚はしてた？」

確実に年下だと思ったのに、ずいぶんとしっかりしているので驚いていたのだ。混乱と恐慌に騒ぎ立てることもなく、礼儀正しい。

「年は十七で、って言ってももうじき誕生日……あれ？」

千裕は首を傾げている。

「どうかした？」

「え、いえ。十七じゃなくて。こっちで寝てる間に十八歳になった気がします」

「あ、そうなの。おめでとう。十八は、こっちじゃ成人年齢だよ」

ミシェイルがお祝いを述べると、千裕ははにかむように笑った。

「それで、職……っていうか、まだ学生だから働いてなかったです」

「十八で学生？」

この国で学生といえば、文字や算数を習う幼年児が一般的だ。もちろん専修学校や大学校がないわけではないが、そうしたところに進学するのはある程度上流の出の子どもと決まっていて、庶民の子どもは稼業を手伝う傍ら必要なことを学んでいくことになる。

「はい。俺のところじゃあ、二十二、三まではだいたい学生をやって、それから社会に出て働くのが多かったんで」

「ふうん。にしても十八かぁ。大人びてるね？　学んでるから、そういう落ち着きが身につくんだろうか」

「そうですか？」

「だって全然あわてたり騒いだりしない」

ああ、と千裕は頷いた。

それはおそらく、父親が商社づとめで海外への転勤が多かったために、数カ国に移り住んだ経験があるからだ。ここまでの強烈さではないにしろ、異文化交流には慣れている。けれどそれを、どう説明すればいいのかがわからない。

「……なんか、長時間寝ていて身体が変わっていく感覚を、ぼんやり覚えてたんで。異世界なんだな、っていうのが沁み込んだっていうか」

やむなく感覚的なことを、苦し紛れに説明してみる。

実際に彼が変わっていく様を目の当たりにしていたミシェイルは頷いた。

「それで、つ……結婚相手とかはいなかったの？」

番と言いかけて、あわててミシェイルは言い直す。これこそが、ミシェイルにとっては一番大切な質問だった。

「えー……いないですねぇ。というか、俺の世界じゃ十八で結婚するやつなんて滅多《めった》にいません。二十五くらいから……四十くらいまでに結婚するかなって感じです」

それを知らない千裕は、呑気《のんき》な様子で返事をする。

「へぇ……ずいぶん遅いんだね」

「そりゃ、結婚してもいいって思えるくらい好きになれる相手なんて、そうそう現れないでしょうし。俺だって今まで彼女くらいはいましたけど、結婚なんてとても」

「そうなんだ」

頷きながらミシェルは内心でため息をついた。やはり、千裕の世界には番という概念はないのだ。結婚はまったくの他人との恋愛が発展した先にあるものらしい。こちらでは、番と恋愛をするのだが。

ため息をついたミシェルは一旦話を打ち切り、千裕を外に連れ出した。

「どこに行くんですか？」

千裕は初めて目の当たりにした異世界の街並みをまぶしそうに見まわしている。ミシェイルが勤める店の周囲は静かで、さほど人通りも多くなかったが、ひとすじ折れた先には、店とひととで埋め尽くされたずいぶんとにぎやかな通りがあった。道幅も店の前の通りとは大違いなので、おそらくここが大通りであり繁華街になるのだろう。街は全体的に白っぽい石で造られていて、店や通りのあちこちに色とりどりの花が飾られていた。カラリとした空気や空の澄んだ青さが、元の世界的に言えば地中海風を思わせる。青くかすむ山に抱かれた白い真珠のような風光明媚《ふうこうめいび》で明るい印象の街だった。

「とりあえず靴と服かな。他に欲しいものあるかい？」

「え？　俺の？」

「一着っきりの服と、大きさの合ってない靴じゃ暮らしていけないよ。その服はイブキ君が寝てる間に適当に見繕ったものなんだけど、大丈夫そうかい？」

「え、はい。大丈夫ですけど……」

確かに今後この世界に居続けるなら、服も靴も必要だ。

だが何より、千裕には職が必要なのだが。ためらいつつ、千裕はミシェイルに切り出した。

「あの……お金は必ず働いて返しますので、貸して頂《いただ》いていいですか？」

陽の光の中で灰色の髪を銀色に輝かせてきらきらしたミシェイルは、青く光る目を細めて笑った。

「うん。大丈夫だよ。それにね、イブキ君のことは店長がギャルソンとして雇うって言ってた……あれ？　俺言わなかったっけ？」

「いや、聞いてないですよ。そもそもその店長さんにまだお会いしてもないですし」

「とにかくそういうことだから、気にしないでよ」

ミシェイルは軽やかに笑う。

「――なんなんですか。こっちの世界の人って、いきなり現れた得体の知れない人間にそんなに親切にするものなんですか？」

とんとん拍子に進む上手《うま》い話に、戸惑いとためらいを感じる千裕だ。

「イブキ君は俺が見つけたんだから、責任があるんだよ」

本当は、千裕はミシェイルの番だから手放せないのだ。

だが、彼がその事実を受け入れられるようになるまでは隠しておくと決めたミシェイルには、告げることのできない事情だった。それを適当に誤魔化《ごまか》すと、千裕は更にいぶかしんで首を傾げる。

つまり、保護者なのだろうか。

「そういう決まりでも？」

「まあね」

ミシェイルは千裕の追求を適当にかわした。

第二章　番は運命の賜物《たまもの》

二人は大通りの店で服を数着と、靴を一足買った。

店員はかわいらしい白い兎耳の女性で、思わず千裕はその愛らしさに見とれた。小柄で頭が千裕の胸ほどまでしかなく、柔らかな被毛に包まれた耳が時折ひょこりと動いている。着ているものもふんわりとした胸当てつきのスカートで、彼女がくるりと動くたびにスカートもくるりと揺れて、実にかわいらしい。

（うわあ。異世界のウサ耳少女と恋愛とか、いいなー）

その愛らしさに、思わず頰をゆるめる千裕だ。彼とてごく普通の十八歳の男子なので、致し方ない。

「お待たせしました。お品物をどうぞ」

白兎の女性はにっこり笑って包みを手渡してくれる。千裕はそれに同じような笑みを返しながら受け取った。そしてその包みを、ミシェイルに掲げてみせる。

わてて身をかわした。

「ミーさん、ありがとうございます」

「うん。じゃあ、帰ろうか」

様々な商店が軒《のき》を連ねる大通りは人であふれていて、たまにある屋台が食欲をそそる匂いを漂わせている。キョロキョロとあたりを見ていると、前から来た二人連れにぶつかりそうになり、千裕はあわてて身をかわした。

(あれ?)

違和感を抱いた千裕は、その二人を見つめる

二人は、同じような背丈の獣人である。揃いの犬耳を頭上に揺らし、肩や腕をぴったりと寄せ合って手を繋いでいる。その繋ぎ方に、千裕は目をとめた。

単に手を取り合って繋いでいるわけではない。指と指とを絡め合わせるような、親密な繋ぎ方なのだった。そしてその二人は、男性同士のように見える——というか、間違いなく男性だ。

千裕は戸惑って、ミシェイルの様子をうかがった。

隣を歩くミシェイルもその二人を見ただろうに、特に変わった様子はない。

千裕は眉根を寄せながら、男性二人へ向けた視線を振り切る。そして、改めてあたりを見渡した。

広い大通りにはひとがあふれていて、親密な二人連れや家族連れの姿も多い。子どもを連れているのは、男女の夫婦たちだ。だが、親密な二人連れ——つまり恋人同士に見える二人は、異性同士も同性同士も、どちらの姿も見られた。

「あのう。ミーさん?」

千裕は思わず、ミシェイルに声を掛ける。

「ここって、同性……って、アリなの？」

問われたミシェイルは、足を止めた。

「同性……？」

「えと、つまり。普通は男女じゃない？　男同士とか女同士とかも普通に恋人になったりする世界なのかなーと……同性愛、ってコト」

動揺を表してか、千裕の言葉はたどたどしい。

それでも意図を読み取ったミシェイルは、その質問の不可解さに眉を寄せた。

そもそも、特別に『同性愛』とこだわる概念が、この世界にはなかったのだ。結婚も恋愛も番がすべて。番が同性であれ異性であれ、出会えば愛し合う。もちろん別々の存在だから衝突やいさかいもあるが、それを越えていけるからこその番なのだし。

「……つまり、イブキ君の世界では『異性との恋愛が当たり前』ってことかい？」

千裕の顔に浮かんだ戸惑いとわずかな嫌悪。そして彼が先ほどの兎の少女店員に取っていた態度からミシェイルはそう推察する。

「うん……そうですね。そういう趣味の人はあっちにもいたけど、少数でしたし。俺だってもちろん、女の子の方が好きですし」

千裕の返答は、予想通りのものだった。

ミシェイルはぎゅっと拳《こぶし》を握り込む。

「……そうなんだね。でも、ここはそういう世界だから、あまり差別的な目を向けないでやってくれるかな」

「あ、ハイ」

ミシェイルから注意を受けて、千裕はハッとしたように目をしばたかせる。

「とりあえず帰ろう。話は店でするよ」

ミシェイルは足早に大通りを後にし、ひとすじ奥に入った先の料理屋に帰り着いた。

『アデライド』

入り口に出した看板を読んで、千裕が言った。

「字が読めるんだね」

「そうみたいですね。数字もちゃんと読めるなら、会計もできますね」

千裕が話しているのは、ギャルソンとして店で働き出した場合のことである。

裏庭に回り厨房の入り口の鍵を開けて、二人は中に入る。

千裕をスツールに腰掛けさせると、ミシェイルはカウンター内から彼に水を出してやった。

ミシェイル自身も立ったままだが水を飲む。

歩きながらも思案していたのだが、ここに至っても、どう話をすればいいのかわからなかった。だが、番という概念があることは説明しておかなければ、今後、店でギャルソンとして接客する時に問題を起こすことになるだろう。

「ミーさん」

難しい顔をしているミシェイルに、気遣うように千裕が声を掛ける。

「立っていないで、隣に座りませんか？　ミーさんも疲れているでしょう」

隣？

なるべく彼と接触したくないミシェイルは反射的に断りかけたが、すぐさま思い直す。今は、顔を見られない方がありがたい。

ミシェイルはカウンターを回り込み、千裕の隣に座る。そして千裕に目を向けないまま、千裕側に頬杖をついて顔を隠しつつ口を開いた。

「イブキ君の世界にはさ、『番』って言葉はあるかい？」

「つがい……ああ、動物の夫婦のことを番って言いますよね」

「動物ね……うんそう。こっちでは結婚相手や恋人のことを番って呼ぶんだ」

「普通に妻や夫ではなく？」

そういう言葉もあるけどども、とミシェイルは頷く。

「この世界の人間は、人間であれ獣人であれ鳥人であれ、生まれた時から、結婚相手が決まっているんだ。その相手のことを『番』って呼ぶ」

「………なにそれ。運命の相手、ってことですか？」

千裕の沈黙は長かった。

ミシェイルはあらぬ方向に視線を流し、彼の側に頬杖をついている。端から見れば、千裕に関心がないように見えるだろう。だが、灰色の耳の先は千裕の方を向き、その言葉を聞きもらすまいとピンと伸びている。

発された千裕の声は、こわばったものだった。

「そう。番は運命の賜物、と呼ぶね。山向こうの人間の国では神の恩寵《おんちょう》とも言うらしいけど。だから、イブキ君が見た彼らは同性愛者だと差別——されるのかな。君の世界だと——ともかく、差別されるような存在ではなくて、ごく普通に、運命の相手と出会えた幸運な人々なんだ」

千裕の声音のかたくなさに心を痛めながらも、ミシェイルは言葉を続ける。それは、彼にとって如何に受け入れがたくとも、呑み込んでもらわねばならぬ価値観だった。これを知らず番たちを差別するような言動をすれば、彼はこの社会から排斥《はいせき》されるだろう。

ミシェイルは彼のためと信じて、きっぱりと言い切る。

今度も、千裕の沈黙は長かった。

だが黙っていても、すさまじい怒気が伝わってくる。その強烈さにぞわりと肌をあわだてながら、ミシェイルは感心した。

(さすが狼)

獣人の獣性の序列で言えば狼は、猫などよりもずっと強く、身体能力もその本能の強さも比べものにならない。

「……………まさか俺にもその、番とやらがいるとか、言いませんよね……？」

千裕の絞り出した声は、地を這うような低音だ。

ミシェイルはカウンターの下で、再び拳をぎゅっと握り込んだ。

(いる)

ミシェイルの番だからこそ、彼はこの世界に引き寄せられ、飛ばされてきたのだから。

(けど、言えないなあ、これは)

番の概念のない世界から来た彼だ。それを納得することさえ困難だろうに、その上、彼自身が望んでもいないのに番が決まっているのだと言えば、どれだけの悲嘆を与えるだろう。そして更に、その番がミシェイルなのだと告げれば、どれだけ憎悪され、嫌悪されることか。

(番ってだけでも嫌だろうに、男だしね)

その二つを吹き飛ばすほどの魅力でもあればよかったのだろうが、あいにくとミシェイルは単なる平凡な灰色猫にすぎない。

では容姿以外で美点はあるのかと考えて、ミシェイルは泣きたくなった。勤めが勤めなので料理の腕は多少は誇れるものだが、それ以外の長所が思いつかない。短所はといえば、千裕よりも八歳も年上で、凡庸《ぼんよう》な外見な上に汚らしい目の色をしている。性格も、暗くて面白みに欠けているだろう。

(——せっかく来てもらったのに俺じゃ全然ダメじゃない?)

少なくとも、彼が置き去りにしてきた世界と引き換えにするほどの価値は、自分にはない。

それが、ミシェイルがはじき出した結論だった。

(なんとか、元の世界に戻してあげられたらいいんだろうけど)

長く番を待ち望んだ辛《つら》さや苦しみも吹き飛び、ただ申し訳なさだけがつのる。

ミシェイルは首をすくめるようにして、千裕をそっとうかがい見た。

激しい怒気が横顔にまといつき、水色の瞳は冷たく凍るようである。大きな手、骨太な指が、苛立《いらだ》たしげにカウンターをコツコツ叩いている。自分のものよりもひとまわりも大きなその手を見て、ミシェイルは息を詰めた。

狼は、力が強い——あの大きな拳で力一杯殴れば、ミシェイルなど簡単に死ぬのではないだろうか。

(そしたら……戻れたりしないだろうか)

魔が差したように、そんな考えがふと頭をよぎる。

（俺の存在が彼を呼んだなら、俺が消えれば彼は帰れるんじゃあ？）

それはなんの根拠もないひらめきだったが、その瞬間、ミシェイルはそれを信じた。

実際のところ、獣人が番を殺すなんてありえない。だが異界の人間ならば、番を殺せるのかもしれなかった。なんといっても彼は、ミシェイルという正真正銘《しょうしんしょうめい》の番を前にしても、なんの変調も見せないのだ。番に対する感覚・感性はこちらの人間よりも数段鈍いのだろう。

「あのね――」

よし、言おう。

なにか怒らせるようなことを。殴らざるを得ないほどのことを。番だと明かし、殴った結果ミシェイルが死んだとしても決して後悔しないほどひどいことを。

そう決意して、ミシェイルが口を開いた時。

店の裏口がばんと大きく開かれる。入ってきたのは、低い背に恰幅のよい身体、丸みのある耳と大きな尻尾の影――それは、ここアデライドの店長、ハリルだった。

「あ、狼。起きたんだなぁ！」

ハリルは、とっくに齢《よわい》四十を越え、かわいい番を得て、三人の子宝に恵まれた幸せ一杯の狸親父である。悪気の一片もない全開の笑顔に、ミシェイルの決意は折れ、その隣の千裕は肩透かしされた様子で怒気を引っ込めた。

ハリルと千裕は挨拶を交わす。

そして、千裕がこの店のギャルソンとして勤める契約をし、住居は二階でミシェイルと同居となった。千裕はハリルにマレビトのことを尋《たず》ねてみたが、ミシェイルが彼に話した以上の情報は得られなかった。

ハリルは、千裕の顔に疲れがあるように見えたので、働くのは明日からでいいと言って、彼を二階へ上がらせた。

確かに千裕は疲れていた。

目覚めてから、様々なことがあった。ミシェイルという光と影を合わせたような印象的な青年と出会い、彼に伴《ともな》われて異世界の街を歩いた。気分の高揚を感じていたのに、そこに今度は急転直下の情報を注入された。店に帰ってからミシェイルに教えられた、この世界の独特の恋愛感が、彼を疲弊《ひへい》させていた。

実情はどうであれ、元の世界は基本的に自由意志が尊重されていた。自由だからこそ、実力主義でもある。そんな世界で生まれ育った彼は、努力を無に帰する『運命』という言葉が嫌いだ。

望みもしないのにヒタリヒタリとやってきて、欲しくもないやっかいなものを押しつけていく、決して抗《あらが》うことのできない存在——それが千裕の持つ『運命』のイメージだった。

そしてそれはそのまま、この世界の『番』に当て嵌まってしまう。

(俺は番なんていらない)

たとえどんなかわいい女の子だったとしても、それが運命に押しつけられるものならばお断りだ。

そんな決意をして、千裕はそうとは知らずに入り込んだ、昼まで彼が寝ていた部屋——つまりミシェイルのベッドで眠る。

陽が傾き、部屋に忍び込んだ宵闇《よいやみ》が完全な闇に変わる頃、ミシェイルは彼の夕食を持って居間にやってきた。

「イブキ君」

自分のベッドで眠っている年下の番を、彼は優しく揺り起こす。

ほのかに漂う甘い香りに頬をすりよせようとした狼は、背を撫でる手にはっと覚醒《かくせい》した。

「……ミーさん」

「居間に晩ご飯持ってきてあるよ。量は多めにしといたから、多かったら残していいからね。あと、お風呂とか説明しとくね」

仕事を途中で抜けてきて急いでいるらしいミシェイルは、たたたっと部屋を出て行く。千裕はその後を追って、風呂場の場所や使い方、明かりのつけ方などの説明を受けた。

「それとね、そっちの部屋は俺の部屋だから、イブキ君は今夜からこっちで寝てくれる？」

そう言って示されたのは、風呂場へ続く廊下の途中にある部屋だ。

ミシェイルの部屋よりも広いがガランとして、ベッドとクローゼット以外は何もないそっけない部屋だった。

「……なんで俺、ミーさんのベッドで寝てたんですか……」

事実を知って、何故か千裕は赤面した。

「ミーさんもしかして、俺に添い寝とかしました？」

「えー？　ごめん、イブキ君が小さい狼だった時に、抱っこして寝ちゃったよ。ごめんね、かわいかったからつい、さ。じゃ、先に寝てていいからね。お盆はそのまま置いといてね」

ひらりと手を振って、急いでいるミシェイルは粗雑な返事を残し、あとも見ずに去っていく。

（うわあああ）

千裕はますます赤くなる頬を押さえた。

なんとなく覚えていたのだ。ここに落ちてきたはじめの頃、まだ小さくてふるえていた時に、包み込むようにあたたかくしてくれた存在のことを。

（あれ、ミーさんだったのか）

それを知って何故、自分がこんなに赤くなるのか、千裕にはさっぱりわからなかった。


翌日から、千裕はハリルのレクチャーを受けてギャルソンとして働き始めた。

心配していた貨幣《かへい》の計算も、商社勤めの父に連れまわされて外国暮らしをした経験が役に立ち、すんなりなじむことができた。元々暗算は得意なのだ。

三回ほど会計を担当して、間違いがないことを確認したハリルはそれですっかり千裕に任せる気になったらしい。

客へのサーブの仕方も堂に入ったもので、一度も粗相《そそう》をしない彼のよどみない手つきをミシェイルが褒めた。

「ファミレスでのバイトなら経験あるんで」

聞き慣れない単語を聞いて、ミシェイルの耳がひょこ、と動く。

「ああ、料理屋で短期契約で働いてたんです」

「でもイブキ君、働いてないって言ってなかった？　学生だから、って」

「それは正規雇用の話です。短期雇用なら、学生でも学業とかけもちでできます。時間も、一日二時間とか融通がきくんで」

「あとは酒の種類とか覚えてくれるといいな」

脇からハリルも口を出す。

「はい。暇な時にラベルを読んで頑張ります」

アデライドで扱う酒は多くないので、さほど難しくはないはずだ。

ただひとつ困ったのは、店に入ってきた時の客の反応だ。アデライドに来るのはだいたいが常連客なのだが、彼らの誰もが、白シャツに黒タイを締め、黒エプロンを掛けて銀盆を持ってたたずむ金色狼を見ると、店を間違えたのかとうろたえるのだ。

（そりゃ怖いわな。無駄にデカくて無駄に目が怖いんだもんな）

ちなみに、顔立ちそのものは、元の世界での面影を映して甘めの童顔なのだ。シベリアンハスキー風の怖い瞳との相容《あいい》れなさは不協和音さながらだ。

そして身長に関してなのだが、元の世界では百七十四センチだった千裕である。だが現在の身体はおそらくそれより十センチ以上は高い。見たところ、ミシェイルは以前の千裕程度の背の高さで、ハリルはそれよりも五センチほど低い。店の客たちはハリルと似たり寄ったりで、千裕は未だに、自分よりも背の高い相手に遭遇《そうぐう》したことがなかった。

「いらっしゃいませ」

以前の世界で身につけた接客用の笑顔で迎えるのだが、反対に丁寧すぎるのか、更に客が引くのには参った。そうした客はたいてい、ハリルの「いらっしゃい」やミシェイルの「こんにちは」で正気に戻り、胡散《うさん》臭げに千裕を見上げながら店に入ってくるのだ。

「こいつ誰よ」

そして大概、厨房の二人にそう訊《き》く。

「ギャルソンのイブキだよ。まだ新人だから優しくしてあげて」

そんな風にどちらかが答えて、それを受けて「イブキです。よろしくお願いします」と千裕が自己紹介をする。

そんなやりとりが客が来るごとに起こり、精神的な消耗《しょうもう》はすさまじいものがあった。

またその後に、なつっこい客なら千裕への質問攻めが始まるのだ。マレビトであることは内緒にした方がいいと言われ、偽の経歴をハリルが考えてくれたので、暗記していたそれ――出身地やハリルの親族であるなど――を答える。答えながらも巧みに注文へ導き、うるさい客の場合は厨房に下がって様子を見る。あちらが喋り続けて、相槌《あいづち》を打つだけでいい世間話の間は、愛想よく相手をした。

そんな風におおむねつつがなく一日の業務を終えて、二階の居間に上がると、千裕はソファにぐたーっとのびた。

「つっかれたぁ～」

「お疲れさま」

といっても時刻は、元の世界的に言うなら夜の八時半頃だ。

アデライドは料理屋であって酒場ではないので、飲み目的で流入してくる酔客《すいかく》を避けるために早めに店を閉めるらしい。

「結構お客さんいるんですね」

「今日は特に多かったよ。後半、イブキ君見たさに来た人もいたみたい」

「そんなに珍しいんですか、金色狼って」

意外な答えを聞いて、千裕はミシェイルを振り返ると質問を浴びせる。それは、今日一日感じていたことだった。なにせ、ひとびとの彼を見る目が、まるで珍しいものを見るかのようだったのだ。

ミシェイルは向かいのソファに座ると、ローテーブルの上に出してあった煙草を吸い始める。甘い香りの紫煙があたりに漂った。

「金色なのもそうだけど、狼ってね、普通は市井《しせい》で働いたりはしないんだ。狼、獅子、豹《ひょう》、虎……そこらへんの獣人を上位種って呼ぶんだけど、上位種は身体能力に優れていて強いから、王国軍に入るんだよね」

「え？　軍？　そんなの俺、嫌ですけど」

千裕はぎょっとした。

異世界に飛ばされた挙《あ》げ句《く》に、戦争に駆り出されるなんて真《ま》っ平《ぴら》だ。

「強制的に徴兵《ちょうへい》されるわけじゃないらしいから、問題を起こさなかったら大丈夫だと思う。イブキ君はそんな子じゃないと思うけど、嫌なお客さんがいても、暴力ふるったりしないでね」

「はい。いい子ですから大丈夫です」

少しふざけた千裕の返事に、ミシェイルは笑った。

「そうだね。接客も上手くて、感心したよ。イブキ君がそんななら、俺は厨房に専念しても大丈夫そうだね」

「はい。任せて下さい。頑張ります。ミーさんは厨房の方が好きなんですか？」

「料理する方が好きだし、接客が苦手だし。新規のお客さんとか、すごく緊張する」

ミシェイルは勢いよく言いつのって、それから我に返ったのか照れたように笑った。

「ごめん。二十六にもなるのに、大人らしくないことばっかり言ってるなあ」

「まあ、得手不得手《えてふえて》はありますし」

ミシェイルが繊細なのは、昨日知り合ったばかりの千裕にもわかる。

「あ、ミーさんお風呂お先にどうぞ。俺もう少し潰れてるんで」

「ん」

ミシェイルが煙草を消して立ち上がる。自室に向かう細い背をなんとなしに眺めていた千裕は、驚いて声を上げた。

「あれ、ミーさん……しっぽないんですか？」

彼のはいている黒いズボンには、尻尾通しの穴さえ空いていないのである。

なにせここは獣人が住む国だ。店長のハリルをはじめ、客や道行くひとびとは立派な耳と尻尾を備えている。スカートを着用している女性たちは尻尾が隠れている場合もあるが、ズボンを着用する男性は尻尾通しから尻尾を出しているのがほとんどだった。かくいう千裕とて、立派な毛並みの金色の狼の尻尾を所持している。

「ああ。昔、事故にあって切り落としたんだ」

特にしめっぽい調子でもなくミシェイルは答えたが、千裕は顔を歪めた。

訊くのではなかった。

「すみません……」

「子どもの頃の話だし。もう気にしてないからいいよ」

ミシェイルはふわりと笑って言い置くと、自室へと一旦消えていく。そして再び出てきた、着替えを抱えた姿が廊下に消えるまで、千裕は息を詰めていた。

湯を使う音が聞こえ始めてようやく、千裕は細く息を吐く。

（尻尾を切り落とすような怪我かぁ……尻尾を切り落とすのって、脊椎《せきつい》と繋がってるから、腕を切り落とすより痛いんじゃなかったっけ）

そんな大怪我を子どもの頃に負ったのだと思うと痛ましい。


アデライドで千裕が働き始めて、三日目の昼だった。

中休みを迎えてハリルは家に帰り、千裕とミシェイルは二人でカウンターに並んでまかないを食べていた。

クローズドの札を掲げているにもかかわらず、ちりりとドアベルが鳴る。振り向けば、黒髪に黒い耳と尻尾の豹が、店の扉を押し開けていた。

豹。それは上位種である。

千裕と同じ、獣人たちの上位に属する、体格腕力聴力などに優れた種である。

突然現れた上位種に、ミシェイルが耳を震わせる。千裕はといえば、初めて見た上位種に、思わず尻尾の毛を逆立てて警戒した。確かにそれは、千裕が今まで相手をしてきた犬や狸といった市井のひとびととは違う、圧倒的な存在感を放つ獣人だった。

店の出入り口をふさぐように立つ上背のある姿は、威容《いよう》といって差し支えない。身長もおそらくは、千裕をはるかに上回るだろう。

「本当に金色狼がいる」

ハリルと同じくらいの年だろうか。四十歳くらいに見える黒豹は、店内にはそれ以上踏み込んではこずに、立ち止まって、千裕を上から下まで眺めた。見定めるような、隙のない視線である。

「まだ若いな。年は?」

「……突然現れていきなり質問とか。アンタ誰だよ?」

質問を切り返されて、豹は黄色い目を細めた。

この黒豹も感情を表さない怖い目をしている。上位種とはみんなそうなのだろうかと、千裕は思った。

「すまない。王都ソレンヌ軍第五隊隊長オーヴァンだ。金色狼がサーブしている店があると聞いて確認に来た」

「……イブキです」

その後は、オーヴァンに問われるままに年や出身地を答えていく。

「この街に何しに来たんだ……って、愚問《ぐもん》だな。お前みたいな若い奴らが移動するのは、番探しに決まってるわな」

千裕は黙っていたが、オーヴァンはそれで納得したらしかった。

「軍に入隊の意志は？」

「ありません」

「そうか。万年人手不足なんで体力のある若い奴は大歓迎なんだが。じゃあ、何か問題を起こしたら問答無用で兵役《へいえき》な」

「起こしませんから」

引きつった愛想笑いを千裕は返した。

「残念だ。じゃあ、用事はそれだけなんだ。休憩中に邪魔したな。そっちの猫サンも、悪かったな」

同じ猫科の親しみなのか、オーヴァンはミシェイルには穏やかな笑顔を投げていなくなる。もちろん目は怖いままなので、結局はこわもての怖い笑顔にすぎなかった。

その笑顔を見て千裕は、ああ俺もやっぱあんな笑顔なのかなあと残念に思う。

「ねえ、軍が万年人手不足とか、大丈夫なんですか、この国」

千裕のぼやきに、ぴきりと固まっていたミシェイルが息を吐く。

「軍は仕事が多いからね」

戦争が？　そう思ったが、知りたくもない事柄《ことがら》なので問わなかった。

後日千裕は、この『王国軍』の実態を身をもって知ることになるが、それはまだ先の話である。

異世界生活にもだいぶ慣れたのか、アデライドの定休日が来ると、千裕は一人で街に出て行った。ミシェイルは心配で仕方がないのだが、同居して職場も一緒なのに休日にまで張りつくのはかわいそうだろうと、自重して彼を送り出した。

そして彼自身は、街の奥にある王城へ向かう。王城などと言っても、王の住居と軍の司令棟や宿舎、官舎、役所の統括所や医療所などの複合施設だ。誰でも敷地内には入っていけるし、受付で申し込めば王さまと謁見《えっけん》することも可能だ。

門兵の上位種に会釈《えしゃく》しながら城門をくぐると、ちょうど荷駄車《にだぐるま》を曳《ひ》いた軍人たちと行き会った。

「お前」

声を掛けられて、驚く。

そこにいたのは、あの黒豹オーヴァンだったからだ。

「おはようございます」

「ああ、おはよう。――おいお前ら、俺はこの猫サンと話があるから、先に行っとけ！」

はい隊長！　と声が返って、巨大な荷駄車はガラガラと城門を出て行く。

それを見送りながら、ミシェイルは首を傾げた。

「なにかご用ですか？」

黒豹に問いかければ、ここじゃなんだし、と、少し離れた場所にある木の方へと促される。

鳥のさえずりは聞こえるが、人々の声は遠く、あたりには誰もいなかった。

「金色狼は元気か？」

「はい。真面目に勤めてくれているので助かっています」

その返事の何が面白かったのか、オーヴァンは声をあげて笑った。

「あの狼はあんたの番なんだろう?」

前触れもなく言い当てられて、ミシェイルは返事に詰まった。

「そしてアレは、マレビトなんだろう?」

ミシェイルは今度は、驚愕に息を呑む。

少し申し訳なさそうにオーヴァンは耳を垂らした。

「気になって少し調べたんだ。あいつの言ってた出身地に金色狼が生まれたって話はなかったし、それにあんたは、……無紋《むもん》だったんだろう。そこにいつの間にか狼が現れて一緒に住み出したってくれば、なあ。そもそも俺らみたいな荒っぽい上位種に、料理や酒のサーブなんてちまいことができるか。そっからしておかしいわ」

ミシェイルは服の上から番紋を押さえた。

今はそこに紋があるが、金色狼が出現する以前にはなかった。オーヴァンの指摘通り、彼は無紋だった。

「そうです。彼は、マレビトです」

やっぱりな、とオーヴァンは笑う。

「上手く行ってるのか?」

ミシェイルは首を振った。そして、金色狼が元いた世界では異性との自由恋愛が主流で、その彼に同性である自分が番として関係を持ちかけることができないことを語った。

「異性との自由恋愛、ねえ。俺らにとっちゃ他人なんて『番と番以外』しかいないのに、異性と来たか」

「それで、今までのマレビトはどうしていたんだろうと気になって、図書館で調べようかと。あなたはマレビトにお詳しいのですか？」

「いや。そういう存在もいる、って軍に入った時に習った程度」

オーヴァンはさらりと嘘をついた。

本当は彼は、ハリルも知っているマレビトが起こした事件を知っている。異界から来た番が己《おの》が番を殺した事件は獣人たちを震撼《しんかん》させ、それは機密となった。

舞台となった村の村人たちは固く口を閉ざしてこの事件のことは語らないし、事件の詳細をまとめた調書は封じられている。マレビトを調査した本はいくつかあるが、そのどれにもこの事件のことは書かれていない。

臭いものに蓋をしたわけではない。

当時の王は、マレビトが排斥されるのを恐れた。過去には、マレビトと獣人が幸せに番として添い遂げた例もあるというのに、この一件だけをあげつらってマレビトが狩られることを恐れたのだ。

「図書館はあっちだ。司書に聞けば、すぐに出してくれるだろう」

ミシェイルは礼を言って歩き出す。その細い背を見送り、オーヴァンは目を細めた。

（殺すのか殺されるのか、はたまた上手く行くのか）

すべては当人たち次第だ。番の問題に、他人が首を突っ込むことはできない。

オーヴァンに言われた通りに司書に尋ねてみれば、すぐに本を探してきてくれた。

利用者の少ない静かな館内で、ミシェイルは本を開く。本は二冊あったが、目次を見比べる限り、共通した三組の番のことを題材にしているようだった。

新しくて印刷のきれいな方の本からミシェイルは読み始めた。

記録に残る一番古い番は異性で、マレビトは番制度のない世界から来たらしい。獣人とマレビトは同じ年で、マレビトの女性が十六歳の時に界を越えた。若い二人はひと目会うなり恋をして、障害なく結ばれ、子宝に恵まれてつつがなく幸せに暮らしたらしい。

「……」

二番目の番もこれまた異性で、獣人が男性で十八歳。対して女性は二十四歳で、異界で結婚していたのでもめにもめたようだ。こちらの場合もマレビトの世界では番制度はなく、父親が家格や経済状況を鑑《かんが》みて娘を嫁がせる『セイリャクケッコン』なるものが主流だったらしい。もめはしたが結局はまとまり、こちらも子宝に恵まれて共に墓に入るまで添い遂げたようだ。

「……」

ミシェイルはため息をついて三番目のマレビトの記録を読み始める。

三番目の番は、男性同士だった。獣人が二十歳、マレビトが十八歳で出会ったそうだ。やはりこのマレビトの世界でも番制度は存在しなかったが、そもそも同性愛をもてはやす風潮があったとかで、案外すんなりと番を受け入れたらしい。彼らは同性なので子宝には恵まれなかったが、共白髪で一生を終えたそうだ。

「…………」

ミシェイルは額を押さえながら本を閉じた。

（なんの参考にもならない）

三文《さんもん》小説を、無理矢理に読まされた気分だ。

やたらと出会った年齢に十八歳が多い。十六歳なのは女性だけで、千裕自身も十八歳だと言っていた。それは、おそらくは成人年齢だからなのだろう、と当たりをつける。十八は男性の、十六は女性の成人年齢だ。この国では、その年から結婚が可能になる。

（一番目。チヒロは俺にひと目惚れなんてしなかった）

発音はできないが、心の中では彼の名を呼んでいるミシェイルである。恋人でなければ呼べない名前らしいので、実際に呼べる日はまだまだ遠い。

（二番目。もめたのにまとまったきっかけはなんなんだったんだろう）

そもそも、もめるところにすら、たどり着いていない。

（三番目。チヒロの国では同性愛がもてはやされたりしてなかったんだろうな。男性同士なんて冗談じゃないって顔してる）

客相手に露骨《ろこつ》な態度は取らないが、男性同士の番連れ客の方はあまり見ないようにしている雰囲気があるのだ。

ミシェイルは机に突っ伏すと、切ないため息をついた。

千裕のことを考えると、ふわふわと落ち着かない気分になる。

番には、番にだけ感じられる独特の体香があるという。もちろんこの年になるまで番のいなかったミシェイルは、それを実感したことはなかった。だが千裕が出現し、彼の香りを初めて嗅いで、これがそうなのかと得心《とくしん》した。確かに、何にも勝る抗いがたい魅力をもった芳香《ほうこう》だった。

千裕の側にいれば、その香りを常に嗅ぐことになるミシェイルだ。彼の香りを感じて、彼の側にいると訳もなく嬉しくてたまらなくなる。失った尻尾が今もあれば、彼に絡ませずにはいられなかったろう。これが犬系の獣人なら、常に尻尾を振り続けるところである。

ところが千裕には、そんなそぶりもない。

ミシェイルの顔を見れば眉をひそめることも多く、嬉しいけれども緊張して腕に傷をつけてしまうミシェイルを叱るのはしょっちゅうだ。彼がミシェイルを見かけて、尻尾を振るようなことは一度もない。体香に関しては、鼻のいい狼のくせに気づいてもいないのだろう、おそらく。

(俺って、全然意識されてないよなあ)

こんな状態から、どうやったらこの三組の番のように、幸せになることができるのか。

ミシェイルは、服の上から番紋を押さえた。

(この紋がなかった頃――)

番紋を持ったひとびとは、輪になって踊る幸福な群れだった。ミシェイルはその輪の外側に放り出され、うずくまる影だった。疎外され、空虚《くうきょ》を抱え、それを埋める唯一の存在は、彼には用意されていない。番紋を持たぬ無紋の彼のゆく道に、番が現れることはない。

まるで黄泉路《よみじ》へと向かうような人生ではないか。生まれた瞬間に墓場に突っ込まれた方がまだましだったろうと、何度思ったか。

友人に番紋が現れるたびに、番を得たのだと彼らがはにかむたびに、圧倒的な疎外感が身を包む。

ひとびとがごく普通に手に入れる運命の賜物を手に入れられない、受け取る資格さえ与えられていない自分とはなんなのかと絶望する。

その絶望は、こうして番紋を得て番が現れた今も去らない。

絶望はより深く、千裕と共にある歓《よろこ》びを知れば知るほど明暗をあきらかにするのだった。

ミシェイルは未だに、人々が踊る輪の中に入れずにいた。

そして千裕は、輪の対岸にゆらぐ陽炎《かげろう》のようだ。


その頃千裕は、ひとり気ままに街歩きを楽しんでいた。

白い石畳の街はなかなかに清潔で、行き交う獣人たちはみなこざっぱりとした服装をしている。秩序の保たれた街のようだった。日差しはきついが汗ばむほどではなく、半そでで過ごしてもよいが、湿度は低く、日影では肌寒い程度の気温になる。ミシェイルに確認したところ、彼は季節という概念を持たなかった。そこからの推測によると、この世界には四季がない。延々と同じ気候の一日を繰り返すここは、昼は初夏のようで、朝と夜は初秋のような国だった。

まずは雑貨屋で、安価な中から気に入ったデザインの財布を探し、無造作にポケットに突っ込んでいた現金を移し替える。ちなみに現金は、ハリルに前借りした一ヵ月分の給料だ。

カバンも欲しいが、財布以外に入れるものが思い当たらない。それならポケットのままでもいいと判断し、見るだけにとどめた。

　会計場所の手前の棚には、手のひらにおさまるくらいの小箱が詰め込まれていた。表面にはびっしりと文字と模様が刻まれ、まるで鮮やかなテキスタイルが多種多様に詰め込まれているかのようだ。

（これ、煙草だ）

　線の細いミシェイルには煙草が似合わないのに、彼は何故か好むらしい。

　彼には朝一番に窓を開けて煙草を吸う習慣があり、よろい戸を開ける音に続いてあの爽やかでスパイシーな香りが窓ごしに漂い始めるのを、千裕は目覚ましがわりにしている。起きてわざわざ彼の部屋まで挨拶をしに行くのは、光の中で銀色に輝く彼を見たいからだ。それは初めて彼を見たあの朝の再現のようで、千裕の胸をどきりとさせる。違うのは、あの時は戸惑いを顔に浮かべていたミシェイルが笑うことだが、その笑顔がまぶしくて、千裕はしかつめらしい顔を作ってそそくさと部屋を後にすることになる。

　次は、裏庭のテラスだ。

　洗濯機を回しながらその横のがたついた椅子に座り、新聞を読みながら煙草を吸っている。この時は庇の下にいるが、放埓《ほうらつ》な雑草の照り返しが彼の髪を水面の揺らぎのように反射させる。この時吸っているのがどんな煙草だったかは、千裕は覚えていなかった。

　最後は、仕事上がりに居間で吸っている一服だ。この時の煙草の香りは、まるでチョコレートのように甘い。疲れた身体を弛緩させるこの甘い香りは、千裕も気に入っていた。これはよく居間のテーブルの上に放置されているので、パッケージを覚えている。

（これだ）

ピンクと茶色の幾何学模様が編まれたその箱を、千裕は買った。紙袋に包んで渡されたそれは、手に持つにも小さすぎて不恰好だし、なにより潰してしまいそうで怖い。結局千裕は適当な肩掛けカバンを見つけ出し、買ってそこに財布と煙草の包みを放り込んだ。

煙草はミシェイルへのお土産《みやげ》にするつもりなのだが、受け取ってくれるだろうか。

（なんか微妙に避けられてるんだよな）

最近気づいたのだが、ミシェイルは千裕を直視しない。いつも微妙に視線をそらしている。昼のまかないを食べる時はカウンターで隣のスツールに座るが、間違って腕でも触れ合おうものなら猫耳をぴんと立たせて硬直する。向かい合って話せば、緊張からか腕を組み、上腕をつねったり引っかいたりして傷をつけていることが多い。

（やっぱ俺の顔が怖いからかなぁ）

あのオーヴァンという黒豹が店に来た時のミシェイルの様子を思い出し、千裕はため息をついた。

雑貨屋を出た千裕は、適当な屋台で適当に昼をすませた。味は可もなく不可もなく。当然の話だと思うが、ミシェイルの作る食事の方が美味しい。それから大通りをぶらぶらと歩いて不動産屋を見つけ、表の掲示板で部屋の値段などを確認した。

第一発見者で保護者だからといって、いつまでもミシェイルやハリルの好意に甘えているわけにはいかない。仕事では当分ごやっかいになるにしろ、部屋は早めに出るつもりでいた。

（ミーさんをあんなに緊張させたままじゃ、かわいそうだもんなあ）

千裕は不動産屋に入って希望を伝え、だいたいの見積もりを参考として挙げてもらう。まだ現金がないから今すぐではないと伝えたが、不動産屋は図面と見積もりを持たせてきた。千裕はそれをカバンに放り込むと、店に帰ることにした。

店の裏庭に回ると、ちょうどミシェイルが洗濯物を取り込んでいた。

「おかえり」

光の中にいるミシェイルは、本当にうつくしい。青く光る瞳に見惚れかけたが、千裕はあわてて目をそらした。

(だから俺の顔は怖いんだってば)

「ただいま、です。俺がやっておきますよ、ミーさんは休んでいてください」

「……そう？　じゃあお願いしようかな」

軽い足取りで店に入っていくように見えたミシェイルの頬がこわばっていたことを、千裕は知らない。お互いに、お互いが苦手なのだと誤解をしているなどと、二人は思ってもいなかった。

店に入ったミシェイルは、作り置きしておいた冷やし茶に氷を入れた。たしか千裕は砂糖は入れない。

それをカウンターにことりと置いたところに、洗濯籠《かご》に洗濯物を満載にした千裕が入ってくる。ミシェイルは籠を受け取った。

「お茶置いといたから」

いくぶんそっけなく言い置いて、ミシェイルは二階に上がると自分の部屋で洗濯物を畳み始める。

しばらくして上がってきた千裕は、開け放してあったドアをコンコンと叩いた。

「ミーさん、あのね」

不思議そうな顔をして近寄ってきたミシェイルに、千裕は、カバンから取り出した煙草の包みを押しつける。

「くれるの？」

「ミーさんがいっつも吸ってる煙草。見かけたから買ってきました」

「はい」

「わざわざありがとう」

ミシェイルは少しはにかみながら、ぺり、と紙包みを開ける。

出てきたのは、居間のテーブルに置いてあるのと同じ煙草だ。

「ああ、これね。そういえばもうじきなくなりそうだったから、助かる」

ミシェイルは居間に行ってローテーブルの側にしゃがみ込むと、中棚の下から箱を引っ張り出した。

蓋を開けると、そこにはびっしりと煙草の箱が詰まっている。

「そんなにたくさん」

何気なく見守っていた千裕は、煙草の数の多さに顔を引きつらせた。

ミシェイルは空いているスペースに、もらったばかりの煙草を差し込んでいる。

「これはほとんどはカラだよ。気に入った箱をとってあるだけ」

コレクションなのか。

千裕は咄嗟に、きれいなお菓子の箱を集める子どもを連想する。確かに、千裕自身も雑貨屋の棚を見た時にテキスタイルが詰まっているみたいでかわいいと思ったが。コレクターも存在して、それがまさかこの年上の同居人だとは思いもよらなかった。

「でもそれを全部吸ったんでしょう？　お土産に買ってきておいてなんですけど、身体に悪くないんですか？」

思わず責める口調になった千裕を、ミシェイルは目を丸くして見上げた。

「……イブキ君の世界ではそうなの？」

ためらいがちに問い返され、今度は千裕が戸惑う。

煙草が身体に悪いのは、あちらの世界では常識だった。

「え、はい。俺の世界の煙草は吸いすぎると身体に悪くて、体力が落ちたり味覚が鈍ったりします」

「なんでそんなもの吸うの。それじゃあ、ただの毒だよね」

ミシェイルは千裕の説明を聞いて驚いたように目を見開いていた。その様子に、千裕は更に戸惑いを深める。

「え、そう……ですよね。じゃ、こっちでは違うんですか」

ああ、異文化交流だ。俺の常識はこっちの非常識……その逆もしかり。自分の常識をミシェイルに押しつけようとしたことを反省する。そして、こちらが強く出ても受け流して、嫌な顔ひとつ見せずに常識をすり合わせてくれるミシェイルを大人だな、と思う。いつもそうなのだ。

「身体に害があるとか、聞いたことないなあ」

「吸ってめまいがしたり、舌がしびれたりは？」

「全然」

ミシェイルはふるふると首を振った。

「そもそもコレは、吸ってもいいし、火をつけたまま放置しててもいいんだよね」

ミシェイルはそう言って、煙草に火をつけ、灰皿に放置する。ふわりと紫煙がくゆり、甘い香りが部屋に満ちていくさまは――。

「……アロマですね」

灰皿に放置された煙草は線香に似ている。おそらくミシェイルはアロマという言葉の意味はわからなかったろうが、煙草を吸ってみるように千裕に促した。

「吸うんですか」

「うん」

苦味を想像しながら吸い込んでみると。

「なんで。本当にチョコの味がします……」

千裕の驚きが面白かったのか、ミシェイルは自分の部屋から、朝いつも吸っている煙草を取ってくる。

「これも吸ってみて」

言われるままに、煙草に火をつけて吸い込む。

「チャイです。パンチ効いてますね……」

なんだこれは。まるで、チョコやチャイをそのまま口にしているようではないか。

千裕は目を丸くして、己《おのれ》の指先に挟んだ煙草を見つめた。それは、外見は同じながら、地球の煙草とは全然違う嗜好品《しこうひん》だった。

「目が覚めるよね、それ。俺は味も楽しみたいから吸うんだ……けど、イブキ君みたいに肺まで吸い込むのはあんまりないかな？　それやっても味は変わらないし」

言われて千裕は噎《む》せた。つまり、鼻から煙が出るところを目撃されたというわけだ。あまりのカッコ悪さにめまいを感じる。

「す、吸い方まで違うんですね。向こうのは肺まで入れないと意味ないっていうか」

「所変われば品変わる……かな？」

あはは、とミシェイルは笑っている。

それを見て、千裕は、かわいいなぁと思った。

似合いもしない煙草を背伸びして吸っている淋しげな印象が、一気に変わってしまった。

この世界の煙草は、大人の渋い男を演出するアイテムではなくて、飴《あめ》やガムと変わらない、むしろ女性が好みそうなかわいい系のアイテムだったとは。

(気に入ったからってパッケージまで集めてるなんてさ、まるっきり女の子みたいだし)

その後千裕は、面白がったミシェイルにすすめられるまま様々な煙草を口にした。意外と辛いものや酸っぱいものもあって、煙草の嗜好は幅広くをカバーするようだった。そして最後に、わさびによく似たツーンとするものを吸わされて、泣いた。最初は面白がって笑っていたミシェイルも、罪悪感からか一緒に吸って、一緒に、込み上げてくるツーンに涙した。

そして翌日、いつも通りに漂ってくるスパイシーな煙草の香りで目覚めた千裕は、いつも通りにミシェイルの部屋に挨拶に行った。

窓辺には、いつものように銀と青にきらめくミシェイルが、くわえ煙草でたたずんでいる。

「ミーさん、俺にも一本下さい」

「いいよ」

二人は並んで、裏庭の緑を堪能《たんのう》しながらチャイを味わった。


煙草の一件以来、二人は少し打ち解けた。

「たまねぎをみじん切りにして、フライパンでいためて……」

キッチンに立つミシェイルの手元を見ていた千裕は、やっぱりプロだよなあと思った。さすが、十四歳の頃から十二年間も料理屋で働いてきただけのことはある。たまねぎを刻むミシェイルの手は、正確に素早く細かなみじん切りを作り出していた。

コンロにかけた鍋の中では、イモが皮のままぐつぐつ煮えている。

たまねぎにしてもジャガイモにしても、『それっぽい』というだけで実際には違うものなのだろうが、千裕は深く考えなかった。それっぽい材料でそれっぽく美味いものが作れれば、実際はどうでもいいのだ。

今日は、アデライドの定休日である。

朝市に出かけて材料を買い込んできた二人が、居間のキッチンで作っているのは、『コロッケ』だ。

「店のメニューに加えられそうな異界の料理って、ない？」

とミシェイルに訊かれて、千裕の出した答えがコロッケだったのだ。

この獣人国で食べられている料理は基本的に、あちらで言うところの洋食だ。ならばなにか洋食で、厨房で見かけたことのある材料で、と頭をひねって考えた。

千裕は、あちらでは親がかりの男子高校生である。

小・中学生の頃は商社勤めの父親の仕事について世界を回ったが、高校からは日本に腰を落ち着け、母親と二人で暮らした。それなりに余裕のある生活で、面倒をみる相手も千裕しかいないとあって、母は千裕になんの手伝いもさせなかった。千裕が作れる料理といえば、湯を注ぐだけのカップ麺《めん》や電子レンジであたためるだけの冷凍食品のたぐいである。

そんな千裕にある料理の知識といえば、中・高で経験した家庭科程度だ。

「……で、丸めて」

高校の時に行った調理実習の記憶を引っ張り出し、なんとかコロッケのタネを作った――もといミシェイルに作らせた千裕である。

衣《ころも》を作るのにバッター液をどう説明しようかと思っていたが、フライそのものはこちらの世界にもあるので、ミシェイルに丸投げですんだ。正直ほっとした。

「できた」

そして、油で揚げて完成である。

コロッケは工程は多いが、単純な料理だ。丸めている段階で味見もできるので失敗も少ない。多少薄味だったとしても、ソースをつければいい。

「あ。そういえばソースがないですね」

「ソース？」

ミシェイルはキッチンの調味料棚にある、ガラス瓶に入った茶色いソースを示す。

千裕は首を振った。

「いえ、あれってなんか油っぽくて甘いでしょ。俺が欲しいのは、酸っぱ甘いソースなんですよね」

ミシェイルはソースを小皿に出すと、そこに酢を混ぜてかき混ぜた。味見をして、またどちらかを足し、を繰り返している。

納得したのか、差し出してくるスプーンを千裕は舐めてみた。

「あ、こんな感じです」

油っぽさはそのままだが、そんなことはミシェイルも気づいているだろう。あくまでもそれっぽく。まるっきり再現する必要はないのだ。

「じゃああとは付け合わせの野菜でも」

トマトを切ろうと包丁を持つと、ミシェイルにあわてた様子で止められた。

「イブキ君、それ持ち方怖いから」

「え」

結局包丁を奪われて、千裕は手持ち無沙汰な監督者に逆戻りである。

揚げたてのコロッケと生野菜、ミシェイルが作ったスープ、そしてパン。それがこの日の昼食である。

ローテーブルに向かい合わせに座って、千裕はイタダキマスと手を合わせる。

「それいつも言ってるけど、あちらの習慣？」

「そうですね。もう癖になっちゃって抜けないんで。気にしないで下さい」

色々と意味のある言葉ではあるが、説明はしない。彼は、異なる文化を持った異なる国に、自国の文化をねじ込むのを好ましいとは思っていなかった。それは単に、父親と母親から受け継いだ流儀かもしれなかったし、異国人である他者と無用な軋轢《あつれき》を起こさないための処世術であるのかもしれなかった。

千裕はコロッケにソースを掛けたが、ミシェイルはまず掛けないまま食べてみている。

「あ、美味しいね」

「かりっと揚がってますね。さすが本職さんです」

千裕ひとりだったらどうなっていたことか。

ミシェイルは照れたようにはにかんで、今度はソースをつけてから口に運ぶ。

「確かにこのソースだと、油っぽいのがいただけないね」

「ま、美味いですけどね、これでも」

雰囲気は出ている。

ミシェイルは納得できずに、考えをめぐらせているようだ。

千裕はそっとしておいた。ここから先の改良は、ミシェイルとハリルの領分だ。

それからしばらくは、二人は食べることに専念した。

ミシェイルが口を開いたのは、千裕が食べ終わってからだ。

「コロッケ、イブキ君の好物？」

「好きですよ。大好物でもないですけど」

「大好物はなんなの？」

今一番欲しいのは米だ。コロッケをおかずにして食べる白米が好きだ。だが、米は店で見かけたことがない。存在しないか、よほど高くて店頭に並ばないかのどちらかなのだろう。だから、千裕はその望みを口にしなかった。

「そうですねえ。から揚げとかかな。鳥が好きですね」

店で使用される食材を思い出しながら、千裕は答えた。

「じゃあ、今度作るね。他に、イブキ君の食べたいもので俺の作れそうなものがあったら、なんでも言って。作ってみるから」

「はい。そのうちに」

異界から来た千裕を気遣って、故郷の味の再現をしてくれようというのだろう。ミシェイルの優しさはありがたかったが、千裕自身はあまり食にこだわりがなかった。

それは食だけでなく、家族や環境——元の世界全般に対してそうだった。

人間から獣人へと決定的な転変を遂げたからなのか、こちらで目覚めた時から、元の世界は紗幕《しゃまく》の向こうに見え隠れする影のようにぼやけている。それはこちらの世界で日々を重ねるほどに、強くなるのだった。元の世界ではただの学生で、彼がいなくなっても学校や友人は困らない。恋人がいたわけでもない。父と母はひとり息子の喪失を悲しむだろうが、経済的余裕がある上に今も夫婦として愛し合っている二人の老後にはなんの不安もない。

やっきになって紗幕を引き剝《は》がし帰還する路を探す理由を、千裕は持たないのだった——否、得体の知れない紗幕のせいで、そう思わせられているのかもしれないが。

ともあれ、千裕の中には元の世界への未練はさほどない。

「でも、ミーさんが、こっちの世界の美味い料理を沢山作ってくれる方が、俺は嬉しいですね」

むしろ今は、失った物を埋め合わせるよりも、得た物との関係をより良くしたいと思う千裕だ。

ミシェイルは目を丸くして、ぴんと耳を立てて千裕を見ている。少し頬が赤い。

「う……うん。じゃあ作るよ。鳥が好きなら鳥で、こっちの料理を作ってみる」

「楽しみにしてます」

ミシェイルはその夜、店でも滅多に出ない豪華な鳥料理を作って、千裕を驚かせた。

第三章　あの耳は他人のもの

たまにはまかない以外のものも食べようかと、二人で大通りに食事に出かけた時のことだ。

大きなパン屋の外テーブルでパンとスープを食べていたミシェイルは、先に食べ終わった千裕が、通りを眺めながらため息をついたことに気づいた。

「どうしたの？」

「え、いやあ」

千裕は振り向くと、ぴこんと動いたミシェイルの灰色の猫耳を見る。

「街にはこんなに、猫だの犬だの兎だの狐《きつね》だのともふもふしたものがあふれているのに……触《さわ》れるもふもふがいないのが理不尽だなぁと思っていただけです」

「もふもふ……」

「なんかもふもふしてるでしょ？　尻尾とか、耳とか。元の世界では動物が好きで、ばーちゃん家の猫とかすっごい好きだったのに、こっちじゃ全然動物を見ないんですもん。この国の猫は一体どこにいるんですか」

「………俺、猫だけど」

「あなたは獣人でしょうが」

そこで千裕は何かを思いついたように、目をきらめかせてミシェイルを見た。

ミシェイルは肩をすくめて身構える。

「それとも、猫に変身できたりします？」

「無理だよ。俺らはあくまでも獣人であって、人間に変身した獣じゃない」

「ですよねえ」

「変身できたら、イブキ君に全身撫でまわされたわけ？」

「まあそうなります。容赦なく、全身マッサージフルコースです」

むしろ変身したかった、と思うミシェイルだった。

「まあ俺はみ～さんには嫌われてたんで、途中で蹴り上げられて咬まれた挙げ句に逃げられるんですけどね」

「み～さん？」

ミシェイルは、自分が呼ばれたのかと思ってどきりとした。

「すみません。ばーちゃん家の猫です。ロシアンブルー……えーと、灰色の身体と緑の目の猫で、すっごいきれいなんです。俺の国では、猫につける名前としてはミーとかミケってのが一般的で、ばーちゃん家の猫も名前をみ～さんというんです」

「へえ」

「……飼い猫と同じ呼び方なんて、気を悪くしました？」

「いや、いいよ。その猫の色合いが俺と似てるし、名前もみ～とミシェイルだしで、思わずミーさんって呼んじゃうんだろ。まあ、俺はその猫みたいにきれいじゃないけどさ」

千裕は驚いて、ミシェイルを見返した。

パラソルの作る影にすっぽりおさまっているミシェイルは今は地味な灰色猫だが、地味＝うつくしくない、ではないし、陽が差した時のミシェイルのきらめきは、毎回千裕を感動させるほどなのに、一体なにを言っているのか。

「猫なら、そこらの森にいると思う。犬も、兎も。街に動物がいないのは、彼らが居つかないからだよ。獣人と動物は相性が悪い」

「なんでですか」

「だって、イブキ君、狼でしょう？　狼が猫と仲良くなれると思う？」

「……俺とミーさんは仲良しなんじゃないかと思うんですけど」

千裕のふざけた返答に、ミシェイルは赤面した。

確かに最近は仲良しだ。同居も職場も同じでも苦にならず、緊張の取れたミシェイルの様子に、不動産屋からもらった図面と見積もりはひねって捨てた千裕である。

「俺らのことじゃないだろ。動物の、狼と猫の話だ」

「はいはい。つまり、狼の匂いがぷんぷんする俺には、動物の猫は近寄ってきてもくれないってことなんですね」

なんて切ない話なんだ、とぼやいて千裕はテーブルに突っ伏した。

ミシェイルはジュースのストローをくわえたまま、首を傾げる。

「猫ってそんなにいいもの？」

「はい、最高ですよ猫！」

「ふうん？　俺は猫の獣人だけど、正直、猫なんて図鑑で見たくらいで本物を見たことも触《さわ》ったこともないんだよね。だからイブキ君の思い入れが今いちわからないんだけど、あれってどういう生き物なの？」

「猫なのに猫を知らないなんて……」

その後は千裕の独壇場となり、彼は自分とみ～さんのエピソードを滔々《とうとう》と語った。

曰《いわ》く、み～さんを初めて撫でた時の感動、だとか。

曰く、冬に行くと、暖《だん》を求めてみ～さんが布団に入ってきてくれるから冬にばかりばーちゃん家に行くだとか。み～さんの好物はカツオブシで、けれど病気が心配なので滅多にあげないとか。み～さんが怒った時に繰り出す、蹴りと咬みと押さえ込みの三点攻撃のすさまじさだとか。猫パンチの鮮やかさだとか。冷たいつれなさに胸が痛むが、同時にそれが最高なのだとか。

ミシェイルはそれに合わせてうんうんと頷きながら、思わずストローをかじっていた。

（チヒロをこれだけデレデレさせるほど好かれてるのにつれないなんて、猫っていうのは贅沢《ぜいたく》だな）

なんともうらやましい話である。

（で、そんなに猫が好きなのに、なんで猫の獣人の俺には全然デレデレしないのかな？）

所詮《しょせん》ひとだ。ということだろうか。猫であって猫でない、似て非《ひ》なるもの。

千裕のこの世界での生活も二ヵ月半を越え、二人ははじめの頃ほどはぎくしゃくしなくなった。ミシェイルは千裕に慣れたのか、彼を前にすると緊張のあまりに自分をつねったり爪をたててしまう悪癖を止めた。すると千裕も、彼を緊張させないように目をそらすのを、止めることができるようになったのである。日常会話ならごく普通に交わせるようになった二人である。

だがそこに、番に発展する雰囲気はない。

友好度は上がっても、恋愛度は上がらない。そんなだるい停滞感に、ミシェイルは浸かりきっていた。

「そんなに言うならさ」

頬杖をついて赤い頬を隠しながら、ミシェイルは口を開く。

「俺の耳、触ってもいいよ」

うつむいて、耳を千裕の前に突き出す。

「え。いいんですか？」

今、自分がどんな重要な提案をされたのかにも気付かずに、千裕はぱあっと満面の笑顔を見せる。

そして微塵のためらいもなく、ミシェイルの耳に飛びついた。両手で耳をすくい、もにっともむ。

「ひゃ……！」

「あ、くすぐったかったですか」

千裕の手の中でミシェイルの耳が、逃げたいとでも言うかのようにぴしぴしと羽ばたいている。

「あー、犬みたいにもふもふしてないけど、猫の耳ってつるつるぺったりでかわいい。それにミーさん髪の毛さらさらですねー」

耳を撫でるついでに頭も撫で、髪を梳《す》く。

ミシェイルは、頬杖で両頬を隠してうつむいたまま、ぎゅっと目を閉じていた。

耳と尻尾は、獣人の身体で一番敏感な部位だ。普通は番以外には触らせない。長く番がおらず、人に耳を触られるのはこれが初めての経験のミシェイルには、それが快とも不快とも判断がつかず、ただ強すぎる刺激にきつく目を閉ざしていた。

嵐の行き過ぎるのをじっと待っていると、そのうち、満足げなため息が聞こえ、ふっと千裕の気配が遠のいた。

「堪能しました。ありがとうございます」

顔を上げると、上気した頬をゆるませて微笑んでいる千裕がいた。

(……！　な、なんかすごい色っぽい顔になってる！)

ミシェイルはあわてて目をそらす。アレは見てはいけないモノだ。

「ミーさんも、俺の耳触ってみます?」

目前ににゅっと突き出された金色の耳に、ミシェイルは仰け反った。

大変魅力的な誘いである。だが、ミシェイルの側には、「これは番だけに許された行為だ」という禁忌《きんき》がある。

「…………いいの？　俺が触っても」

千裕自身がまだ無自覚なことに罪悪感を持ちつつも、結局は、ミシェイルは折れた。

「お礼です。って、別にミーさんはもふもふ好きじゃないのか」

「触らせてくれるっていうなら、触る」

ミシェイルはそうっと手を伸ばした。

金色の短い被毛の密集した、肉厚な耳だ。つまむと、ふにゃりと柔らかい。ふわっとした感触が意外で、強く撫でると、耳が逃げた。同時に千裕が「ひゃはは」と変な笑い方をする。

「……思ったよりもくすぐったいです」

千裕が恥じ入るように肩をすくめて笑った。

千裕の気持ちのわかるミシェイルは、笑いながらも厳しい要求をする。

「俺も耐えたんだから、イブキ君も、もうちょっと耐えろよ」

「はいはい。すみません」

再び突き出されてくる耳を、ミシェイルは遠慮なく撫でまくってやる。

千裕は頰をひくひくさせながらも、今度は逃げずに耐えている。

「これは確かに、もふもふしてるね」

柔らかで意外とあたたかな耳に触れていると、心が穏やかになるのを感じる。

「でしょうでしょう。そういうのをもふもふっていうんですよ」

ぱさっと、音がした。

ミシェイルが驚いて目をやると、千裕が尾をゆるく振っていた。ぱたりぱたりと、金色のふっさりとした尻尾が右に左に行ったり来たりしている。

「……気持ちいいの？」

思わず、かすれた声で確認するミシェイルだ。

（俺に耳を撫でられて？）

先述した通り、通常獣人は、耳と尻尾は番以外には触らせない。もちろん千裕はそれを知らずに触らせてくれたのだが、触られて気持ちいいと感じてもらえたことは、ミシェイルに予想外の喜びと満足を与えた。

「……寝てしまいそうです」

千裕は本当に眠そうな、とろけた声で答えた。

「イブキ君が尻尾振るとこ、初めて見たな」

「……そうかも。結構じゃまっけなんで、力入れて大人しくさせてますもん。なんか耳を触られると、身体が弛緩しますね」

「はは、そう？　寝られると困るから、もういいや」

ミシェイルはぱっと手を離した。

「ああ！　今すっごい気持ちよかったのに！」

耳を手放された千裕がぱっと顔を上げる。その勢いにミシェイルは仰け反るのだが、それに気づかぬ様子の彼は、

「ミーさん、俺が寝つけない時に撫でて下さいね。絶対ですよ」

そんな約束を勝手に取りつけてきた。耳を触られる感触がよほど気に入ったのだろう。

ミシェイルはぱちぱちと目をしばたく。

「いや、でも」

耳と尻尾は本来、番以外には触らせないものなのだ。

「ダメだからそれ」

千裕との触り合いっこは楽しかった。だがこれは、本来は番同士のする行為なのだ。

突然真顔になって断ってきたミシェイルに、千裕が虚《きょ》を衝《つ》かれた顔をする。

「耳と尻尾は、本当は……番以外は触っちゃダメな場所だから」

番ではあるが、番ではないお芝居をしているミシェイルが触れていい場所ではないのだ。

「え」

「ごめん。先に説明しとくべきだったよね。イブキ君、もふもふしたいからって他の人に耳触らせてなんて言ったらダメだからね。それはこっちでは、とても失礼な振る舞いだから」

番が一緒にいれば殴られる可能性だってある。そのくらいに重大な行為なのだ。

これを説明してしまった以上、ミシェイルはもう冗談であっても千裕の耳には触れない。せっかくの僥倖《ぎょうこう》だったのだから、もっと堪能すればよかったかと惜しく思いつつ、ミシェイルは両手を膝の上に置いた。

千裕とて、聞いた以上はミシェイルの耳に触《ふ》れようとはしないだろう。

知らぬこととはいえ、ほんのいっとき、番のように触れ合えた。それだけでも幸せに思っておかねばと、ミシェイルはうつむいて唇を噛んだ。

「そうだったんですか。俺、知らなくて。すみませんでした」

千裕は面食らった様子で詫びを入れてくる。ミシェイルはあわてて首を振った。

「いや、触れって言ったのはこっちだから、謝る必要はないんだけど……俺の方こそ、何も知らないイブキ君の耳を触ってしまってごめん」

「じゃあ、俺は今後ミーさんの耳には触りません。けど、俺の耳にはミーさんは触っていい、ってことにしませんか?」

今度虚を衝かれたのはミシェイルの方だった。

「なに言ってる……」

目を見開いたミシェイルに、千裕は滔々とまくしたてる。

「俺、番探す気も出会う気もないですし。だったら別に、操立《みさお》て? することもないんじゃないですかね。ミーさんのは、ミーさんの番に配慮して触りませんけど…………ホントはめちゃくちゃ触りたいですけどね。ああ、さっきもっと触っときゃよかったな。ミーさんは触ることもタブーですか? そんなことないですよね。さっき思いっきり俺の耳触りましたもんね」

そう言いきってにこりと笑う微笑みが、なにやら黒い。

「えっと……何か怒ってる……?」

ミシェイルはどうやら気分を害したらしい千裕に気圧されて、猫耳をへしょりと倒した。

千裕は笑顔を崩さぬまま、首を振った。

「いいえ。ミーさんにはなにも。俺はただ、俺の耳を触ってくれないかなーってお願いしてるだけですよ」

「だからそれは、番じゃないとダメだって」

「俺は、番は必要ありません。俺の耳に触っているからって、怒る相手はいないんですよ。だったらいいんじゃないですか？」

ミシェイルはゆるく首を振った。否定というよりはわけがわからなかったのだ。

「なんでいきなり、そんなにこだわってるの？ ……さっきの、そんなに気持ちよかった？」

「はい」

「――わかったよ」

千裕は更ににっこりと笑った。

結局、ため息混じりに言ってミシェイルが折れた。

隠してはいるが、正真正銘の番同士なのだ。身体はそれを知っているから、心地よいということなのかもしれない。

「ホントですか？ やった」

「だけど、たま～にだから。しょっちゅうとか面倒だから嫌だからね」

「面倒とか、冷たいです」

「いや本当に面倒だから」

そうでも言って突っぱねなければ、ねだられるままに、いくらでも触ってしまいそうだった。こだわっているのは千裕だが、本当はミシェイルとて触りたかった。千裕の肉厚の金色の耳は柔らかく、よい香りがして、とてもかわいかったのだ。むしろ手放しがたかったのは、ミシェイルの方だった。

「さっきの続き……」

さっそくおねだりがかかるが、ミシェイルはそれをにべもなくはねつける。

「もう帰る時間だし」

手早くテーブルの後片付けをすると、千裕がついてくるのも確認せずに、先に立ってさっさと歩き出した。


ラストオーダーの客にサーブし終わって、千裕はほうと息をついた。

店内はまだ混み合っていて、店のそこここに獣の耳が揺れる。今まではその耳を見ても、他人の身体だから触れようとは思わなかったのだが、今日の昼に話を聞いてからは「触れてはいけないもの」に変化してしまった。

(どうせここにいるのはおっさんばかりだ。触りたい相手でもない)

だが、厨房でひょこひょこしている灰色の猫耳にまで触れることができないのは、実に残念だった。今日の昼間初めて触れた、絹のような手触りの耳を思い出すと、今でも胸にじーんと感動が走る。これは、猫のみ～さんに初めて触らせてもらった時の感動と同じだな、と千裕は思った。

(あの耳は他人のものか……)

触れる資格があるのは、たったひとり。ミシェイルの番だけ。そして、それは自分ではない。そう考えると、何故か面白くない心地がする。

(ミーさんはそんな大事な耳をよく触らせてくれたよな。俺の猫欠乏症がそんなにかわいそうに見え

たのか)

この世界に来て二ヵ月半。

この世界の獣人たちにとって、番という存在がいかに大切なものなのか、身に染みて理解しつつある千裕である。

一年中初夏らしい過ごしやすさで、屋外で寝ても凍死せず、森に行けば人の手が入らなくとも木々には果実が実り、野の獣も獣人は避けて通る。生存するだけならばたやすいこの世界は、千裕の目には、恋愛に特化するために作られた不自然な世界に見えた。

人々の命題は番と出会い、よりより恋愛関係を構築することにある。

はじめにこの世界に落ちてきた時には、運命の相手なんて冗談ではないと拒否反応を示した千裕だか、最近はそれも少し緩和《かんわ》された。

こうして毎日接客をこなし、複数の人々と触れ合って、もれ聞こえてしまう会話から彼らの生活の一端を垣間見《かいまみ》るに、『番』とは、たやすいものではないのだと気づいたのだ。

(白馬に乗った王子さまとお姫さまは幸せに暮らしました)

あちらの世界での、定番のハッピーエンド。

運命的に出会った男女が熱烈な恋愛をし、ついには結ばれる。その後は語られない。何故なら、彼らは『幸せに暮らしているのが当たり前』だからだ。それがあちらの世界での予定調和で様式美だが、こちらの世界では違う。

『番』と出会って、恋愛を始める。

この順番は、実は重要だ。

恋愛をしてから結婚に至るあちらでは、自分の好みで相手が選べる。だがこちらでは、相手を自分では選べない。獣人たちにだって好みはあるのだ。だが、出会う番が好みに合致しているとは限らない。それでも彼らは番を愛す、本能的に。そして理性すらもが、愛する努力をし始める。

問題を起こすやっかいな番もいるだろうし、相手の住んでいる場所や職業如何《いかん》では、どちらかのこれまでの経験が無に帰すこともある。それでも彼らは離れられない、番だから。

あらかじめ運命の相手が決まっていてイージーにハッピーかと思えば、どんな相手であっても生涯を共にしなければならないというリスクは、実はとてもハードだ。

(俺にはそんなことできそうもないから、番とは出会いたくないな)

はじめの頃よりは柔軟に、そして逃げ腰になった千裕である。

番制度のある恋愛特化のこの世界に落ちてきた。その理由はこの世界に、自分にも演じるべき恋愛劇が用意されているからなのではないか。そんな風に思えて、怖《お》じ気づく千裕なのだった。

(番に会ったが最後、運命に搦《から》め捕《と》られるわけだ)

まだ見ぬ番を思い、千裕は憂鬱《ゆううつ》にため息をつく。

その時、狼の性能のよい耳が、「ミシェイル」という客席からの小さな呟きを拾った。目線だけを動かして確認すれば、カウンターの一番奥の席にいる二人連れがちらちらと厨房を見ながら囁き合っている。

「あいつは無紋だからな。二十六まで紋ナシじゃあもう無理だろ」

「そりゃそうだな。今出ても相手が育って結婚できる頃には四十二か四十四か。ありえないね。お先真っ暗って感じだな。この先どうするのかね」

「番をなくしたカタワレの、後添《のちぞ》いになるしかないわな」

「あいつはああ見えてなかなかの美形だから、引く手あまただろうよ」

二人は無責任な推測話を小声で交わしていた。

ちらりと目を走らせると、厨房で忙しくしているミシェイルの耳にまでは届いていないようだ。

(無紋……？　なんのことだ)

千裕は気配を消して、二人の背後へ移動する。

鼠《ねずみ》と狐の二人連れは、千裕にはまったく気づかない様子で噂話を続けた。

「実際今までにも、何人ものカタワレと付き合ったことがあるらしいぞ。だが、一番熱を上げていた紋アリには、結局、番が現れて振られたらしい」

「カタワレと紋ナシですらピンとこなくて、そうそうまとまらないのに、紋アリが番以外になびくかよ。馬鹿馬鹿しい」

話が中傷っぽくなってきた。

(こいつら一体なにを)

胸に込み上げてくる嫌悪と湧いてくる怒りをなだめ、更には怒りのせいで毛を逆立てそうになる尻尾を制御しつつ、千裕は二人の脇に回り込んだ。

「失礼、お下げしても？」

二人の前の皿はきれいにカラになっている。

突然現れたように見えた金色狼を、二人は怯《おび》えたように見上げた。

「あ、ああ。ごちそうさん」

帰れという無言の圧力に従い、二人は手早く会計をすますとささっと店を出ていく。

千裕は二人の使った食器を片付けようと手を伸ばした。皿の下方を人差し指で支え、その上部に親指を掛ける。いつも通りの、何気ない所作だった。

だが、どうしたことか、皿はばきりと砕けた。

千裕が指を合わせたところからぴしりと亀裂が走り、半月を描くように真っ二つに割れたのだ。割れた欠片《かけら》同士がぶつかりながら、カウンターの下へと落下する。

突如響いた破壊音に、店内にシーンと沈黙が落ちた。

「申し訳ございません」

思わぬ失態に、千裕は店内に向かって頭を下げた。アデライドで働き始めて二ヵ月半、千裕の、初めての失敗らしい失敗だった。

心配性のミシェイルが、あわててカウンターをくぐって出てくる。

「大丈夫？」

軽い足音が近づいて、優しげな声と共に肩に触れてこようとする気配がする。それを感じ取りつつも、何故か彼の方を向く気にならない千裕は、かたくなに背を向けたまま、割れた食器を集めた。

そして、見ずともわかる白い指先が、肩に触れたその瞬間。千裕は、無意識に尻尾を振りたてると、彼の細い身体をはたきつけていたのだった。

猫の軽い身体が、頑強な狼の一撃に耐えられるはずがない。

ばしりと胴を打たれてふらついたミシェイルは、壁に背を打ちつける。一瞬息が詰まるほどの衝撃を受けたのか、咳き込んだ。げほっと音を鳴らした口元を押さえながら、ミシェイルは視線を上げる。

千裕はミシェイルを打ち据えた姿勢のまま、顔だけを振り向けて彼を見ていた。

猫と狼は、お互いにお互いを信じられないものを見るような目で見つめ合った。

千裕は己のふるった暴力が信じられなくて、ミシェイルは何故自分が打たれたのかがわからずに。

「イル!? こらイブキお前なにしてる！」

厨房から響いたハリルの怒鳴り声をきっかけに、騒ぎはゴメンだとばかりに食事を終えた客たちがガタガタと席を立つ。

ミシェイルは息を整えると、立ち尽くしたままの狼の隣をすり抜けた。手早くハリルと会計をすませて回り、客のいなくなった店内には、猫と狼と狸だけが残された。

ハリルは扉にクローズドの札を掲げ、施錠《せじょう》した。

「どうしたんだ。何かあったのか」

ハリルに問われてもミシェイル自身もさっぱりわからず、あいまいに首を傾げながら千裕を心配げな眼差《まなざ》しで見やる。

「イブキ君大丈夫？ お客さんになにかされた？」

「いえ……。それより、叩いてしまってすみませんでした」

「大丈夫。たいしたことないから。じゃあ俺が破片片付けるから、他のをお願いしていい？」

「イル、甘やかすな。イブキにやらせろ」

ミシェイルは肩をすくめると、ほうきとちりとりを持ってきて、カウンター近くに置いた。千裕は散らばった大きな破片を集めてちりとりに入れ、床に散ったこまかな破片をほうきで集める。

三人は無言で店じまいを続け、すべて整った後に、ハリルが訊いた。

「何があった？」

いつも陽気でひとのいいハリルに真顔で詰め寄られ、千裕は返事に窮《きゅう》する。

むしろそれは、自分に問いたい。

あの二人連れの会話の何が、自分にこんなにも平常心を失わせたのか、千裕にはさっぱりわからなかった。

「いえ、ただ……客の噂話にムカついただけなんです」

ハリルは眉をひそめると、しばし沈黙してから、ミシェイルにあごをしゃくって言った。

「先に上がってろ」

「え、でも」

「いいから行っとけ」

「……はい。じゃあ、お先です。お疲れさまでした」

後ろ髪を引かれつつも、ミシェイルが二階へと上がっていく。その足音が完全に消えた頃、ハリルはスツールへと腰を下ろした。千裕にも、その隣に座るよう促す。

「で、何を聞いたんだ」

「…………」

「言えよ。どうせイルのことだろ？　お前が平静じゃなくなるったら、そのくらいしかない」

千裕は目を見開いた。

(俺って、ミーさんのことだと冷静じゃなくなるの？)

そんな自覚は、これっぽっちもなかった。ミシェイルとハリルに対して態度を変えていたとは思わないが、端からはそう見えているのだろうか。

「ええと……。まずミーさんのことを『紋ナシ』って呼んで、カタワレの後添いになるしかないとか。何人ものカタワレと付き合っていた、とか。紋アリに熱をあげた挙げ句に振られた、って馬鹿にしたり……」

千裕が言葉を重ねるたびに、ハリルの耳が垂れ下がっていく。

「はぁぁぁ……事実無根とは言わないが、真実でもねーぞ、それ」

「え」

ハリルが深く息をつきながら呆れたように吐き出すのを聞いて、千裕の垂れていた尻尾がぴこっと上がる。同時に、うなだれ気味だった耳も力を取り戻し、今後のハリルの言葉を聞きもらすまいとするかのようにピンとそばだった。

「まず、紋ナシってのは番紋のないやつのことだな。それはわかるか？」

「はい」

千裕は自分の腕にもある紋を思い出す。

「イルは、その紋がなかった。つまり番がいなかったんだな。たまにいるんだ、そういうやつ。番がいても死に別れれば無紋になる、そういうのはカタワレという。カタワレ同士やカタワレと紋ナシで結婚することを、後添いという。——イルはあの通りの美人だから、後添いに望まれることも多かったんだが……結局どれも上手くいかなかった。イルは番が現れることを諦めきれないし、相手も結局は死んだ番に心を残しているしで。たしか、付き合った人数は三人で、結局はどいつも半月にも満たない期間で終わって、同時進行もしてねぇ」

だいたい、ミシェイルがかたくなな態度を崩せずに、それを見て相手が引くらしい。

「………最後の、ミーさんから熱をあげたってやつは？」

一番引っかかっていたことを千裕は問う。

ハリルはうっとうしそうにひらひらと手を振った。

「逆だ逆。入れ込んでたのは紋アリの方。『番と出会っても君を選ぶから、僕と結婚してくれ』とか言ったアホ。イルはそいつのことは、蛇蝎《だかつ》の如《ごと》く嫌ってたよ。そりゃそうだ。イルが欲しくて仕方がないものを持っているのに、簡単に捨てるって言うんだもんな。感性が鈍いにもほどがある」

「……そうだったんだ」

ミシェイル自身が心を動かしていたわけではないらしい。そう断言されて千裕は、客の噂話を聞いて以来こわばっていた身体の力を抜いた。

「許してやれよ。浮気ともいえない程度だと納得してくれや」

ハリルの懇願を、だが千裕は聞き逃した。

「あれ、……俺今日、ミーさんに『番は探さないし出会いたくない』って言っちゃいましたよ。これって、俺も蛇蝎の如く嫌われるんですかね？」

「アホか」

ハリルは呆れてため息をつき、匙《さじ》を投げた。

「お前とイルのことは、自分らでちゃんと話し合え。ただし、さっきみたいな暴力は厳禁だ。俺はあいつがボロボロだった小さい頃に引き取って育ててきたんだからな。あいつに傷をつけるのは、たとえお前でも、親代わりとして許さんぞ」

狸親父が突如すごんでくるのに、千裕は頬を引きつらせながら頷く。

ハリルの話を聞いて、心を重くふさぐものは晴れたが、なにが原因で心がふさぎ、そしてまた何故晴れたのかは、この時の千裕にはまだ理解できなかった。

ただ、ミシェイルに暴力をふるったことを謝らなければと、それだけを思った。

「じゃあ、俺は帰る」

「はい。お疲れさまでした」

裏口から帰るハリルを見送り、施錠をしてから、千裕も店を後にする。店内のランプを吹き消し、暗い階段を上がると、やがて居間から明かりが差してくる。

居間では、ミシェイルが千裕を待っていた。

先に入浴を終えたらしく、いつも通りのだぼついたパジャマを着てソファに座っている。

「お疲れさま」

いつもと変わりない笑顔を向けられてほっとすると同時に、罪悪感がふくれ上がる。

よくもまあ、尻尾でとはいえこのひとを殴れたものだ。千裕は今更だが、自分のしたことが信じられなかった。

「ミーさん、殴っちゃって、本当にすみませんでした」

千裕は深々と頭を下げる。

「え。いいってもう」

「大丈夫でしたか？　アザとかできてません？　背中と肩」

「たいしたことないから、大丈夫」

「見せて下さい。確認します」

千裕がソファの後ろに回り込んでいくと、ミシェイルはぎくりと顔をこわばらせ、はじかれたように立ち上がった。

「いいって。なんにもなってないから」

「自分じゃ見えないでしょう?」

逃げようとするミシェイルと、逃がすまいと彼の肩を摑む千裕。

「嫌だったら!」

ミシェイルが身をひねって逃げようとしたその拍子に、だぼついたパジャマの襟首から下を、千裕は見通してしまった。

「……ミーさん」

打撲《だぼく》のアザを見つけるはずが、まったく違うものを見てしまった衝撃で、千裕はぱっと手を離す。

その反応で、見られたことを知ったミシェイルが、振り切るように身をよじって距離を取った。

「馬鹿!　だから嫌だって言っただろ!」

捨て台詞《ぜりふ》を叩きつけて、ばたばたと自室に駆けていく。

バタンとドアが閉められ、千裕は息を吐きながら床にしゃがみ込んだ。

「………謝るつもりが余計に傷つけてどーすんだ俺……」

ミシェイルの白くなめらかなうなじから下の背は、引きつれたやけど痕に覆われていたのだ。千裕はぞっとして、一瞬で脳裏に焼きついてしまったそれを思い返す。

(尻尾がないのは、燃えたからなのか)

尻尾を失ったのは子どもの頃だと言っていた。思えば、先ほどハリルも、ボロボロだった小さい頃に引き取ったと言っていた。

（火事？　まさか、虐待？）

こんなのどかな世界で虐待があるとは思いがたい。願望的に、火事だったと思いたい。だがどちらにしても、一歩間違えれば、ミシェイルが生きて今ここにいない可能性があったことに、千裕はぞっとして毛を逆立たせる。

千裕はコンコンとミシェイルの部屋のドアを叩いた
「ミーさん、すみませんでした」

開かぬドアに向かって頭を下げる。

中からは何のいらえもなく、物音ひとつ聞こえない。だが性能のいい狼の耳は、無音に思える静寂の中に、猫の呼吸のわななきを感じ取っていた。


翌朝ミシェイルは、昨晩のことを謝る千裕を見事なほどに無視し、今まで通りの日常に戻そうとした。なかったことにしたい意志をこうもあからさまに示されては、千裕もそれ以上はこだわれない。

二人はごく普通に午前中の業務をこなした。

「なんか昨日、騒ぎを起こしたって聞いたんだが？」

王国軍の黒豹オーヴァンが顔を見せたのは、昼休憩前のことだ。

彼ははじめに姿を見せた時以来、週に一度くらいの間隔で店を訪れるようになっていた。今では複数の常連とも顔見知りだし、ハリルとも雑談を交わす中だ。

「騒ぎって……皿割っただけだし」

「殺される、ってわめいてた客もいたらしいのに、そんなもんか？」

オーヴァンは店内を見渡す。

確かに、どこにも殺人にまで発展しそうな騒動があった様子はない。どうも、幾人もの口を介するうちに話に尾ひれがついたらしい。

「注文はなんだよ」

「いつもの」

この黒豹には、千裕は丁寧語を使わない。軍にしょっぴくと脅されたりからかわれたりしているうちに、面倒になったのだ。

「つまんねぇな。今度こそ金色狼を手土産にできるかと思ったのによ」

「平和でいいだろ」

軍になんか行ってたまるか。もはや意地になって決意する千裕である。

だがそんな決意もむなしく。

それから二ヵ月も経《た》たぬうちに、千裕はアデライドを破壊するような騒動を起こしてしまうのである。

赤い炎に全身を舐め尽くされる夢を見て、千裕は目覚めた。

ぐっしょりと汗に濡れ、カラカラに喉が渇いている。だるい身体を引きずるように移動し、居間に足を踏み入れると、まだあたりは暗く、薄明《はくめい》の差す兆《きざ》しもない。

キッチンに立った千裕はコップに水を汲《く》むと、一気にあおった。

もうすでに、炎の夢は四夜に渡って彼を追い続けていた。一夜目は、ミシェイルの背中のやけどを見たあの夜だ。あれから毎晩、千裕はこの悪夢を見続けている。今もまぶたの裏にちらつく紅蓮《ぐれん》の焔《ほのお》を思い出すと、部屋に戻って寝直す気にもなれず、千裕は居間のソファに横たわった。暗闇の中、身を丸くしてじっと目を開け、ミシェイルの部屋のドアを見つめる。

耳を澄ますと、ミシェイルの規則的な寝息が聞こえた。それは穏やかで、悪夢の気配を感じさせないものだった。千裕はそのかすかな音を頼りに、それを子守唄のように聞きながら寝入った。


甘い香りがして、誰かが耳を撫でている。

千裕はクンと鼻を鳴らして、その甘さに頬を寄せる。耳を撫でる指先の優しさが心地よく、千裕は再び眠りの園に誘われた。


食欲を刺激する香りに鼻腔をくすぐられ、目を開けると、キッチンでミシェイルが料理をしていた。

ぱっと壁の時計に目をやれば、時計は十一時台を指している。

あわてて身を起こすと、掛けられていたブランケットがずり落ちた。

「起きた？　おはよう」

「おはようございます。…………あ、そうか。今日は休みだった」

「うん。でもなんでそんなところで眠ってたの？　びっくりしたよ」

スープの味をみながら、ミシェイルが振り向く。

「……ちょっと、寝つけなくて」

「お昼できたけど、まだ入らなそう？」

「そうですね。もうちょっと時間おいてもらっていいですか」

「いいよ」

「ミーさん」

「ん」

千裕はぽすぽすとソファを叩いた。

「なに？」

「さっき撫でてくれていたでしょう？　もう一回して下さい」

「……いや、そこに俺が座ったら膝枕になるよね」

「いいでしょ別に」

「なんで逆に怒られるんだ……」

とりあえず本当に千裕が寝不足なのはわかっているのか、ミシェイルは大人しくソファに座り、膝に千裕の頭を乗せた。

途端にふわりと立ちのぼる甘い香りに、千裕は目を閉じる。

(なんでミーさんって、こんないい香りがするんだろう)

初めて会った時から、心をくすぐる香りだと思ったものだ。

ミシェイルが優しい手つきで千裕の耳を愛撫する。そのこそばゆさに、千裕はくふふと笑った。

「やだな。笑うならやめるよ」

「すみません。やめないで下さい」

脅されて、千裕はあわてて真面目な顔を作る。

しばらくミシェイルは無言で耳を撫でていたが、

「どうして眠れないの?」

と尋ねた。

千裕はあわてたように、ふるふると首を振る。

「ミーさんにこれ以上嫌われたくないから、言いません」

炎の夢と聞けば、ミシェイルはやけど痕と結びつけるだろう。そうすると、今度は口すらきいてもらえない事態に陥《おちい》るかもしれない。前回の、謝らせてももらえない拒絶は、千裕を傷つけた。だが、未だに千裕はその傷がどの程度のものなのかすら把握しておらず、こんな恨みがましい言い回しをしてまで、そのことを訴えてしまう己の不安定さに気づいてもいなかった。

彼は表層的には今はただ、ミシェイルの香りに包まれて安心していただけだった。

「俺は君を嫌ってなんか……」

意外なことを言われて、ミシェイルは戸惑った。

何故千裕がそんなことを言うのか考えて、さほどの過去でもない夜のことが思い浮かぶ。やけどの痕を見られたことの謝罪を、きちんと受け入れなかったからなのか。確かにあれは、ミシェイルにとっては口に出すのも嫌な出来事の産物で、語りたくないがために、謝罪すらさせずに無視を通したのだ。その時の千裕の愕然《がくぜん》とした顔、その後のしょんぼりとうなだれた様子は今も思い出すと辛い。罪悪感につまされたが、あえて自分の意志を押し通した。

けれどもそれは、間違いだったのだろうか。

ミシェイルは、いずれは千裕と番として名乗り合いたいという希望を持っている。それならば、彼に気持ちを誤解されるような振る舞いをしてはならなかった。

ミシェイルは一度またたきをすると、深く息を吸い込んで、それから語り始めた。

「俺はここから一日もかからない村の生まれで、すごく仲の良かった幼馴染みがいた」

千裕の耳がぴく、と動く。

起き上がろうとする動きを、ミシェイルは耳を撫でることで押さえ込んだ。

「もちろん小さな村だったから、子どもはみんな友達だ。けど、その幼馴染みとは一番仲がよくて、子どものうちで、番紋が現れない二人として残されたのも重要だったんだと思う。『このまま紋が出なかったら、ミーシェとあたし、無紋同士で結婚しようか』なんてよく言っていたっけ。俺は番紋が欲しかったけど、そう言ってくれる幼馴染みの気持ちも嬉しくて、頷いたりしてた。……けど、その幼馴染みにもとうとう番紋が出て……それからだ。幼馴染みは、まるでひとが変わったように、俺を嫌いだした」

千裕はミシェイルに膝枕をされたまま、じっと耳をそばだてている。

「『光の下に出てくるな』『影伝いに歩け』『薄気味の悪い目の、醜《みにく》い灰色猫のくせに』とか、よく言われて、日向《ひなた》にいると石をぶつけられたりね。ひと目のあるところではされなかったから、誰にどう相談を持ちかければいいのか、わからなかった。とりあえず俺は幼馴染みを避け続けて……そしたら今度は向こうが追いかけてきて、髪をむしられたりね……なんなんだろうな。——決定的なことが起こったのは、三つ年上だった幼馴染みが十六になる前日の夜だった。俺は普通に自分の部屋で寝てたんだけど……気づいたら、ランプを掲げた幼馴染みが部屋に忍び込んでいたんだ」

話は核心へと迫っていく。

「幼馴染みは手にのこぎりを持っていた。俺に、尻尾を寄越《よこ》せと言うんだ。『あんたのそのきれいな尻尾を寄越せ』と。俺の尻尾は灰色だったけど、先がちょっと白くて、半ばから白い斑点が濃淡を描くように浮かんでね、長さも細さもちょうどよくて、自分でもなかなか自慢の尻尾だったんだ。日頃ひとのことをあれだけ醜いとののしりながらも、あの尻尾だけは、幼馴染みもきれいだと認めてたんだな。で、それを切り落として寄越せ、と。三つの年の差があったって、男の俺の方が力は強いはずだったのに、その時の幼馴染みは狂気じみた怪力で俺を押さえつけて、尻尾の根元にのこぎりを入れた。俺は逃げられないけど暴れたから、手元が定まらなかったらしくて、尻尾は切り落とされないままズタボロになっていって……しまいに焦《じ》れた幼馴染みは『手に入らないなら燃えてしまえ』って、俺にランプを投げつけたんだ。……その後のことはよく覚えてないけど、多分俺の悲鳴で駆けつけてきた父親に助けられて、火傷がひどくて村では治療できなくて、そのままこの街に運ばれた。運んでくれたのが、たまたま村に泊まっていたハリルさん……つまり店長で、店長の知り合いの孤児院に寝泊まりしながら、治療院に通った。幼馴染みがいる村にはもう戻ることもできなくて、俺はそのまま店長の開いたこの店で働き始めたってわけ」

千裕は黙って聞いていたが、幼馴染みがのこぎりを手に迫ってくるくだりから、怒気があふれて仕方がなかった。しかも、なんの罪もないミシェイルが村に帰ることができない理由が「幼馴染みがいるから」だと。

「そいつはまだ生きてるんですか？　殺しに行っていいですかね」

それを聞いて、ミシェイルはひっそりと笑った。

普段は冷静で温和な千裕の口から出る言葉とも思えず、冗談と受け取ったのだろう。

「物騒《ぶっそう》なこと言わないでくれる？　俺はもう、関わりたくないんだから」

耳を撫でられて、千裕は次第に怒気をおさめていく。

冗談ではなく本当に殺しに行こうかと思っていたのだが、ミシェイルがそう言うなら仕方がない。

(そいつは、ミーさんのことが本気で好きだったんだろうな)

青灰色の瞳を細めて、千裕は思いをめぐらす。

紋アリ＝他人のもの。紋ナシ＝誰のものでもない＝誰のものにでもなりそう。という図式が成り立つのだろうか。幼馴染みといい、蛇蝎の如く嫌われた男といい、ミシェイルはよくよく紋アリを惑わすようだ。

しかし、番以外に向ける恋情は、この世界では異端だ。幼馴染みの恋心はおそらくは誰にも――ミシェイル本人にさえ理解されまい。彼は幼馴染みの言葉通り、本当に「醜い灰色猫だから嫌われた」と考えているに違いない。だからこそ、ミシェイルの自己評価はこんなにも低く、殺そうとするほどにないがしろにされたと思っているがゆえに、不安定な精神を抱えているわけだ。

「聞いて楽しい話でもないから話さなかっただけで……俺はイブキ君を嫌ったりは、していないよ」

最後に金色の耳をひと掻きしてやると、ミシェイルはにっこりと笑って、千裕の頭に手を添えて起き上がらせた。

「さあ、ご飯にしようか」

甘い香りが遠ざかる。

千裕はキッチンに向かう細く頼りない背を、感情を映さない上位種の瞳で見つめていた。

(二度とそんな目にはあわせない)

(あなたを守りたい)

ふとそんな思いが浮かぶが、千裕は即座にそれを打ち消した。

それでは、ミシェイルに狂った紋アリたちと同じではないか。

ミシェイルの番でもない千裕は、そんな思いを抱く資格を持ち合わせてはいない。

第四章　君は俺の番だからこの世界へ来たんだ

その日の最後の客は、犬種の男性だった。歳の頃は初老で、丁寧に切り整えられた髪には白いものが混じり始めている。風采は立派で、経済的にそれなりの成功をおさめていることがうかがえた。一見して、上流階級が集《つど》う高台側の店に行くべき存在で、間違っても庶民を相手にしているアデライドに来るような客ではない。

初めて見るその客を迎えた千裕《ちひろ》は、彼がまず厨房に目を走らせたことに軽く違和感を覚えた。

空いているテーブル席をすすめれば、カウンターでいいという。もちろん、客の希望通りにカウンターに通したものの、なにか違和感は拭《ぬぐ》えない。

注文を取れば、この店で最高の料理と最高の酒を選んでくる。上客ではある。

「ちょっと料理のことを聞きたいから、そこの猫の君、こっちで話をしてくれないか」

千裕が料理をサーブして、酒を注ぎ終わると、厨房内のミシェイルに声を掛ける。穏やかだか、有無を言わさぬ声だった。カウンターを回り込んで客の側《そば》に足を運ぶミシェイルは、緊張した面持ちだ。無理もない。元々人見知りの緊張しがちな青年なのである。

頰をこわばらせた白い顔を見て、千裕は彼をかばいたくなったが、料理の専門的な知識などあるわけもない。

千裕が見守る中、犬種の客はごく簡単な質問をミシェイルに投げかける。ミシェイルは緊張しつつもいくつかの質問に答え、犬紳士は頷《うなず》くと彼を解放した。

それが、その日だけのことならば普通の客だったろう。

ところが彼は、それ以来足繁く通ってきては、ミシェイルに声を掛けるようになったのだ。いつも高い酒と料理を頼み、サーブが終わるとミシェイルを呼びつけて、ごく簡単な質問を浴びせる。そしてその合間に感じのよい巧みな冗談を混ぜ込んでは、ミシェイルを笑わせるのだ。

それを見守る千裕の苛立《いらだ》ちは最高潮に達した。

ハリルも、これはいけないなと思った。その年の頃といいミシェイルを見定めようとする様子といい、以前彼を後添《のちぞ》いにと求めてきた者たちと共通するのである。だがその犬種は紳士的で、決してミシェイルを不快にさせることは言わないし、しつこくもしない。毎回多少の言葉を交わしてミシェイルから微笑を引き出すだけで、解放するのだ。もう少し露骨《ろこつ》であったなら注意のしようもあるものを、今くらいでは、料理について詳しく訊《き》きたがるただの客なのだ。

どうしたものかと悩んだハリルは、客を諫《いさ》められないものだから、千裕に注意をした。

「絶対に客に手出しはするなよ」

と。

千裕はそれを聞き分けて、忠実に守っていた。

本当のところは、この犬紳士が二度目に来店した時点で――正しくは、彼が店内に入って真っ先にミシェイルを見つめた時点で不愉快でたまらなかったのだが、必死でこらえていた。

(ミーさんがこいつと話すくらいで、何故こんなに)

なにせ常連ばかりの店なので、スタッフと客の間の垣根は低い。世間話くらい、ミシェイルだって毎日誰かと交わしている。それなのに、何故か、この犬紳士がミシェイルに声を掛けるのだけは耐えられないほどに不愉快なのだ。

(なにより、こいつの目が嫌だ。こいつはミーさんを、まるで女の子を見るように見るじゃないか)

そこまで考えて、千裕はどきりとした。

(………なんでそれがダメなんだ?)

千裕は順繰りに思考をたどっていく。

（無紋《むもん》のミーさんは、番《つがい》がいない。番のいないミーさんは、カタワレと呼ばれる独り身の後添いになるのが普通らしい。だから、ミーさんがこの人品《じんぴん》いやしからぬ犬紳士に望まれるのはいいことのはず……――ねえだろうが！）

結局思考をたどりきれず、自分自身に罵声《ばせい》を浴びせながら途中で放棄する。

（なんでこんなじーさんなんだ。こんなじーさんがミーさんに似合ってたまるか）

内心でぶつぶつと文句を呟《つぶや》きながら、今日もやってきた犬紳士の注文を取る千裕だ。本日で、実に六度目の来店となる。

「失礼します」

千裕がサーブを終えると、犬紳士は食事に取りかかる。

いつもならばそれから少しするとミシェイルを呼ぶのに、今日はお声が掛からない。

千裕は他の客の様子も見つつ、特に犬紳士の動向をうかがっていた。

犬紳士が動いたのは、食事を終えてからだった。

「ミシェイル」

まるで我が物であるかのようにミシェイルの名前を呼ぶ。それともそう感じるのが、すでに被害妄想なのだろうか。千裕はもはや、八つ当たり気味に犬紳士が憎い。

呼ばれたミシェイルは、緊張した面持ちで紳士のテーブルに向かう。ミシェイル自身もこの紳士にどう対処したらいいのか戸惑っていた。

以前までとは違い、彼にはもう千裕というれっきとした番がいる。だが、それを告げるにしても、紳士側からはっきりとした意志を示されたわけではない。藪《やぶ》から棒に「私には番がいますので、後添いにはなれません」などと失礼なことは言えない。万が一向こうにそんな意図がなければ、これほど失礼な勘違いもないからだ。

犬紳士の斜め後ろには千裕が控えていて、冷たい瞳でこの一幕を見守っている。千裕がどう思っているのかすら、恐ろしさからミシェイルは確かめたことはなく、それも憂鬱《ゆううつ》なのだった。

どちらにしても千裕は、ミシェイルに対する態度を変えるわけでも犬紳士の陰口を言うわけでもない。ミシェイルの目に映る彼は、犬紳士とミシェイルの関係にはどこまでも興味がなさげで、冷静な態度を貫いている様子に見えた。

緊張したミシェイル。厨房内から様子をうかがうハリル。そして、なるべく平静をよそおうとつとめる千裕。アデライドのひとびとが三者三様の思いでいる中、犬紳士はミシェイルにだけ視線を注いでいた。

ミシェイルがおずおずと挨拶《あいさつ》をすると、それに鷹揚《おうよう》に挨拶を返す。

そして、ミシェイルの手をすくいとった。

ミシェイルの白くすんなりとした手が、犬紳士の浅黒い手に重ねられている――それを知覚した瞬間、千裕は今までに感じたことのない衝動を感じた。身の内の神経を焼き尽くすような怒り。何故とも知らず瞬間的に湧き上がったそれを、千裕は衝動のままに解放する。この怒りは正当だ、そう感じていた。

自分が持つ正当な権利を侵害された。

大切にしているものを穢《けが》された。

それは、そんな怒りだった。

「ミーさんに触るな！」

千裕は吼《ほ》えた。

もう一度言おう。

千裕は吼えた。

彼がしたことは、たったそれだけだった。どれだけ怒気を感じていても、ハリルの注意を忠実に守り、手は出さなかったのだ。

だがそれが、惨事《さんじ》を引き起こした。

千裕の咆哮《ほうこう》が響いた瞬間に、店の窓という窓、グラスというグラス、ランプのかさ、それらすべてが砕け散った。

千裕を中心とした衝撃波が店内のひとびとをなぎ倒し、壁にかけた明かりを吹き消す。響く悲鳴、突如として訪れた暗闇。砕けたガラスの落ちる音。

一瞬の破壊がおさまった後、店舗に立っているのは千裕一人となっていた。

（……え？）

惨状を作り出した張本人だというのに、彼にはその自覚がなかった。

なにが起こったのかわからぬままに、彼の目は暗闇を貫き、ミシェイルの姿を探す。

「ミーさん！」

ミシェイルは床の上に身体を投げ出していた。意識はなく、白い頬をガラスがかすったのか、赤い

血がにじんでいる。千裕があわてて彼を抱き起こした時、厨房にいたために難《なん》を逃れたハリルが、我に返ってすっとんできた。

「イブキ、なんてことをしてくれたんだ！」

「店長、ミーさんが！」

「馬鹿野郎！　咆哮なんか使いやがって、やったのはお前じゃねぇか。イルより他の客を助けやがれ！」

ハリルは一番近くにいた犬紳士を揺さぶるが、意識がない。呼吸はしているようなのでひとまず保留と判断し、やはり明かりがなくてはと、厨房からランプを取ってくる。そうしているうちに、店の外から救援が入り、間を置いて救護隊もつめかけ、店の客たちは次々と運び出されていった。

千裕はなにも手伝わぬまま、ミシェイルを抱き締めていた。意識のないミシェイルを手放すなど、考えることもできなかったのだ。

ミシェイルを怪我人と見て、受け取ろうと手を伸ばしてくる救護員の手を避けて後じさり、千裕はミシェイルを抱えたまま暗がりにうずくまる。

「そいつは引き離さないでくれ……番なんだ」

ハリルがそっと隊員に耳打ちする。

常ならどんな雑音も拾う性能のいい耳が、今は働かない。千裕はミシェイルをぎゅっと抱き締め、その鼓動だけを追っていた。

「正直、上位種を舐めてた。これは俺の責任だな」

救護院にて。

救護隊経由で軍に一報が届いたのだろう。駆けつけてきたオーヴァンを相手にハリルはそう語った。

「だから言ったんだ。あの坊主を一度でいいから、軍に寄越《よこ》せと」

応《こた》えるオーヴァンも渋い顔をしている。

「理性的な狼だったからな、イブキは。上位種の本能をむき出しにするようなことはないと思ったんだよ」

「問題が番となると、やはり別だったわけだ……俺たち上位種は、番のこととなると我を忘れる。先立たれでもしたら後を追わずにはいられない生き物だからな」

咆哮を一番身近でくらったミシェイルは、まだ目覚めない。

その隣には、耳も尻尾もたらして、膝を抱えてうずくまるうつろな目の金色狼の姿があった。


金色狼が一睡もせぬまま、夜が明けた。狼は意識なく眠る番の枕元で、ずっとその呼吸を見守り続けていた。そして、病室の外が騒がしくなり、朝になって人々が活動を始めた頃。

ミシェイルが目を覚ました。

カーテンの隙間から差す朝陽が、彼の目をきらりと青く照らした。

「……ミーさん！」

たれていた耳をぴんと立たせ、ばさっと尻尾を揺らしながら千裕はミシェイルの方に身を乗り出す。

「……ここは？」

店で犬紳士と挨拶をしたところまでしか記憶のないミシェイルは、何故自分が見覚えのない部屋のベッドで寝ていたのかが不思議だった。

「イブキ君、なんかやつれたね……？」

頬に触れてきた指先のあたたかさに、千裕はくしゃりと顔を歪《ゆが》めた。

「ミーさんごめん。俺またミーさんに暴力ふるっちゃったみたい……俺じゃ上手に説明できないから、店長呼んできます」

言って病室を飛び出した千裕は、しばらくしてからハリルとオーヴァンをともなって戻ってきた。二人とも、救護院の待合室で仮眠していたのだ。

オーヴァンはともかく、ハリルは明らかに寝不足な顔をしている。無理もない。昨夜は遅くまで怪我人の対応にあたり、報《しら》せを聞いて飛んできた家族に説明と謝罪をしていたのだから。みなそれぞれ、ガラスで軽傷を負ったくらいですんだものの、後日改めて謝罪に訪れなければならないだろう。

あの犬紳士は、昨夜遅くに目覚め、すでに自宅に戻っていった。自分が金色狼を怒らせたという意識があったのか、ミシェイルと千裕の関係を問われて番だと答えると、恐縮した様子で謝罪を繰り返した。

千裕が並の上位種であったなら、犬紳士を殺していてもおかしくない局面だったのだ。そう思うとハリルはぞっとし、この紳士にも本当にすまないことをしたと思った。言い出しにくいなぞと言わず、言うべきだったのだ。それができないのなら、オーヴァンに相談を持ちかけて、軍や警邏《けいら》づたいにでも伝えるべきだったのだ。まったく申し訳ないことをした。

「店長もやつれてますね。一体どうしたんですか？」

げっそりとした様子のハリルに、ミシェイルは顔を引きつらせた。

「おお……まぁな。お前は大丈夫か、身体はどこもおかしなところはないか？」

「……あちこちぶつけたような痛みはありますけど、別に……」

ハリルは頷いた。そうかと続けて、昨日一体なにがあったのかをミシェイルに話し始める。

聞き終わった時には、ミシェイルはすっかりしょげ返っていた。

「お客さまに怪我をさせて、店は半壊ですか……本当に申し訳ないです」

脇で聞いていた千裕も、耳をたらしていた。

自分がなにかをしてミシェイルが倒れたというのはわかっていたが、詳細はさっぱり理解できていなかった彼は、ハリルの話を客観的に聞いて、自分が非常に危険な生き物であることを悟りつつあった。

(ちょっと怒鳴っただけでモノが吹っ飛ぶなんて……ゲームかよ)

千裕は元の世界で体験したオンラインゲームで、フィールドボスのひと吼えによって吹っ飛ばされたり、びりびりと身体がしびれて行動不能にされたりしたことを思い出す。

「ミーさんが謝ることじゃないです。俺がこらえきれなかったから」

ハリルは渋い顔をして千裕を見、それから、ミシェイルに視線を流した。

「おい、これ以上隠しておくのは、周りにも危険だ。わかるな？」

ミシェイルは神妙な面持ちで頷いた。

「はい」

「じゃあ、ちょっと二人で話し合えや。俺らは外にいるから、終わったら呼んでくれ」

狸《たぬき》と黒豹《くろひょう》が出て行くと、部屋には猫と狼だけが残された。

「ミーさん……？」

千裕は不安気に、ミシェイルをうかがう。一体、何を隠しているというのだろう。

ミシェイルは千裕に着席をうながす。千裕は言われるがままに、ベッド脇の椅子に腰を下ろした。

「あのね、『あなたは誰で、俺はどうしてここにいるんでしょう』って俺に訊いたの覚えてる？」

「あ、はい。最初の時ですよね。訊きたいことあるかって言われて……」

「その時に俺は、イブキ君に嘘をついた」

「嘘？」

「うん。本当は、『俺は君の番で、君は俺の番だからこの世界に来たんだ』って答えなきゃいけなかったんだ」

「は……」

千裕はあまりに予想外な話の成り行きに、しばし反応を忘れた。

「いや、でも……失礼ですけど、ミーさんは無紋なんじゃ……」

「それ知ってたんだ。うん。俺は二十六年間紋ナシだった。でも君が現れたあの時に」

ミシェイルはシャツの胸元を開く。

白く滑らかな肌には、千裕が見慣れた番紋が刻印されていた。

「……俺のと同じだ……」

千裕は思わず自分のそでを捲り上げて、ミシェイルのそれと見比べて確認してしまう。それはどう見ても、揃《そろ》いの一対《いっつい》だった。

「だから、番だったからね……」

ミシェイルはシャツを元の通りに整え、胸元を隠す。シャツがしわになるのも構わず、ぎゅっと握り込んだ。

「特に君は狼で上位種だから、番を守るっていう本能が強くて……俺があのお客さんに触れた時に、反射的に咆哮を使ってしまったんだ」

「…………」

本能。

番を守る。

守るという言葉には、危険から保護するという意味の他に、他の恋敵《こいがたき》から遠ざけるという意味もある。だからあんなにも、ミシェイルを見るあの犬の目が嫌だったのかと、今更ながらに合点《がてん》のいく千裕だ。

(じゃあ、あの時も……?)

のこぎりでミシェイルを襲撃した幼馴染みを本気で殺しに行く気だったのも、番を害した相手だったからなのか？　狐《きつね》と鼠《ねずみ》の二人連れの噂話を聞いてミシェイルを尻尾で打ったのは、番であるはずのミシェイルが浮気をしたと感じて、それでミシェイルを打った……？　やたらとミシェイルに耳を撫でられることに執着したのは、それが番の手だったからなのか？　ならば、思わず鼻面をすりつけずにはいられないような気にさせる、あの心地よい香りも、みんなミシェイルが番だったからなのか。

確かにミシェイルが番であれば、それらすべてにすんなりと説明がつく。

「はは……なるほど」

(じゃあ俺が昨日から、ものもろくに考えられずに死にそうな気分でミーさんを見つめ続けていたのは、番を心配しての行動だったのか)

それらがすべて本能で片付けられるなら。

(俺の気持ちはどこにあるんだ？)

千裕はミシェイルに目を向ける。ミシェイルは決まり悪げにうつむき、悄然《しょうぜん》と肩を落としている。

ゆるくうねる髪が前に流れ、灰色の耳までもがしょんぼりと元気をなくしてたれていた。

「じゃあ俺は、ミーさんに触っていいんですかね……？」

千裕はミシェイルの耳にそっと手を伸ばす。

ずっと、触れたいと思いながら触れられずにいた耳だった。

(な、なんで……)

思いがけない接触に、ミシェイルは身をこわばらせた。

そもそも、嫌悪の目を向けられることを覚悟していたミシェイルである。

頭の中では、今後の千裕の身の振り方を考えていたのだ。もう、一緒に暮らすことはできないだろうと。千裕は、出て行くに違いないと。それならば、彼がどこに行くにしても、精一杯の援助をしようとミシェイルは考えていた。元の世界に返すことができないなら、できる限りのことをして責任を取ろうと。

そんな風な覚悟を決めていたところへの、この接触である。

ミシェイルは混乱した表情で、千裕を見上げる。

千裕は少しむずがゆいような、困ったような表情を浮かべていた。

「イブキ君……？」

不思議そうに見上げてくるミシェイルと目を合わせ、千裕は戸惑うように首を傾げてみせる。

そうする間も、ミシェイルの耳を触る指は離れない。それどころか、その触り方はより強く大胆になっていく。

「……この耳に、ずっと触りたかったんです」

ポツリと、千裕はそう言った。

「今、触れて、すっごい嬉しいです」

千裕は、ミシェイルの耳や頭を撫でつつ、己の内側に湧き上がる感覚を探っていた。

（めちゃくちゃ嬉しい）

それが一番の実感だ。

そして同時に、深く安堵《あんど》している。

（死ぬような怪我じゃないことはわかっていたはずなのに、ミーさんが起きるまで、すごく怖かった。不安だった）

大げさでもなんでもなく、心臓がぎりぎりと締めつけられるような恐怖だった。

あれを味わってしまっては、ここでミシェイルを手放すようなことはできないと思う。

（例《たと》えばここで反発して、『番なんて冗談じゃない』と飛び出す。だけどきっと、離れれば離れるほど苦しくなるんじゃないだろうか。すぐにミーさんの側に舞い戻りたくなるんじゃないだろうか）

そんな風に千裕は思った。

それは、番の呪縛《じゅばく》かもしれないし、千裕が距離を置きたがっていた番の恋愛劇に他ならないのかもしれない。ミシェイルの手を取るということは、その劇に否応なしに組み込まれていくのだろう。

だが、それでも仕方がないと、千裕は思った。

昨晩の自分の状態を鑑《かんが》みれば、受け入れるしかあるまいと思うのだ。

(そしてそう感じて受け入れることが、すでに幸せっていうか——)

出会ってからずっと、ミシェイルに抱いていた思慕やわだかまり。淡い靄《もや》のように正体をかすませていたそれが霧散《むさん》し、晴れ晴れとした気持ちを味わっている。

「ミーさんが、俺の番でよかったって、そう思ってます」

千裕はミシェイルの耳を撫でながら、にこりと微笑む。

そのくもりのない笑顔に、ミシェイルは目を見開いた。

「イ、イブキ君……?」

予想外の言葉に、反応を返せない。ミシェイルは凍りついたように身をこわばらせていたが、耳にくちづけられるにあたってようやく正気を取り戻した。

千裕の胸を押し戻して距離を取り、彼を見上げる。

千裕は大人しく離れたものの、ミシェイルの背に回した両手はそのままだ。

「で、でもイブキ君、異性愛者なんだろう？　男性の俺じゃあ君の番としては不適格なんじゃ」

だからこそ、こんな重要なことを隠していたのだ。

「正直実感は湧きませんが……多分ミーさんなら大丈夫です。ヤれますよ、俺」

あれほど避けたいと思っていた番とはすでに出会い、本能は用意された恋愛劇をすでに演じ始めていた。ならばついていくしかないだろうと、千裕は思った。それが、この恋愛に特化した世界での生き様だ。

なによりもそれでなければ、このひとに触れる権利がない。

(俺のものだ)

運命に繋がれた嘆きよりも、それに付随《ふずい》する権利が千裕を酔わせる。

もう二度と誰にも、このひとを譲《ゆず》るようなことはしない。

「ヤ、ヤ……!」

あまりにあからさまな言い様に、真っ赤になって本気で暴れ始めたミシェイルを、千裕は一旦解放した。

「黙っていたのは、それが理由ですか? ミーさんが、俺では気に入らなかったわけじゃなく?」

「——君を気に入らないわけ、ないだろう……? ちっちゃい金色の子ども狼の時から俺は君のものだ。ただ、目覚めてすぐに真実を君に話しても受け入れてはくれないだろうから、時期を見て話そうと思っていたんだ」

千裕が投げた質問に、ミシェイルは不機嫌さすらにじませながら生真面目に返す。

「や、あの」

それを聞いた瞬間に、千裕は真っ赤になった。

何かおかしいことを言ったろうかといぶかしむように、ミシェイルは眉をひそめた。

「なんでそうさらりと言っちゃいますか。そういうことを」

それでもわからないのか、ミシェイルは首を傾げてみせる。

（つまりミーさんは、俺でよかったんだ）

それが本能に根ざしたものであろうがなかろうが、ミシェイルの言葉は千裕を受け入れ向かい合う気概《きがい》を感じさせるものだった。

そのことに深い満足を感じ、千裕はミシェイルに手を伸ばす。

多分に衝動的な自覚はあったが、千裕は迷わずにミシェイルの唇に己のそれを重ねた。

柔らかな感触に、胸に歓喜が満ちる。

ミシェイルがそういう触れ合いをしてもよい相手であることが嬉しい。

我慢せずに、心のままに手を伸ばしてもよい相手であることが嬉しい。

（このひとは、俺の番だったんだ）

そう理解してしまえば、求める気持ちが急速に深まっていく。

ミシェイルの見た目以上に柔らかな唇を舐め上げ、歯列を割って口腔《こうこう》へと侵入を果たす。慣れないせいだろう。緊張に身をこわばらせるミシェイルの肩を抱き、なだめるように背を優しく撫でる。

「ぁふ……」

キスの合間にもれるミシェイルの吐息の甘さを愉《たの》しみ、より強さを増す彼の体香に陶酔《とうすい》する。

（どうしようか……？　このまま押し倒していいのかな……？）

そのくらいの思考力は、まだ千裕にも残っていた。

その時だ。

「先生がみえたぞ」

わざとらしくドアを蹴り立てて、黒豹と狸が乱入してくる。

焦《あせ》ったミシェイルは千裕の頬を張って押し返し、ベッドの上で縮こまる。

ベッド上から押し出された千裕はすぐに、オーヴァンに襟首を掴まれて、部屋から引きずり出された。入れ替わりで、医者が入っていく。

「なんだよ。なんで」

「アホ。番が服をひんむかれるとこ見て、俺ら上位種が平静でいられるわけないだろうが」

「え」

診察だとわかっているなら大丈夫なのではと思うのだが。それとも、千裕が実感する以上に上位種の本能とやらは強いのか。

ずるずると廊下に出され、オーヴァンと共に待つこと数分。診察が終わって、打撲《だぼく》がある他は異常なしと診断されたミシェイルは、そのまま退院の運びとなった。

諸々の手続きをすませ、四人揃ってアデライドに戻る。

明るい太陽の下で店を目の当たりにし、その凄惨《せいさん》な有り様に全員で絶句した。

ことに、ハリルとミシェイルの驚愕は大きい。

「……まあ、弱い咆哮でよかったたな。本気の咆哮だったら、二階の床ぶち抜いて落としたろうから」

オーヴァンがさらりとそう言うのに、ハリルとミシェイルはぞっと背筋を凍らせた。これよりひどいことが起こり得た可能性があったことに、恐怖したのだ。

千裕は店の惨状を見た時からこれ以上なく青ざめていたので、それにはあまり反応しなかった。

店舗の、通りに面したガラスはすべて割れ、犬紳士の座っていたあたりは窓枠と壁の一部も壊れている。テーブルと椅子も吹き飛び、観葉植物がひっくり返っていた。被害はその箇所が一番激しく、あとはグラスや食器やランプ、こまかいものが破損して床を覆っていた。

「店長、弁償しますから」

千裕がかぼそい声をあげる。

修理しなければ店は開けないし、損害は一体いくらくらいになるのだろうか。こめかみを押さえながら、ハリルはため息をついた。

「上位種のお前の危険さを考えずに働かせたこっちに責任があるから、弁償はしなくていい、って言ってやりたいんだが……額が大きすぎてなぁ。まあ、お前は今後高給取りになる予定なんだから、半額程度をのんびり返してくれや」

千裕が高給取りになる、のくだりで、ミシェイルはやはりと頷き、千裕はきょとんとしている。

オーヴァンは、千裕の首に腕をかけて締め上げた。

「騒ぎを起こしたら兵役《へいえき》っつってたよな。まさに今じゃねぇ？」

「え、マジ。俺軍隊行かされんの？」

千裕はぎょっとした様子で、オーヴァンから逃れようとする。

「悪いなイブキ。お前をうちで雇うのはもう無理だよ。こんな事件になった以上、お前がサーブしてる限り客は戻らないだろう」

耳をたらしたハリルにしょんぼりと言われては、千裕も駄々《だだ》は捏《こ》ねられない。そうですか、すみませんでした。と頷くことしかできなかった。

「二階には住んでいいからな。もちろん、ミシェイルと二人でもっと違うところに住みたいというならそれでもいいが……それは二人で相談して決めてくれ。俺はどちらでもいいし、住み続ける場合でも家賃は取らない」

　この店を買った時、ハリル自身は二階には半年程度しか住まなかった。それ以後十二年、ミシェイルはひとりでずっとあそこに住んでいる。今や、ハリルの中でも、二階は自分の所有物ではなくミシェイルの住居という意識になっていたのだ。

「……もしかしておっさんがずっとついてきてたのって、俺を軍に連行するため？」

「おうとも」

「え、今から」

「おうとも。五分で支度してこい」

「え。ちょっと」

　店の惨状を見て気分は盛り下がってるけど、今晩は初夜なんじゃあ……と思ったものの。言える雰囲気ではない。

「どのくらいで帰して頂けるんですか？」

　ミシェイルがオーヴァンに声を掛けた。

「とりあえず六日間。その後は、この店からの出勤で構わない」

「六日間!?」

　六日間もミーさんに会えないの!?　抗議の声を上げようとするが、その当のミシェイルが、

「じゃあ、行っておいでよイブキ君」

　と言うのである。

「…………ミーさんがそう言うなら」

それで腹をくくった。

（やだやだ言っても始まらない。軍に行かなきゃいけないなら行ってやる。それで高給がもらえて店長に弁償できるなら願ったりだ）

そう決意を固める。

（だけど俺は、命まで払う気はないからな）

戦争にでも行かされ、ミシェイルを残して死ぬなんて真《ま》っ平《ぴら》だ。

「五分だからな」

オーヴァンの声に追われながら、千裕は二階への階段を駆け上がった。

腕には、すれ違いざまに横抱きにしてかっさらってきたミシェイルを抱えている。千裕の予想外の行動に「ひぁ……!?」と声をあげているが、その声すらが不思議と甘く響く。

居間にたどり着いたが、ソファに下ろす時間ももどかしく、腕に抱えたままで唇を奪う。

（ヤバイな……いきなりミーさんに嵌《は》まってるよ）

これが番の味なのか？　たかがキスなのに、全身がしびれるほどに心地よい。

パン屋の外テーブルで耳の触り合いをしたあの日から続く、ミシェイルに対する不可思議な思いに、『番だから』という定義づけを与えられ、出口を得た気持ちは堰《せき》を切ったようにミシェイルへと流れ出していく。

「ちょ、も……」

何度も角度を変えて柔らかな唇をついばんでいたのだが、舌で割って入ろうという段になって胸を押し返された。拒まれて、千裕は案外あっさりとミシェイルを解放した。それ以上無理強いすれば、身体の熱が抑えられなくなりそうだったのだ。時間も待ち人も関係なく、問答無用でベッドに放り込みたくなる。

千裕はミシェイルをソファに座らせると、その前に膝をついて目線を合わせた。

「チヒロって、呼べる？」

白い頬を赤くしたミシェイルは、ぼんやりと呆けている。とろりと潤んだ瞳に色気を覚えた千裕はもう一度キスをしたくなったが、ぐっとこらえた。その代わりに手を伸ばし、柔らかな頬をいとおしむように撫でる。

「チヒロって、呼んで？」

「…………チ、チィロ……？」

おっかなびっくり、ミシェイルが復唱する。

つたない発音に、千裕は、舌ったらずな子どものようだと微笑ましくなった。

「チ、ヒ、ロ」

「チ、ヒ……ロ」

数度繰り返させてようやく及第点の発音が出て、千裕は満足げに笑んだ。

「そう。チヒロ。俺の名前。帰ってきたら、そう呼んでよ」

言い置いて、ミシェイルをその場に残し、カバンや着替えなどを適当に掻き集めて荷物を整える。

「じゃ、行ってきます」

魂《たましい》が抜けたように、紅潮した頬をしてソファに座り込んでいるミシェイルに、もう一度唇を押しつけ、千裕は階段を駆け下りた。

「畜生《ちくしょう》。早いくらいだ。本当に理性的な狼め。小僧のくせに」

下に行くと、別れた時と変わらぬ立ち位置で腕を組んで黒豹が待ち構えていた。

何を悔しがっているのか。舌打ちまでするオーヴァンを、千裕は胡乱《うろん》げに見上げる。

「俺もともと持ち物が少ないし、でかいカバンもないから、着替えくらいしか持ってきてないんだけど」

「気にすんな。向こうで支給されるし、売店もある」

「じゃいいね。行こう。——それでは店長、色々すみませんでした。行ってきます。ミーさんをよろしくお願いします」

「お前に言われるまでもないわ。頑張って、もまれてこいよ」

千裕とオーヴァンは裏口から店を出て行った。

二人の声が遠ざかるのを感じつつ、ハリルは二階に向かって声を張り上げた。

「イルー！　掃除始めるから下りてこーい」

ハリルの呼ぶ声は聞こえていたが、ミシェイルはぼんやりとして反応を返すことができなかった。

番だと告げてからの、千裕の変貌ぶりについていけない。

あまりにも、予想と逆の反応ばかりをくれるのだ、彼は。

ミシェイルが舞い上がってしまいそうな、嬉しい振る舞いをしてくれるのだ。

（……チヒロって、呼んでいいの……？）

恋人に呼ばせる名前だと、言っていたのに。

「軍ってどんなとこ」

人通りの少ない大通りを、千裕とオーヴァンの二人は足早に歩いた。

目指すは王城である。

「行けばわかる」

「俺、馬乗れないんだけど」

「？　安心しろ、俺も乗れん」

「え？」

「あん？」

「なんで軍人が馬に乗れないの？」

「……馬って、あれだろ？　四本脚の、足の速い」

「そうだと思う」

「あんなモン、俺ら上位種が近づくだけで逃げるじゃねえか。捕まえでもしたら、びびって頓死《とんし》しちまわぁ。お前の世界の人間は、あんなモン乗ってんのか？」

千裕は目をしばたかせた。

以前ミシェイルと話した「狼と猫は仲良くなれない」の法則がここにも生きていることに驚いた。

「じゃあ、物資の運搬とか輸送はみんな徒歩でやってんのかこの世界は」

千裕は、今までに目撃した王都ソレンヌの様子を思い返してみる。

「そういえば、街でも馬車なんて一台も見なかった。うわあ、言われてみれば確かに」

そもそもミシェイルが、『動物は街にいない』と言っていたではないか。

異世界生活五ヵ月目にしてのカルチャーショックである。

「え？　じゃあ、馬に乗れないなら戦争には何で行くの？　みんな歩兵なの？」

「センソウ？　なんだそりゃ？」

「え？」

「ん？」

「……戦争、ないの？」

「いや、俺ァその言葉の意味すらわかんないんだけど？」

「――国と国が、大きな武力衝突を起こすこと……かな」

「国？　つ～と、鳥の国とか人の国とか？　なんで？　鳥のやつらは山にこもって出てこねぇし、人はなんか足がとろくて、自分の土地から離れることすらできねぇやつらだぜ？　あいつらとなんで衝突すんの？」

本日二度目のカルチャーショックが千裕を襲う。

目を丸くして言葉を失っている千裕を、オーヴァンが笑った。

「お前の世界って、なんか変なのな！」

「…………それはこっちの台詞《せりふ》だよ」

さすがは恋愛特化仕様の世界であると、千裕はうなる。まさか戦争まで存在しないとは。

「ちょっと、じゃあ、この世界の『軍』は何のためにあるんだよ⁉」

いささかキレ気味に喚《わめ》いた千裕である。

「何のためって、国民のためだろ？」

「うわ、なにその正論」

ミシェイルとはお互いの会話のカンが噛み合って、上手《うま》く異文化交流をこなすことができていたのだが、この黒豹とはまったく噛み合わない。

質問するよりは実際に見た方が早いと会話を切り上げて、千裕は足早に王城を目指した。


王城の軍本部にたどり着いて、まずしたことは支給された制服に着替えることである。といっても、見苦しくない程度にかっちりして、動きやすさも重視した機能的な制服だ。

それから一週間泊まり込む宿舎に荷物を放り込み、軍本部の司令室に向かう。

「司令官、金色狼を連れてまいりました」

声と口調を改めたオーヴァンが扉を叩く。

「入れ」

返ってきたのは、低いが通る声だ。

すぐさま扉を開けたオーヴァンに続き、千裕も入室する。

大きな窓を背に、書類の満載された執務机についていたのは、銀色の狼だった。千裕はその銀色狼のまぶしい輝きに目を奪われるが、同時に恐怖を感じた。

威圧感がすさまじいのである。

確かに司令官も上位種特有の例の目をしているが、それのせいだけではないだろう。

部屋と廊下の境界から進めずにいると、銀色狼がふっと笑った。

「鈍《にぶ》いわけではないようだな」

その途端《とたん》、肩を押さえつけるような重圧がふっとゆるむ。

「こいつは理性的なだけですから」

オーヴァンがニヤリと笑う。

「五ヵ月も市井《しせい》にまぎれて問題がないというから、多少危惧《きぐ》していたんだ」

銀色狼はオーヴァンにそう告げると、ようやく千裕へと視線を向ける。

「試すようなことをして失礼をしたな。さあ、ここへ」

銀色狼に執務机の前を示され、それでようやく千裕は前へ進んだ。

司令官は、落ち着いた物腰の男性だった。千裕よりは年上だが、オーヴァンよりは年下だろう。三十代前半のようにも思えるが、老成した雰囲気がそう感じさせているだけで、本当はもっと若いのかもしれない。

「名前を」

「イブキです」

千裕は緊張のあまり、直立不動になって返事をする。

「私は司令官のエヴラールだ」

千裕の緊張をほぐそうとしてか、エヴラールと名乗った銀色狼は微笑を浮かべた。そして、軽口のつもりなのか、言葉を続ける。

「司令官といっても、一番強いわけでも権力があるわけでもなく、単に書類仕事に一番向いていただけなんだが。猫科の上位種は気ままで忍耐力がなくて困る」

言われてみれば、虎、豹、獅子――他の上位種はみんな猫科で、狼だけが唯一の犬科だ。狸や狐も犬科ではあるが、彼らは上位種に含まない。

(じゃあ、狼だけが管理職に向いてるってこと、か?)

司令官の前にでんと詰まれた書類の山に、嫌な予感を覚えて頬を引きつらせる。

千裕の表情を見て、思考を読んだのだろう。エヴラールは人の悪い笑みを浮かべた。

「それは、君がここまで来られる信頼できる人材であれば」

エヴラールは手元の書類にさらさらと書き込みをして、印を付けた。

「まずは、上位種と他種の差を肌で感じてくるといい。元人間の、マレビトの君の常識など、吹っ飛ぶかもしれないがね」

エヴラールはオーヴァンに配属書を手渡した。

「イブキをオーヴァンの第五隊に配属する」

「承《うけたまわ》りました。――よし、行くぞ」

オーヴァンは千裕を連れて司令室を出た。階段へ向かうその途中――司令室からほどよく離れたところで、立ち止まる。

「俺は第五隊隊長のオーヴァンだ。お前はその第五隊のヒラ隊員。ここから先は、口の利《き》き方に気をつけろ。お前がマレビトなのは知れ渡っているはずだが、無用な反感を買う態度は取らない方がいい」

「……わかりました」

そこでオーヴァンはニヤリと笑う。

「と言っても、さっきの司令官の言い草じゃないが、うちの隊はほとんど猫科だ。そう堅苦しくはないはずさ」


「今日からウチに配属されたイブキだ。聞いていると思うが、マレビトだ。上位種の常識にうといんで、面倒見てやってくれ」

オーヴァン麾下《きか》の第五隊隊員たちがずらりと並ぶ。

オーヴァンの横に立ち、紹介を受ける千裕を見つめる十数対の、上位種の目。

それを見て、千裕はいい加減目にこだわるのはやめようと思った。

正真正銘のこわもてのおっさんたちの怖い目に比べたら、甘めの童顔で若い俺の顔なんざ問題にもならないな。と思ったのだ。

もちろんみながみな壮年ではなく、千裕とそう年の変わらないような隊員たちもいた。その中から、千裕より五つほど年上そうな灰色狼をオーヴァンは呼んだ。

「副隊長のセヴランだ」

なるほど。胸に、オーヴァンがつけている階級章と色違いで少し小さなものを留めている。他の隊員たちはソレンヌ軍属章をつけているだけなので、それが階級章なのだろう。

「よろしく。猫ばっかりの中で中間管理職として苦労しています」

自分より十五センチは背の高い灰色狼を、千裕は見上げる。灰色とはいいながら緑混じりの長い髪を片側にまとめた、居並ぶ上位種たちの中では一番線の細い男性だ。ミシェイルと変わらないくらいに白いが硬質な印象を与える肌色で、すっきりとした切れ長の目と通った鼻筋をしている。一見地味だが見慣れれば整いぶりが理解できるタイプの美形だな、と千裕は思った。柔和《にゅうわ》な口調で語りかけてくるが、灰色狼の笑わぬ瞳から抜け目のなさを感じ取り、千裕は慎重に頷いた。

「よろしくお願いします」

灰色狼のいいざまをオーヴァンが笑った。

「うちの隊の作業効率はお前任せだもんな！」

並んだ隊員は、豹、虎、豹、獅子。どの種族もよく見れば耳や尻尾の形はそれぞれ違うが、ぱっと見で簡単に判別できるほどではない。ほぼ本能的に見分けているのだろうと千裕は思った。

そして、例外なくその全員が大きい。おそらく現在の千裕の身長は元の世界風に言えば一八〇前半だと思うのだが、居並ぶ誰もが千裕の身長を凌駕《りょうが》している。今、目の前にいる灰色狼で十五センチ違うとすれば、隊長のオーヴァンとは三十センチは違うだろう。他の隊員もセヴランよりも少し低いか高いくらいである。この中では千裕が極端に小さく、オーヴァンが抜きん出て大きいといえる。

その事実に、なんとなく落ち込むものを感じた千裕だ。街にいれば十分高身長なのだが、もしかしたら他種の平均身長と上位種とやらの平均身長は違うのかもしれない。

（俺もまだ伸びる……よな？　まだ十八だし、このひとたちと同じ上位種のはずなんだし）

まさかマレビトだから小さいとか言わないよな、と不安に思う千裕である。

「新人のお前にはキツいと思うが、明日までうちの隊の仕事は輸送だ」

隊員たちの後ろには、ずらりと、彼らの背よりも高く荷物を満載した荷駄車が並ぶ。あちらの世界的に例えるなら、二トントラックと同じ程度だ。

もちろん、『狼と猫は仲良くなれない』法則に従って、それを引く動物はいない。

「まさか」

嫌な予感に、千裕は頰をこわばらせた。

そんな彼を尻目に、隊員たちは気負うでもなく迅速に動いて、それぞれの荷駄車の轅《ながえ》をくぐる。

「荷駄曳《ひ》けぇ！」

行き先は、西の街ベレンジェール。荷駄車の積み荷は、王都の住人の個人的な小包から手紙、商店から依頼のあった運送物、農作物など、多岐にわたる。

千裕はセヴランと組まされて、最後尾の荷駄車の轅をくぐり、頸木《くびき》に両手を掛けた。

先頭の荷駄車を曳くのは、オーヴァン一人だった。彼の荷物は小ぶりだが、それでも他の半分以上は搭載されている。

（まさか、こんなものが動くはずが……）

千裕が固唾《かたず》を吞《の》んで見守る中、あっさりとオーヴァンは荷駄車を曳いた。特に苦にする様子もなく、力をこめて前かがみになるでもなく、普通に歩き出した。ガラガラと、車輪の回る音があたりに響く。

そしてやおら、二番目の二人で曳かれた荷駄車も動き始める。

彼らの動作のどこにも、気負いはない。

「――あれ軽いんですか？」

あまりにも軽々とした様子に、千裕は呆気にとられた。

「まさか。隊長だから一人で曳けるんだ。俺たちでは無理だろうね」

いや、俺の常識では二人でも無理です。内心でひとりごちながら、千裕はぞっとした思いで、歩いていく彼らの背を――彼らの曳く荷駄車の後ろ姿を見送る。

目を瞠《みは》って事態を見守る千裕をよそに、隊員たちは次々と荷駄車を曳いて出発していく。

ついには、セヴランと千裕のひと組だけが残された。

「じゃ、行くよ」

セヴランの声を合図に、千裕も頸木をしっかりと摑んで前進する。

「わ、動いた！」

鈍く前進し始めた荷駄車に、千裕は喜んで声をあげたが、

「イブキ、力ないね……」

とセヴランに呆れられてしまう。どうやら、動力の大半はセヴランの力だったらしい。


（いやもう、マジでありえないから）

湖のほとりの休憩場で水を飲んだ後、千裕は荒い息を弾ませながらベンチに引っくり返っていた。

先頭のオーヴァンは、あの荷駄車を曳きながら走ったのだ。

当然、後続の隊員たちもそれを追いかける。もちろん、セヴランと千裕も追いかけなければならない。聞けば、それが輸送隊には当然の速度で、西の街ベレンジェールまでを一日で駆けるのだという。今晩はベレンジェールで一泊し、明日の明朝に王都ソレンヌ行きの荷物を載せて戻るのだ。ちなみに輸送隊はあまりに速度が速いので人の運搬には向かず、同じ行程を三日かけて歩く——もちろん牽引《けんいん》するのは上位種だ——乗用車両隊の仕事もあるらしい。

(あのおっさん、馬を『四本脚で、足の速い』とか言ってたけど、アンタの方が馬より速いから)

セヴランの力を借りたとはいえ、それをなんとか追いかけきった千裕も、今では馬より足の速い生き物だ。

千裕は、自分のこの新しい身体に備わっていた能力について、何も知らなかったことを痛感した。思い返せば、違和感は確かにあった。アデライドで皿を指先でひねるように割ってしまったこともそうだし、本当に軽くふるったつもりの尻尾が、あんな風にミシェイルをはねとばすとは思ってもみなかったのだ。

湖のほとりでは、他の隊員たちが水を浴びたりふざけて跳ねたりして遊んでいる。千裕はそれに加わることもできずにぐったりしていたが、あるひとりの隊員が、尻尾ではたくだけで木をなぎ倒したのを見てぞっとした。

(……俺はもうミーさんを尻尾で叩いたりしないぞ、絶対に)

午後の行程も走り抜き、酒を飲むという隊員たちに付き合うこともできずに、へろへろになった千裕は宿舎で泥のように眠った。

そして翌日、またしても満載された荷駄車を王都ソレンヌまで牽引した。

千裕はすでにバキバキの筋肉痛だが、ひ弱な千裕と組まされたセヴランまでもが通常以上の体力を使わされて筋肉痛らしい。

「すみません……」

「新人はそんなもんだろ。まだ若いからすぐに力も付くと思うし、そのうち隊長みたいに一人で曳けるようになるかもな。なんと言っても金色狼だし」

「色で力が違うんですか？」

上位種に関して、というか、獣人について、まだまだ知らない事実があるらしい。

「金銀は最高って言われているね。で、黒と白。それ以外の、灰とか茶とか黄や赤はその次。そう言われてはいるけれど、個人差も大きいね。強い黒や白は一杯いるけど、黒や白より強い茶や灰だっていないわけじゃない。まあ、金や銀が最高なのは確実だけど、そうそう出ない体色だ。今、司令官とイブキとで金銀が揃ってるのは奇跡みたいなもんだよ」

そんな感じで、セヴランは上位種の常識を話してくれた。

それで理解したのは、上位種はこの獣人国の『縁の下の力持ち』だということだ。他種よりもはるかに頑強な上位種は、あらゆる荒事《あらごと》を引き受ける。運搬はもちろんのこと、街と街を繋ぐ街道の整備や河川の整備などの土木工事、あるいは、新規耕作地の開墾《かいこん》、森の伐採《ばっさい》や害獣の駆除など。

（武力はいらないのな……）

そういえば誰も剣など提《さ》げていない。

常識にサヨナラしきった気分で、『元人間の、マレビトの君の常識など吹っ飛ぶ』と言ったエヴラールの言葉に頷く。なんのための軍だ、と訊いた千裕にオーヴァンは国民のためだ、と答えていたが、それは確かに、てらいのない真実だった。


王都ソレンヌに戻り、宿舎の食堂でセヴランや、ようやく言葉を交わすようになった他の隊員たちと夕食をとっていると、難しい顔をしたオーヴァンが現れた。

「どしたんですか？　顔怖いですよ」

セヴランが軽く声を掛けるが、表情から険しさは消えない。

「あの狐の健康診断が入るんだと」

「なるほど。じゃ、俺が連れて行きましょう」

「頼むわ」

オーヴァンは食事を取りにカウンターへと向かう。

「じゃ、イブキさっさと食べちゃって。狐さんが君に触診したいんだってよ」

がふ、とイブキは噎《む》せた。

「…………何故触診限定？」

「いや、普通の健康診断だけど？　過剰反応じゃない？」

「からかわないで下さいよ」

千裕は、食事を終えて連れて行かれた医務室で、狐の医者と出会った。

彼は白い狐だった。

千裕よりも豊かでふっさりとした尻尾をして、耳は大きくピンととがっている。顔立ちは男性ながらも麗《うるわ》しいと言えるほどに整い、三十代後半らしい落ち着いた雰囲気だ。だが、燃えるような真っ赤な瞳は、その色味の印象を裏切った、冷たく凍《こご》えたものだった。

「セヴラン、あなたはいいですよ。帰りはユールに送らせますから」

言われて、真面目くさった表情をしたセヴランが一礼して出て行く。

オーヴァンにしてもセヴランにしても、この医者に好意を抱いていないのか、態度がよくない。

だが向き直った医者は、それを歯牙《しが》にもかけぬ様子だった。

「私はリュカ。この医局の責任者です。あなたはマレビトだそうですね。健康診断させて下さいね」

口腔内や咽喉、胸部に聴診器を当て、診察台に寝ての腹部への触診など、ひと通りの検査を受ける。

終わった後で、目の前の椅子に座らせた千裕を残念そうにリュカは見やった。

「つまらないですね。異常がどこにもない」

開口一番につまらないと言われ、千裕は頬を引きつらせる。

「マレビトだけが持っている特徴とか特異体質とか期待したのですが……残念です」

心の底から残念そうに呟かれ、本当になにもなくてよかったと千裕は安堵した。

医者というよりは研究者じみた態度である。なんだかやばそうなひとだな、と感じた千裕はそそくさと制服を整える。

「じゃ、俺、戻ります」

急いで立ち上がろうとする腕を、押さえられた。

「あなたはこの世界に満足していますか？」

至近距離に寄せられた真っ赤な瞳とその囁きに、千裕は息を詰める。

「……え？」

「過去、あなた以外にもマレビトがいたことを知っていますか？　しかも、あなたの前にいたマレビトは元の世界に帰ったことを」

マレビトという呼称があるのだから、誰かしらがいたことはわかっている。だが、『帰った』というのが意外だ。千裕はその事実に目を瞠る。

そんな千裕の様子をつぶさに観察しながら、リュカは三日月のような唇をつり上げた。

「番が死ねば、あなたは元の世界に戻れますよ」

悪意というよりは、未必《みひつ》の故意《こい》のような言葉だった。

千裕はそでを引いて狐の腕を振り払う。自分が他種にとってどれだけの脅威となりうるかは、この二日で身に染みていたので、不機嫌さをにじませつつも細心の注意を払った。

リュカから十分に距離を取り、出口側に身を引く。

「俺は番と長く共に過ごしたいと願っています。診察ありがとうございました。お話がそれだけなら、失礼します」

慇懃《いんぎん》に礼をして戸口に手を掛ける。

リュカの凍った瞳が、ふと和《やわ》らいだ。

「隣の調合室にユールという兎がいます。道に不慣れなら案内させて下さい」

廊下に出て調合室と書かれた札を見上げたが、薄明かりのもれるその扉を叩く気にはなれなかった。

リュカに好感を持ち得なかった現状で、その部下に会いたいとは思えない。

千裕は無視して行き過ぎようとしたのだが、間の悪いことに、扉は内側から開いた。

顔を覗《のぞ》かせたのは、目の赤い、髪も耳も白い兎だった。

「あ」

先ほどのリュカと色合いは似ているが、顔立ちはまったく似ていない。赤は赤でも、この兎の少年は桃色がかった柔らかな瞳の色だ。そして、怜悧《れいり》な美貌のリュカとは違い、少年の目鼻立ちは美少女めいた愛らしさである。

一瞬、そのかわいらしさに女の子かと思ったが、直線的な身体つきを見て認識を改めた。

身長が千裕の胸ほどの小さな少年は、扉の前に立つ金色狼を見上げると頬を染めて笑った。

何故だかわからないが、好意があふれ出しそうな満面の笑みである。

「マレビトのイブキさんですよね。金色だからすぐにわかりました。今日は診察ですか?」

「あ、ああ。もう終わったけど」

千裕の名を言い当てた少年は、憧《あこが》れを一心に集めたような目で彼を見上げてくる。予想外の反応を見せてくる相手に、千裕はうろたえた。

「じゃあ、お戻りになりますか? ご案内しましょうか?」

せっかちなのかあわて者なのか、少年は千裕の返事を待たずに歩き出す。

「僕、ユールっていいます」

「俺はイブキです」

「イブキさん、マレビトが来たって、とても話題になっています。二十六年も待って番が現れるなんて、イブキさんの番さんは幸せですね。うらやましいです」

ユールの言葉を聞いて、千裕はぽかんと口を開けた。

「そんなことまで話題になってんの？」

「はい！　その話題でもちきりですよ！」

どうやら一躍《いちやく》、時の人扱いのようだ。千裕は冷や汗をかいた。

「僕ね、まだ番紋がないんですよ。だから、イブキさんの番さんの気持ちがとってもよくわかります――いえ、二十六年もなんて、僕より十年も耐え忍んで、僕よりかずっと辛《つら》かったと思います」

「そうなんだ」

「うらやましいです。番さんを大切にしてあげてくださいね！」

「あ、ああ」

「いいな。僕にもマレビトさん、現れないかなあ。今この世界に番が生まれたら年下だけど、マレビトさんだったら年上の可能性もあるんですよね。年上の方が憧れるな。マレビトさん来てくれないかなあ」

白兎のキラキラとした憧れの眼差《まなざ》しに気《け》おされていた千裕は、次に彼の口からこぼれ出た言葉に、ぎょっとした。

この世界に、無紋と呼ばれ時には紋ナシと蔑《さげす》まれるひとびとがどの程度存在しているのか、千裕は知らない。だが、彼らにとって、千裕を得たミシェイルの事例が、どれだけ希望となり得ることなのかは容易に想像がつく。

『番が死ねば、マレビトは元の世界に帰れますよ』

狐の囁きが脳裏によみがえる。

『死ねば』とは言うものの、あれは『殺し』を示唆《しさ》する発言だったと千裕は感じていた。

（ミーさんを殺したいなんて絶対思わないけれど、もしもミーさんが死んでしまうようなことがあったら、その後自分がどうなるのかは知りたい）

そんな風には思っていたのだが。

ユールのこの憧れっぷりを目の当たりにして、千裕は口をつぐむことを決意した。金色狼でマレビトであるという二重の貴重さから、どうやら注目を集めているらしい千裕が、そんなことを誰かに問いただせば、それはあっという間に噂となって飛び交うのだろう。

そしてそれと同時に、元の世界に帰ったらしいマレビトの事例も掘り起こされることは想像に難《かた》くない。

その残酷な事実が、このユール——ひいてはミシェイルの耳に入ることを、千裕は恐れた。


軍隊生活三日目。オーヴァンの第五隊は休日だった。

だが、騒動の懲罰《ちょうばつ》もかねて徴兵《ちょうへい》された千裕には、六日間は休みがない。とりあえず第三隊に臨時で編入させられて、王都郊外の農場にやってきた。お供《とも》は例の荷駄車。行きはカラらしく、ひとりでガラガラ牽引させられる。

実際の農業に当たるのは他種の農民たちだが、収穫となると上位種も手伝うらしい。

上位種他種入り乱れて畑を掘り返し、イモを引っこ抜く。簡単に土を払っては次々と籠《かご》におさめると、荷駄車に積み込んでいく。そうして積み込んだイモを、農民たちの村まで牽引して降ろしてやり、またカラの荷駄車を曳いて軍本部に戻る。

翌日からは第五隊にまた戻り、四日目、五日目、六日目は嵐で崩れた堤防の修理にあたる。

そこで上位種たちがどれだけ並外れた怪力を披露しようとも、もうびくりともしない。多分まだ上位種に関して千裕が知らないことはあるだろうが、もはや驚くほどのことはないだろう。

（来てよかったんじゃないかな）

六日目、王都に戻る道すがら、千裕は思った。

以前から暴力的ではなかったつもりだが、ここに来て上位種に混じってみて、更に、やっていいことと悪いことの線引きが明確になった気がする。上位種の力のすさまじさを知って、力加減の大切さも思い知った。

（ここに来てなかったら、俺はミーさんを文字通り抱き潰してたかもしれない）

それこそ、力加減がわからずに。

そうした懸念《けねん》もあったから、オーヴァンは先に徴兵したのかなあ、とも思う。

「とりあえず休みを三日やる」

本当なら、新婚期間として十日ほど休暇が出る規定があるのだが、新人の千裕には適用できないらしい。普通に一日しかない休みもさすがにかわいそうだということで、なんとか三日の休暇をオーヴァンがもぎ取ってきたらしかった。

「うわぁ」

まさか連休があるとは思っていなかった千裕は歓声をあげる。

「なんでイブキのやつ、連休なんだ？」

事情を知らない隊員たちが次々と首を突っ込んでくる。

「イブキ、新婚なんで」

セヴランが端的に答える。

「は、異界渡りは五ヵ月前だろ？　なんで今頃」

「やっと番だって気づいたのが入隊前らしいですよ」

「…………」

集まってきた隊員たちは、ひとり残らず、なんとも言いがたい顔をして千裕を見た。

「五ヵ月も番といて、気づかない？」

「マレビトってのはなんて鈍いんだ」

「あれだな。感性が違うんだな」

「俺らなら、ひと目合ったその時に、だもんな」

ひそひそと遠巻きに話をされて、千裕は羞恥に唇を噛む。

様々な符丁《ふちょう》はあったのに気づかなかったのは確かなので、言い返す言葉もない。

「まあ、頑張れ」

隊員たちに生あたたかく激励と祝福を受けて、千裕は頷いた。

なにはともあれ、休暇である。

第五章　あなたは俺の銀色猫だ

一週間ぶりに見るアデライドは、木枠の壊れた窓が一枚入っていない他は、きれいに修復されていた。当然営業はまだ再開されておらず、店の中にも外にも明かりは灯《とも》されていない。暗がりに沈んだアデライドを見て気を引き締めた千裕は、裏口に回ると鍵を開け、中に踏み入れた。

静まり返った厨房を横切り、カウンターを回り込んで店舗側へと向かう。

犬紳士の座っていた椅子とテーブルの替えはまだ到着していないのか、そこだけがぽっかりと空いていた。けれど、倒れていた観葉植物は他の鉢に取り替えられ、壁の明かりは以前と同じものに掛け替えられていた。

一枚欠けた窓ガラスと、空いた空間さえなければ、事件の痕跡はすでに消えている。

千裕は神妙な顔でそれらを見て取ってから、二階に上がる階段に足を掛けた。

二階からは、いい匂いが漂ってきていた。

階段を上がり居間を覗くと、キッチンに立っているミシェイルのほっそりとした姿が見える。

「ミーさん」

その背を見ただけでじんわりとあたたかな気持ちになり、千裕はそうっと声を掛けた。

だが、ばっとミシェイルは振り返った。

「チヒロ……！」

待ちかねていたかのような反応である。

千裕は嬉しくなって笑った。もちろんミシェイルの素直な態度も嬉しかったが、実に五ヵ月ぶりに、ひとの口から自分の名前を聞いたのである。

そして、出かける前に一方的に言い置いた約束を彼が守ってくれたことが嬉しかったのだ。

「ミーさんただいま！」

「お帰りなさい」

夕飯はミシェイルの心づくしの手料理だった。

こちらに来て以来ずっと親しんできた味である。軍宿舎の料理もまずいわけではないが、物足りなさを感じていた千裕は、ミシェイルの料理を心ゆくまで味わった。

千裕が軍で見聞きしたことを面白おかしく語れば、ミシェイルは降って湧いた休日をどう過ごしたかをあっさりと教えてくれる。

「俺は孤児院に行ってたんだ」

どこの孤児院なのかぴんと来なくて問えば、昔ミシェイルが怪我をして王都に運び込まれた後、しばらくお世話になった孤児院だという。

「だって、店長と院長は友人だしね」

まだ縁があったことに驚けば、ミシェイルはそんな風に説明をしてくれる。

「全然知らなかったです」

「チヒロが来てからも、俺は時々顔を出してたんだよ。――子どもたちに『このひと誰？』って聞かれたら答えにくいから、チヒロのことは今まで誘わずにいたんだけど」

「あ、じゃあ今度是非《ぜひ》、一緒に行かせて下さい」

千裕は誇らしげに名乗りをあげる。

番であると認め合った今なら、ミシェイルは千裕のことを堂々と『番だよ』と孤児院の子どもたちに紹介できるのだ。それはきっと、紹介するミシェイルも嬉しいだろうが、される千裕も嬉しい。

「うん。じゃあ今度、一緒に来てほしい」

ミシェイルははにかむように笑った。


宿舎で風呂を浴びてきたから、と言ってミシェイルを風呂に行かせ、ぱぱっと手早く洗い物をすませた千裕は、ソファ脇に置いたままだったカバンを持ち上げた。

取り出した小瓶は、オーヴァンが押しつけてきたものだ。おそらく、潤滑油。

あの親父はいちいち手回しがよくて、ホントに頭が上がんない。と千裕は毒づく。新婚休暇とか、無理矢理もぎとってきて、ホント気が利く親父だ。

（しかし、これをわざわざ渡されたってことは、男とも番《つが》える世界だけど濡れはしないんだなぁ）

と新発見である。本来受け入れる器官ではないところを使い、濡れない男をわざわざ抱くのは手間がかかる。

（それをひっくるめて、愛せってことなんですかね？）

と思っていると、頭上の耳が我知らず向きを変えた。ミシェイルのいる浴室の方へと。

千裕の名誉のために断言すれば、常にミシェイルの言動を捉《とら》えているわけではない。意識せずとも音を拾ってしまう、性能のいい耳を持ってしまっただけなのだ。その耳が今、入浴中のミシェイルの呼吸が乱れていることを伝えていた。

（具合でも悪くなった……？）

千裕は足早に浴室へと向かうと、ドアを叩いてみる。

「ミーさん、大丈夫ですか!?」

すりガラスのドアの向こうから、息を呑む気配がする。

返事はない。

「ミーさん、開けますからね」

宣言通りドアを開いた千裕が見たのは、浴槽のふちに腰掛け、身をひねって己の身の内に指を差し入れているミシェイルだ。反対側の手には、千裕がオーヴァンからもらったのと同じ小瓶が握られているではないか。

二人は一瞬驚愕の表情で見つめ合う。そして次の瞬間にミシェイルは、ばっと指を引き抜くと湯船の中にしゃがみ込んだ。顔が真っ赤に染まっている。

「なんで来るのさ！」

「だ、だってミーさんの様子がおかしいから！　なんで自分でそんなことしてるんですか」

「孤児院の、同性の番持ちの友人に訊いたら、準備すべきって言われたから！」

千裕はむっと鼻白む。

その友人がどうであろうが、千裕を蚊帳《かや》の外に置いたことが面白くない。

「そういう準備もひっくるめて、俺がしたいんですよ」

頭に血をのぼらせた千裕は浴室に着衣のまま入り込むと、ミシェイルの手から潤滑油を奪った。ぐいっと腕を引いて立たせ、浴槽をまたいで出させると、壁に押しつけるようにして背を向けさせる。

「背中は嫌だッ……！」

「大丈夫です」

この時に初めて千裕はミシェイルの負ったやけどの全貌を見た。うなじのすぐ下から始まった引きつれは、ミシェイルの背のほぼすべてを覆い、尻の半ばまで達している。尻尾はやはり根元すら残っておらず、変色した皮膚がその痕をふさいでいた。

痛ましいとは思うが、それは千裕の欲望を削《そ》ぐものではない。

その気持ちを行動に表そうと、千裕はミシェイルのうなじに唇を落とすと、うなじから背、尻尾の痕までを背骨にそって舐め下ろした。

「ひ……ッ」

予想外の感触に、ミシェイルの身体がびくりとはねる。

千裕はその隙に、彼の内部に指を差し入れた。

「あ、柔らかい。ミーさんもしかして、……拡張とかもしました？　この六日間、準備頑張ってくれたんですか？」

ぐっと深く差し込んでも、そこは柔軟に指を飲み込んでいく。千裕は指を二本に増やした。

ミシェイルが息を呑み、彼の身体からふわりと甘い匂いが立ち上る。

千裕はその匂いを嗅《か》いで、目を細めた。

「気持ちは嬉しいですけど、今度からは俺に真っ先に訊いてほしいな。……あなたがこんなことを誰かに話したと想像しただけで……」

みなまで言わず、千裕は目の前の白いうなじに歯を立てて噛みついた。

ミシェイルの細い悲鳴があがるが、構わずに甘噛みを続け、浮いてきたうっ血痕を満足げに眺めると、ぞりっと舐め上げる。

その間も内部に差し入れた指は抜かずに中を探り、ミシェイルの感じる一点を探す。

「あ……!?」

ここか。千裕は指に感じるそこを、ぐっと押し込んだ。

「ひ！　や……自分でやったの、と、ぜんぜ……ちが！」

「そりゃあ違うでしょうねぇ」

意図がまったく違いますもん。そう思いながら、千裕はミシェイルの内部を暴き立てる。

「だからね、これからは俺に任せて下さいね」

ミシェイルはひくっと震えて浅く短い吐息をもらしながら、ごめんなさいと呟いた。千裕はなだめるように頭を撫でてやると、片手で器用に自身の猛りきったものを取り出した。

いささか性急すぎる展開だとは思うが、ミシェイルのお膳立てを無にするのももったいない。千裕は更に深く広く内部をくつろげ、指をそうっと引き抜く。そして己のそれをあてがい、先端を慎重にくぐらせ始めた。

「！」

指とは違う熱に逃げを打つ腰を押さえつけ、ゆっくりと、だが確実に内部を穿《うが》っていく。ゆるゆると時間をかけて進み、千裕の下腹とミシェイルの尻たぶが触れた頃には、ミシェイルは息も絶え絶《たえだ》えになって、千裕と繋がった一点だけで身体を支えているような有り様だった。上半身に力は入らず、壁を押さえた腕はむしろ添え物で、なんの支えにもなっていない。

（畜生。壊れ物すぎてやりづらい）

ミシェイルの腰を押さえていた手をどければ、そこにはくっきりと指の痕が残っているではないか。

千裕は己の胸でミシェイルの背を支えるようにして壁に押しつけ、ゆるく突き上げる。

実際のところは、ミシェイルの中にすべておさめきったところですでに、爆発寸前だ。より濃厚に漂い始めたミシェイルの体香にも、意識をふわりと持っていかれそうなほどの心地よさを感じている。思う様突き上げられたらどれだけいいだろうか。

（入れただけでこれだけ気持ちいいのに、ガンガン攻められないってどんな拷問なんだよ）

回数をこなしてミシェイルが慣れればあるいは、などということはあるのだろうか。あると信じたい千裕だ。

言葉にならない喘ぎをもらしたミシェイルが背を反らし、灰色の耳が千裕のまぶたをくすぐる。しぴぴっと震えるそれを、千裕は噛んだ。

「んん！」

ミシェイルの内部がぎゅっと伸縮し、千裕のものを食い締める。

（やべ）

ミシェイルの耳を離し、胸でしっかりとミシェイルの身体を壁に押しつけたまま腰を数度動かし、千裕は達した。

「……ミーさん……ミシェイル、大丈夫ですか？」

自身を抜き取って、支えてやると、ミシェイルは壁に寄りかかりながら浴室の床にぐったりと座り込んでいく。

「か、噛まれた……」

え、そこなの？　と、千裕はあわてた。

そして同時に我に返り、風呂に乱入して以来の己の振る舞いをかえりみる。

確かに、人間の時には行為の最中に女の子を噛んだことなどない。耳もそうだが、うなじのアレは完全にマーキングだ。

（あああ、上位種ってめんどくさい）

獣くさい本能と人間じみた理性の入り交じり加減が、どこで表れるのかがわからない。

「すみません」

しゅんとして謝るが、己の理性のあやふやさに、もう二度としませんと約束はできない千裕である。

だがミシェイルとて、まさか浴室で初めてを終えるなど思ってもいなかったろう。結果的に責めてしまったことになるが、彼が自発的に下調べや準備をしていてくれたのは、二人のためではあったのだ。

そう思うと、途端に申し訳なさがつのる。

「今度は優しくします」

千裕は半端に濡れた服を手早く脱ぎ捨てると、全裸でうずくまっているミシェイルを抱き上げる。

驚いて暴れようとするミシェイルに声をかけ、自室のベッドに足早に移動する。そして優しく下ろし、乱れた髪を梳《す》いてやりながら、頬を寄せていく。

まずはキスから。優しくついばみ、次第に深く。指と指を絡め、しつこいくらいに繰り返してやれば、それだけで、ミシェイルのものが反応して勃ちあがってきた。それを片手でゆるくもみ込みながら、首筋へと唇を落とす。思わず嚙みつきそうになるのをこらえて舐めるだけにとどめ、視線を胸へと下げると、ちょうど心臓の下あたりの位置に番紋を見つけた。

それこそが、ミシェイルと千裕を繋ぐ、絆《きずな》の証《あかし》である。

それもぺろりと舐めてやると、ミシェイルがびくりと身体をはね上げた。

「あれ、ここも感じます？」

「く、すぐったいだけ……！」

さらにぺろぺろ舐めてやると、千裕の手の中のものはどんどん固くなっていく。

「不思議ですね。番紋が感じるなんて」

千裕はミシェイルの耳が自分の口元に来るように彼を前抱きにすると、その耳先を舐めたり唇で挟んだりし始める。そして、ミシェイルを握り込んだ手の動きを早めていく。

やがてミシェイルは呆気なく達した。途端にたちこめる、心をくすぐる甘い香り。ぐったりと弛緩《しかん》したミシェイルを抱え直すと、千裕は彼の耳に鼻面を突っ込んだ。

「すごくいい香りがします」

ミシェイルの香りと自分の唾液の匂いが合わさって、征服欲が満たされる。

くすぐったいのかぱたぱた逃げる耳をそのまま嗅いでいると、ようやく息の整ったミシェイルがみじろいだ。

「香り……」

「ええ。とてもいい香りです」

「……チヒロは全然俺に反応しないから、体香感じてないのかと思ってたよ……」

「感じてましたよ。初めて会った時から、いい香りがするなあとは思ってたんです」

「そう思ってても番だと気づかないなんて……マレビトの感覚は、不思議」

ミシェイルの声音にはいささかの呆れが混じっている。

「生粋《きっすい》の獣人じゃないんで、いい加減許して下さい」

そこは、隊員たちにもさんざん突っ込まれたのだ。

千裕の胸にもたれかかったミシェイルは、ためらいがちな手を千裕のそれに伸ばす。

頭をうなだれさせていたそれは、ミシェイルに触れられるや否や、ぐいっと屹立した。

「――入れないの？」

常のミシェイルからすれば、やっていることは積極的に思える。だが、その手つきは怖々としたものだし、訊いてくる声音にもこわばりがある。

「……大丈夫ですか？　さっき無理させちゃってません？」

冷静さを欠いて性急に事を進めた自覚があるだけに、千裕は慎重に問いかけた。ミシェイルは戸惑うように視線をさまよわせると、きゅっと唇を噛んだ。そしてやにわに起き上がると、千裕の腰をまたぐ。

「え」

千裕の先端に、ミシェイルの狭間《はざま》が押しつけられた。

予想外の行動に、千裕は焦る。

「ちょ、ミーさん！　無理ですよ。もうつぐんじゃったんじゃないです？　ちゃんとほぐさないと駄目ですってば！」

「じゃあやって。俺に任せて、って言ったのはチヒロでしょ」

ミシェイルの台詞とも思えない高慢さに、千裕は一瞬唖然《あぜん》としたようだ。だがすぐに表情を笑みへと変化させると、潤滑油を取って戻ってきた。

千裕に射精させられ、彼の胸に背をもたせかけながら、ミシェイルは乱れた息を整える。

(もう泣きたい……)

ミシェイルは悲しくやるせない気持ちだった。

千裕に手間をかけさせまいと恥を忍んで知り合いに相談し、色々と努力したのに、結局それは千裕の好みとしては余計なお世話だったようである。

この年まで無紋で未経験だったとはいえ、ミシェイルも番同士の交渉に関する知識はある。その上で、甘い憧れを思い描いてもいたのだ。

だがそれは、簡単に砕けてしまった。

余計なお世話をしたことを怒ったのだろうか。千裕は、今までの彼からは考えられない強引さでミシェイルを奪った。まさか初体験を浴室で、しかも立ったまま後ろからされてしまうとは思ってもみなかった。

うなじを噛まれたことも衝撃である。本音を言えば、恐怖もあった。

（けれど、そんなことより）

今の状況の方がミシェイルには恐怖である。

浴室での振る舞いには反省する部分もあったのか、千裕は「優しくします」と言ってくれた。そうであればいいと、ミシェイルは再び彼に身を任せた。

だが、千裕はミシェイルを射精させただけで辞めてしまうではないか。そっとうかがい見れば、千裕のものは少し頭を下げているだけで、萎《な》えているわけではない。

（なのに入れないって、……俺じゃダメだったってことかな）

浴室でやってみて、こんなものかとがっかりされたのだろうか。

もうする気はないのだろうか？

不安になってミシェイルは、普段の彼にはない積極性を発揮して自ら千裕のそれを探った。生まれて初めて触る自分以外のものは大きくて太くて、本当にコレが自分の中に入っていたのかと疑ってしまう。

「――入れないの？」

「……大丈夫ですか？　さっき無理させちゃってません？」

返ってきたのは、驚くほど気遣わしげな声だった。

なんだ、見限られてたわけじゃないんだと嬉しくて、ミシェイルは都合よく固くなってくれたそれを挿入しようとした。

「ちょ、ミーさん！　無理ですよ。もうつぐんじゃったんじゃないです？　ちゃんとほぐさないと駄目ですってば！」

「じゃあやって。俺に任せて、って言ったのはチヒロでしょ」

あまりに不慣れな自分に泣きたくなって、思わず千裕に八つ当たりをする。

怒るかと思ったが、何故か千裕は微笑んですぐさま潤滑油を取ってきた。そして、まるで最初からやり直しとばかりに耳に触れて舐め、まぶたや頬、唇へとキスをしてくる。

繰り返されるキスの優しさに、ミシェイルは次第に身体の力を抜き始めた。とろけるように柔らかくなった唇を割り開き、千裕が舌先を侵入させてくる。舌をつつかれておずおずと差し出せば、深く絡めて吸い上げられる。

慣れないミシェイルにとっても、舌の熱さは心地よい。唇をついばまれ舌を吸われるのが、求められているようにも感じられ、嬉しい気持ちになる。

覆いかぶさってくる千裕の身体があたたかい。

ミシェイルの脇に肘をつきつつ、重みをかけないようにそっと抱き締めてくる。囲い込まれるような体勢だ。気恥ずかしさから身をよじり、シーツを握り締めていると、千裕がその手を取った。手の甲に落とした唇を指先まで滑らせると、指先をちゅっと吸ってから名残《なごり》惜しそうに唇を離し、ミシェイルの手を己の首に回させる。

まるで、抱きついてくれと催促するような行動である。

ミシェイルはどきりとした。

もう片方の腕も同じように千裕の首に掛けられる。千裕はミシェイルの胸に顔をうずめ、ミシェイルは自然と彼の頭を抱く形となった。

（抱きついて、いいんだ……？）

番として受け入れてくれたとはいえ、一体どこまでの振る舞いが許されているのか。そんな疑問に対する答えが示された気がして、ミシェイルは千裕の背にすがりつく。肩口に頬をすり寄せ、その首筋の匂いを嗅いだ。

大好きな、安心する匂いがする。

（……すき）

心の声が、唇から転げ出たのだろうか。

千裕がミシェイルを強く抱き返してくる。

「ミーさんが好きです」

耳の側で囁かれた。熱い吐息に耳をふるりと震わせるが、ぞくりと背筋を伝った甘いしびれは、そのせいだけではない。

「チヒロ」

千裕のたったひと言で、不安が溶けていくようだ。千裕と出会って以来抱き続けてきた不安、常に硬くしこりのようにミシェイルの胸に居座り続けていた不安が、するりとほどけたのである。

「俺も、好き」

構えることなく心の内を告げられたのは、千裕の気持ちを受け取ったからだった。怖いと思うこともなく素直に、ミシェイルは想いを口にした。

「ミーさん」

ミシェイルの名を呼ぶ千裕の声が、わずかにかすれ震えている。彼は再びミシェイルをぎゅっと抱き締めた。

途端にふわりと、お互いの番の香りがたちこめる。

「ん」

甘い匂いが酩酊《めいてい》を誘い、それに促《うなが》されるように千裕はミシェイルの首筋に唇を寄せる。鎖骨をたどる熱い舌先が番紋を舐め、大きな指先が意外な繊細さで乳首をくすぐってくる。つんととがったそれを交互にしゃぶっては転がされ、ミシェイルは息を詰めた。痛みともかゆみともつかぬ刺激だ。初めての愛撫に戸惑うも、千裕から流れてくる香りが快楽へと後押しする。

ミシェイルは浅い呼吸を繰り返し、時にそれは甘い吐息となる。そして細い喘ぎへと変化していく。

胸や薄い腹、再び性器へと触れられ、唇を落とされる。

「あっ」

そして気づけば、千裕の指を内部に含まされていた。浴室でも刺激されたあの箇所を指先がかすめる。ミシェイルはびくりと背をしならせ、千裕の二の腕にすがる。

「大丈夫。今度は優しくしますから」

ミシェイルの緊張を怯《おび》えととらえた千裕が、なだめるように囁く。

ミシェイルが頷くと、鼻先に軽いキスが降ってくる。そして再開される指先の動きに翻弄《ほんろう》される。

「ん――あ、あっ」

いつの間にか増やされた指が内部でばらばらに動き、ミシェイルの内部を開いていく。深く穿たれて息を詰め、浅く探られて吐息をつき、再び与えられる刺激に喘ぎをもらす。千裕に触れられる内部は熱を持ったようにしびれていた。だが、やがて分け入ってきた彼は、ミシェイルの内部よりも熱かった。

「チヒロ……っ」

その熱を恐ろしく感じる。だが同時に、受け入れたいとも願う。ミシェイルはすがるように番の名を呼んだ。

千裕がぴたりと動きを止める。

「大丈夫ですか」

気遣わしげな優しい声は、甘えてもよいのだと思わせるものだった。

「手……ッ。おねがい」

ミシェイルの求めに、手が伸ばされる。片手を絡め合わせ、千裕はゆるゆると進んだ。一度目の性急さとはまったく違う、辛抱強さだった。

「あり、がと。ごめ、ごめんね」

優しくしますと言ってくれたのを、本当に守ろうとしてくれている。その気持ちが嬉しくて、ミシェイルは千裕に謝った。千裕は自身こそが申し訳ないというような顔つきで苦く笑う。

「大丈夫ですか?」

ようやっと入りきった後も、千裕はミシェイルを気遣っている。けれど、その声は平素よりもかすれており、弾んだ息が余裕のなさを示していた。

挿入したまま動かないでいることは辛《つら》いだろうな、というのは、たとえ経験がなくとも、同じ男ならば簡単に想像できることだ。ミシェイルはこくりと頷いた。

違和感はものすごいが、痛いわけではない。それに、一度は受け入れた身なのだ。だから、大丈夫。ミシェイルは千裕の背に両腕を回してすがりつき、彼の香りを胸一杯に吸い込む。それだけでも不思議と気分が楽になる。酔いにも似た酩酊と、肌にじかに感じる千裕の熱、そして内部に穿たれた存在感。それらを心地よいと感じながら、ミシェイルは再び番の香りを吸い込んだ。

「うん。いいよ、動いて」

許しを得た千裕が動き始める。はじめはゆっくりと次第に強く大きく。大胆になっていく動きに揺さぶられながら、ミシェイルは彼の背を抱く。

「あっ……、あッ」

揺さぶりに合わせて吐息がもれる。指で何度も確認された箇所を、圧倒的な質量が押し上げ擦り上げる。内部を穿つ刺激は強烈なものだった。しびれるような感覚が下半身から脳や眼裏《まなうら》へとはじけていく。それは眼裏に浮かぶ光となり、明滅《めいめつ》しては消えてゆく。打ち寄せる波頭のようにさざめくそれは、ミシェイルが初めて知る快感だった。

ふわりと浮き上がるような官能に怖じ気づきながら、千裕だけがよすがのようにその背にすがる。

「チヒロ……すき」

思いを告げれば、受け止めるように抱き締めてくれる。耳の側で『俺も』と返され、ミシェイルはくすぐったそうに笑った。

触れ合う肌の感触も、重ね合わせた身体も、耳に感じる吐息も、千裕のもたらしてくる何もかもがあたたかくて愛しい。

(待っていて、よかった)

運命に疎外されていると絶望しながらも、番の出現を待ち続けていた。その苦難の報酬は、まばゆいばかりの金色の狼だった。ミシェイルは満ち足りた思いで、千裕の胸に耳をすり寄せた。


ふわりと香る爽《さわ》やかでスパイシーな香りに、ミシェイルはぼんやりと目を覚ました。

(明るい……)

よろい戸を開け放し、光にあふれた窓辺に立つのは、白いシャツをはおった金色狼である。

無造作に伸び気味な金色の髪も、ぴんととがった立派な耳も、しなやかにゆるく行き来する尻尾も、何もかもがまばゆく輝いていた。

ミシェイルは、十二年間この部屋に住んでいる。

目覚めた時、よろい戸を固く閉ざしたこの部屋はいつも闇に閉ざされ、ひそやかな静寂に凍えるようだった。よろい戸を開け放ち、光を呼び込むのは、常にミシェイル自身だった。

(こんなにまぶしいものだったっけ、朝の光は――……)

否、これは、番である金色狼が呼び込んだ光なのだ。彼が開いた世界。

「おはよう。ミーさん」

ミシェイルの煙草《たばこ》を勝手に吸いながら、千裕が笑っている。

「おはよ……」

「身体平気?」

「うん。………できたね」

昨夜の初体験を思い返しながらミシェイルが言う。身体はあちこちがぎしぎしと痛いが、心は満ち足りていた。

ミシェイルが穏やかだからか、千裕も嬉しそうに笑う。

「できますよ。俺はあなたが好きですもん」

ミシェイルは頬を染めた。

「………夢みたいだ。君みたいな、こんなに綺麗な金色狼が、灰色の俺なんかと」

千裕は煙草をひねり潰すと、大またでベッドに近づいてきて、裸のミシェイルを上掛けごとすくい上げた。そしてすたすたと、先ほどの窓辺に戻る。

まぶしさに目を細めるミシェイルを己の背よりも高く掲げ、その銀色と青のきらめきを見ながら、千裕は言った。

「あなたは俺の銀色猫だ」

思いがけないことを言われて、ミシェイルは目を瞠った。

「灰色のつまらない猫だなんて幻想はもう捨てましょう」

記憶の中によみがえる一条の光。それは、かつて光の中で輝いていた、彼自身の髪の色だった。

(光の中に出てくるな)

石もて追われた幼少期の出来事は、すでに過去のものとなっていたはずだった。

「………君が、光のもとへ連れ出してくれるの?」

「ええ。あなたに石をぶつけるようなやつは、俺がきっちり退治しますからね。だから、一緒に行きましょう」

少し黒い笑みを浮かべる番に手を伸ばして抱きつき、ミシェイルは笑った。それは、彼の番が初めて目にする、見惚れるほどに鮮やかで幼げな、輝くばかりの笑顔だった。

後日談　番と上位種

カサンドラは、王都ソレンヌ所属の輸送隊が出向く一番遠方の街だ。

道中に休憩するに適した町も村もなく、二日の野営を経て三日目にカサンドラ入りし、また二日の野営を経てソレンヌへと戻る強行軍である。いかな頑強さを誇る上位種とはいえ、疲労の溜まる過酷な軍務であった。

三日間の新婚休暇が明けてすぐの任務がこの「カサンドラ地獄の行軍六日間の旅」だった千裕は、大いに精神をくさらせていた。

(早くミーさんに会いたい)

新婚休暇前の懲罰軍務の時も六日間会えずにいたが、あの時と今とでは事情が違う。

千裕はすでにミシェイルを知ってしまった。

ミシェイルの顔を思い出すと胸がほわりとあたたかくなるが、その肌や髪の感触を思い出してしま

うと、飢えが焦燥《しょうそう》のように胸を焼く。

「お前、ヒデェ顔」

共に荷駄車を引っ張るセヴランに揶揄《やゆ》されて、千裕は更に顔を険しくした。

「仕方ないでしょ。いきなりミーさんと六日も離れ離れだなんて。ホント早く帰りたいです」

と言っても、まだ半分も終わっていない。今夕ようやくカサンドラ入りなのだ。

「番ってそんなにいいモンかねェ」

「なに言ってンですか。いいモンに決まってるでしょ」

番であることに五ヵ月間も気づかなかったくせに、大口を叩くものである。

ミシェイルを思い出しほわんとしていた千裕は、セヴランの冷笑やその奥にある感情には気づかない。セヴランはそのまま口を閉ざし、隊は日暮れの差し迫る曇天《どんてん》の中カサンドラを目指して突き進む。

到着後すぐに荷駄をほどき、宿舎へと向かった第五隊だが、すぐに常との雰囲気の違いに気づいた。

「……なんだ」

「どうしたんだ」

元々のカサンドラ軍の面々も、合流した他街の軍の隊員たちも、どことなくうなだれて活気がない様子なのだ。

カサンドラは初めての千裕は、隊員たちの後ろから、暗い雰囲気の宿舎内を眺めていた。

オーヴァンは意に介さずにとっとと風呂に向かい、セヴランが近くにいた他隊の隊員から聞き込みを行う。

「なんだったんだ?」

顔をしかめて戻ってくるセヴランに、古株の隊員が問いかける。

「………カサンドラ所属の誰かの番が死んだらしい」

「……なるほど」

第五隊の中ではそれで通じる話なのか、彼らはそれで納得すると、オーヴァンの後を追う。まったく事情の飲み込めない千裕も戸惑いつつも、彼らに従った。

ようやく問いかける隙が見つかったのは、大浴場でセヴランと並んで湯につかっている時だ。

「あの、ちょっといいですか？」

「ん？」

風呂のふちに肘をついて目を閉じていたセヴランは、千裕の問いかけで目を開ける。

「なんで誰かの番が死ぬとみんなが落ち込むんですか？」

知人友人が悲しむのは理解できるが、何故この場に集まった上位種のほぼすべてが悼《いた》んでいるのか。

セヴランはくすんだ草色の瞳を、思案気に千裕に向ける。

「……お前知らないんだ」

「え？」

「――じゃあ、さ」

セヴランは言いづらそうに視線をそらし、虚空《こくう》を見る。

「お前が会いたくてたまらないって言ってるミーさんがよ、もし死んだら、お前自分がどうなると思う？」

「………え？」

ミシェイルが死んだら？　千裕は我知らずみぞおちのあたりに手を当てた。

ミシェイルが己の番だと知らぬのに嫉妬《しっと》に駆られ、アデライドを破壊したあの時。ミシェイルが意識を失い、ひと晩中彼の寝顔だけを見ていたあの晩を思い出す。

「…………わかりません。ただ、正気ではいられないだろうなってことしか……」

あの時の纏いつく虚無感《きょむかん》を思い出しながら千裕は返事をする。

その返事が聞こえているだろうに、セヴランはしばらく沈黙していた。

そして、やがてポツリと紡《つむ》いだ彼の声は、ひどく乾いていた。

「死ぬんだ」

「え？」

「番が死ぬと、上位種は死ぬんだ」

「……え？」

「番が死ぬと、上位種はその後を追って自死する生き物なんだ」

決して千裕を見ようとはせず、淡々と述べるセヴランの様子、そして、沈んだ上位種たちの様子が、それが真実であることを裏づけていた。

「……つまり、番が死んだということは、カサンドラ所属の上位種が誰か死んだ？」

「そういうことだ」

「…………みんなが悼んでるのは、明日は我が身でもあるから……？」

「まあ、そういうことでもあるな」

千裕は落ち着かな気に、風呂の中でイライラと足を組み替える。

「――妙です」

「あん？」

「それって、生き物として妙です。なんですかそれは。それじゃあまるで、上位種っていうのは番の付属物じゃないですか。それともこの世界の番はみんなそうなんですか？　他種であっても自死しますか？」

「他種はしないと思うが……別に調べたこともないけど」

「……上位種っていうのは、個別の生命じゃないんですかね？」

「さあな」

「先輩は気にならないんですか？　つまり先輩だって番が死ねば……ってことでしょう？」

他人事めいた冷めたセヴランの態度に、千裕は思わず語気を強める。

次の瞬間に彼を襲ったのは、湯だ。

「うるせェぞイブキ！」

セヴランが風呂の水面を容赦なく叩いて、イブキに飛沫を叩きつける。

「この世界生まれの俺らはそんなこと、子供の頃から考え尽くしてんだよ。納得できねェなら、納得できるまでひとりで考えてろ。俺を壁扱いすんじゃねえよ」

この話題に関しては、いつもへらりと受け流すセヴランであっても冷静ではいられないらしい。

千裕は顔を流れ落ちてくる湯を拭《ぬぐ》った。

「……すみませんでした」

その頃ミシェイルは、明日からの開店に向けてアデライドを磨《みが》き上げていた。

千裕が壊した店はすっかり修復され、最後まで修理が残っていた窓もきれいに嵌め込まれた。

新しく取り寄せた机と椅子も、ぽっかりと空いていた空間を埋めた。

最後に、観葉植物を枝ぶりよく配置し直し、ミシェイルは雑巾《ぞうきん》を片手に立ち上がった。

振り返ると、壁に掛けられた明かりの下、アデライド店内はきらきらと輝いている。

磨き抜かれたカウンターや、昔から使い続けているテーブルと椅子の艶やかさに、ミシェイルは誇らしい心地になった。

「店長、どこか気になるところはありますか?」

厨房で作業しているハリルに声を掛けると、一旦手を止めて店に出てきた。

店の通路を手前から奥まで歩き、ぐるりと見渡す。

「いや。いつも通りのきれいな仕上がりだ。本当に、お前が掃除上手で助かってるよ」

ハリルはぽんぽんとミシェイルの肩を叩く。ミシェイルは微笑んだ。アデライドで働き始めたばかりの頃は、肩ではなく頭を撫でられていたことをふと思い出した。

「店長が丁寧に教えてくれたからですよ」

「はは、俺じゃなくて、お前に掃除を仕込んだのはクロエだろ」

クロエというのはハリルの番の名前だ。

「休憩にするか」

外はすっかり暗くなっている。

「じゃあ何か」

淹《い》れますね、と言おうとしたミシェイルを、ハリルがさえぎる。

「俺がやるから、お前は座ってろ」

「はい」

ミシェイルはスツールに座る。

やがて出てきた飲み物が紅茶だったので、ミシェイルは驚いた。

紅茶は高級なので、普段は滅多《めった》に口に入らない。普段の飲み物といえば、水に果汁を溶いたものや香草茶や豆茶だ。

「たまにはいいだろ。遠慮するな」

ほがらかに笑うハリルに、ミシェイルはにこりと笑んだ。

「じゃあ、いただきます」

二人はスツールに並んで、馥郁《ふくいく》とした香りを楽しんだ。

「今日はあとはなんだったか？」

「あとは割れた食器の納品が今日のはずなんですけどね……ちょっと遅いですね」

食器の取り寄せ先が遠方だったために、こんなにも日数がかかったのだ。使用頻度の高い皿でもないから、明日以降になっても構わないものだ。しかし、その食器屋とは昔からのなじみなので、こんなに遅くまで連絡ひとつ寄越さないのも妙な話だった。

「なんかあったのかな」

ハリルも同じことを考えたのか、ミシェイルと二人同時に首を傾げる。

と、その時だった。噂をすれば影とはよく言ったもので、店のドアベルが涼やかな音を立てて鳴り、小さな影が店に入ってくる。

「遅くなりました。食器屋のフラヴィーです」

灰色の犬の少年が白い包みを掲げてくる。

「ありがとう。こんな遅くに、ごめんね」

ミシェイルは受取状にサインを書き込むと、少年に渡した。

「こちらこそすみません。本当は昼には届ける予定だったんですけど、他の荷物に紛れてしまって探していて。あ、破損がないか確認して頂けますか。ウチでも確認はしたのですが、見てもらえって言われてます」

ハリルは包みを開くと、出てきた皿を注意深く検分した。

「うん。大丈夫だ。ありがとよ」

少年は返事を聞いて、ほっとしたように微笑んだ。

「じゃあ、そう伝えておきます。本当に遅くなってすみませんでした。またよろしくお願いします」

ぺこりと頭を下げて、少年は宵闇《よいやみ》の街へと走り出ていく。

カウンターの向こうにペンを差し戻しながら、ミシェイルは口を開いた。

「あの子……フラヴィーさんの養子でしたっけ？」

「そうだ。フラヴィーのところも同性だから。いずれは親戚から養子に迎えようなんて言ってるうちに時期を逃して、結局は孤児院から引き取ったんだよな」

「……」

ミシェイルは幼馴染みの襲撃後、王都の治療院で、落ち着いてからは孤児院で過ごした。

元々その孤児院はハリルの知り合いが経営する院で、今でも縁がある。

「どうした？」

「え、いえ……ただ、番がいないままだったら養子でも取ろうかな、なんて昔考えていたのを思い出して」

「そんなこと考えてたのか。本当に、イブキが来てよかったな」

「はい」

「まあ養子ならイブキと相談して……いや、無理かな」

「え？」

ミシェイルはハリルを見返した。

「どうして無理なんですか？」

「どうしてってお前……あー……。お前、もしかして知らないのか……」

バツが悪そうにハリルはミシェイルの様子をうかがう。ミシェイルは目をまたたかせた。

「どういうことでしょう……？」

ハリルは緊張したのか少し耳をひくつかせている。びん、と力の入った尻尾は垂直にそそり立っていた。

「あのな。落ち着いて聞け？　こないだオーヴァンから聞いたんだが、上位種ってのは、『番が死ぬと後追い自死をする』んだってよ」

「はい……？」

耳に届いた情報を処理できず、ミシェイルはまぬけな声で二度訊きした。

二度は言いたくないのか、ハリルはそれを無視して言いたいことだけを続ける。

「だからな、養子を取って万が一にもお前が死んでしまったら、その子は必然的にイブキも失うことになるから、養子を取るのはやめとけって言いたいんだ」

「……それ本当の話なんですか、店長」

「本当だろう。上位種と共に過ごす上で、知っとかなきゃいけないことはなんだ？　ってオーヴァンに訊いた上での返事だからな」

「……俺が死んだら、チヒロも死ぬ……」

その事実は、千裕が異界渡りをしてきた時以上の衝撃で、ミシェイルの心を打ち据えた。


翌日の営業再開初日は、それなりの繁盛ぶりを見せた。新規の客は見えないものの、昔からの常連が大勢やってきてくれた。

彼らは千裕の不在を惜しみつつも仕方ないと諦め、そして、千裕がミシェイルの番だったことを祝福し、隠しだてていたことを水臭いと少しだけなじった。

久しぶりの営業に、ミシェイルはくるくると忙しく立ち働いた。だが、ひとりっきりの昼休憩は淋しかったし、営業終了後にひとりで過ごす夜も淋しかった。

番不在の六日間は長い。

風呂を浴びて、今度はさっぱり風味の煙草に火をつけながら、ミシェイルは久々につけることになった店の帳簿を開く。

千裕は計算に強かったから、千裕が店にいた五ヵ月の間に帳簿づけはすっかり千裕の仕事になっていたのだ。元々ハリルは計算に強くないから、これはミシェイルの仕事だ。家に帰れば一家の長であり父親でもあるハリルよりも、ひとり身だったミシェイルの方が時間があるということもあった。

手元の書き付けと帳簿を照らし合わせながら、数字を書き込んでいく。

ひとりきりの夜のしじまの中に、カリカリとペンを走らせる音だけが響く。

目の前の数字を追いつつも、脳裏に浮かぶのはペンを握った千裕の大きな手だ。毎晩向かい合って飲み物を飲んで雑談しながら帳簿を片付けていく時間は、かけがえのないものだったのだな、と思った。

壁のカレンダーに目をやると、千裕の帰宅日として赤丸で囲んだ日まではあと三日だった。


赤丸のついた日の夕方、ぶどう色の宵闇が薄墨に変わる頃に千裕は帰宅した。

厨房で洗い物を片付けていたミシェイルは、裏の戸をくぐって入ってきた千裕の姿に、ほうっと息をつく。

「おかえり」

千裕は少し疲れているのか、不機嫌そうな顔をしていたが、ミシェイルに声を掛けられ彼の姿を視界におさめると、ふわっと笑った。

「ただいま」

千裕がミシェイルの後ろを通り抜けていく。すれ違いざまにふわりと甘い香りが漂い、久しぶりのその香りを堪能《たんのう》していると、ぺろっと耳の後ろを舐められた。

「……！」

びく、と肩を揺らし、真っ赤になるミシェイル。

千裕はそんな彼の照れた顔を視界におさめつつ、今度はハリルに声を掛けた。

「店長、営業再開できてよかったです」

「おう、おかえり」

「本当にすみませんでした」

ハリルはそれにはにこりと笑って頷くだけですませ、千裕も足を止めずに厨房を横切っていく。カウンター前を進んだ時に、

「イブキ、今帰りか～？」

顔見知りの常連に捕まり、雑談を交わしていた。そして小さく手を挙げて、階段を二階へと上がっていく。

ミシェイルは閉店時間まで忙しく立ち働いた。そして店を閉めて、後片付けをしていると、千裕が下りてきて手伝い始めた。

「イブキお前、休んでていいんだぞ」

「いえ、このくらいさせて下さい」

元々は五ヵ月店で働いていたのだ。千裕は手早く雑事を片付けていく。

あっという間に仕舞いの作業は終わり、ハリルは着替えて家路につき、ミシェイルと千裕は二人き

りになった。

戸締まりを確認し、階段下の事務室の内側から、厨房へ続く扉を閉ざす。

まるでそれが合図だったかのように、千裕は後ろからミシェイルを抱きすくめた。

「ミーさんミーさん。すっごく会いたかったです……」

広い胸に抱き込まれ、ふわりと立ち上る番の香気に包まれて、ミシェイルはくたりと身体の力を抜いた。

「俺も会いたかったよ……六日って長いね」

「ホントですよ……ああ、毎日帰ってこれる仕事がよかった」

農作業や整備なら当日帰宅だが、輸送や乗用車両隊に当たると泊まりは当たり前だ。今回は一番遠いカサンドラだったので二日の休暇が与えられているが、それくらいなら六日勤務をやめてほしいと思う千裕である。実際に、中継地点に宿泊所を作ってカサンドラ軍に荷駄を引き渡す案もあったりなかったりするのだとか。

千裕はミシェイルの耳元にキスを落とすと、いつぞやの時のように彼を抱き上げて階段を上る。ミシェイルは千裕の首に腕を絡め、恥ずかしさに上気した頬を彼の肩口にうずめた。

「……俺シャワー浴びてない。油臭くない……？」

千裕のベッドに下ろされて、ミシェイルはすんと自分の袖口を嗅ぐ。千裕は挙げられたその手をそっと掴み取ると、指先に唇を落とした。

「ミーさんはいつだって優しい匂いがします」

優しい匂いって、どんな……。だが、妙に千裕の好意は伝わってきて、ミシェイルは頬を染めた。

恥ずかしさにうつむくが、そのあごをすくいとられ、唇を合わされる。

「チヒロ……」

大きな手が器用にミシェイルの服をくつろげていく。肌をたどる熱い手の感触に、ミシェイルは逆らうこともなく身をゆだねた。

耳を舐められ、甘噛みされ、首筋を舐め下ろした舌は胸元に刻印された番紋までの道筋をたどる。きつく吸い上げられ、ちりっとした痛みにミシェイルはびくりと身を揺らす。そんなミシェイルをなだめるように抱き込みながら、千裕は慎重に彼の身体を拓《ひら》いていった。新婚休暇の三日間にさんざんに抱き倒したとはいえ、また六日間のブランクが空いてしまった。

千裕は淡い桜色のミシェイルの乳首を舐め上げる。唇で挟み込んで立たせ、頂《いただき》を舌で押し潰すように刺激してやった。同時にもう片方は指先でくりくりと構ってやる。すぐにツンと存在を主張してくるものを引っ掛けるようにはじいた。

「あ！」

甘い声があがり、腰が揺れる。千裕の腹を押し上げて頭をもたげてくるものの感触に、千裕は笑みを浮かべた。

素直に感じてくれているのが嬉しい。

「ミーさん大好きです……」

すぐに俺も、と返してくれる唇をついばみ、体勢を入れ替えると千裕は己のものとミシェイルのものを合わせて握り込む。

「一度一緒にいっときましょう？　ミーさんに飢えすぎてて、俺もたない気がしますし」

返事を待たず千裕は手の中のものを手早くしごき上げていく。ひく、と喉を震わせ息を詰めるミシェイル。暗闇をものともしない上位種の目でミシェイルの表情を見透かしながら、千裕は彼との絶頂の瞬間を合わせる。飛沫のあらかたは器用に片手で受け止めたが、受け止めきれずにミシェイルの胸に降りかかった分を、千裕は舐め上げて清める。

「や……！　いま触っちゃ……」

ぞくぞくっと背筋を走る快感を逃そうとミシェイルはみじろぐ。その彼を片手でくるりと引っくり返し、掲げさせた尻の間に、千裕は二人が放ったものを塗り込めていった。

久々に体内を探られる感触に、ミシェイルは身を固くする。

「力を抜いて下さい」

「ん、でもッ」

どうすればいいのかわからなくなっているらしい。混乱を表してへしょった灰色の耳がかわいく、千裕は頬をゆるめると、その耳をかしっと軽く噛んでやる。

ミシェイルの身体がはね、淡い色の唇からは高音の嬌声《きょうせい》があがる。同時に探っていた指で彼のいいところを突き込んだ千裕は、今度はざらついた背骨のラインを舐め下ろし、尻尾痕をくちゅりと舐め上げる。

途端にきゅっと締め付けてくる内部に、これじゃあほぐしてるんだかなんだかわからないなと千裕は思った。とりあえずミシェイルに飢えていて、すぐにでも繋がりたい欲望を持てあまし気味な千裕は、指の動きを速める。

「や、もういいから……ッア、ヘン……になるからっ」

「ヘンじゃないですよ。気持ちいいっていうんですよ、こういうの」

快楽は教え、覚え込ませていくものでもある。はじめは違和感としか捉えられなくとも、気持ちいいのだと思い込ませれば、本当に快楽に育っていくものだ。

千裕は感じる箇所をぐりっと刺激してひときわ高くミシェイルを啼《な》かせ、その隙に自身の一番太い部分を彼の体内に挿入する。

「あ……」

丁寧にほぐしたつもりだが、さすがに六日ぶりはきついのか、ミシェイルが身をこわばらせる。千裕は彼の前を刺激して苦痛をなだめてやりながら、なんとか彼の体内に自身をおさめきった。すぐさま動きたいのを我慢して、荒い息をため息にして逃していると、ミシェイルがチヒロ……と呼んだ。それは、もう動いていいという合図だ。千裕はミシェイルの細い腰に手を掛けると、彼に負担をかけない範囲の激しさで突き込み始めた。


ミシェイルは正常位が好きなので、最後という時には正常位で締めることにしている。

千裕の首に腕を回しすがりついてくる細い身体をいとしく思いながら、抱き締め返す。一度放って滑りのよくなった体内を、千裕はこれで終わりとばかりにむさぼり尽くす。激しい律動に、壁に頭を打ち付けてしまうミシェイルを引き戻し、唇を合わせながら彼の体内をえぐる。嬌声をあげようとするミシェイルの舌を搦《から》め捕《と》り、呼吸を求めてそらされた唇を追いかけて、その唇の脇にキスをする。

「もう……俺ミーさんのことすげェ好きです……」

ミシェイルから立ち上る香気に酩酊させられ、千裕は熱に浮かされたように告白する。

耳元で囁かれたミシェイルは、更にきつく千裕にしがみつく。そして内部の千裕をきゅっと締め上げてしまう。

「く……！」

はあ、と連続して荒い息をつきながら、千裕はミシェイルの中に注ぎ込んだ。

同時に達したミシェイルの飛沫が二人の腹を汚す。だがそんなことには構わず、二人は息を弾ませながらもキスを交わし、抱き合いつつも寄りそって横になる。

「――大丈夫ですか？　俺、ひどくしませんでした？」

ほつれ乱れたミシェイルの髪を撫でながら、千裕は気遣わしげな表情を見せる。

ミシェイルはこくりと頷いた。

「大丈夫……どこも痛くないよ」

六日ぶりの交合に内部は熱をもっているようだが、切れたようなひりつきは感じない。

ミシェイルがそう答えると、千裕はほっとしたようにため息をついた。

そしてサイドテーブルに置いてあった布でミシェイルの腹を拭い、軽く後始末をする。

ところがその手がいつまでも胸あたりから去らないので、ミシェイルが不思議に思って見上げると、千裕が切ないような悲しいような顔をして動きを止めている。

「……チヒロ？　どうしたの？」

軽く腕を引くと、千裕がぽすんと、ミシェイルの胸に身を投げてきた。もちろん体重は加減しているのか重くはない。胸に耳を押し当てて、心臓の鼓動を聞いているようだ。

ミシェイルは、訳がわからないながらも彼の頭を抱き締め、頭を撫でてやる。体勢は自然と、横向きになって千裕の頭を胸に引き寄せる形になった。

「――知らなかったんです。上位種っていうのが、どういう生き物なのか……」

千裕がポツリと呟いたそれだけで、ミシェイルには通じるものがあった。

「ああ、……チヒロも知ったんだね……。俺が死んだら、チヒロまで死んでしまうって……」

ミシェイルは更にぎゅっと千裕を抱き締める。

なるほど。帰ってきた時の、不機嫌な顔つきの謎が解けた。

「じゃあミーさんも……？」

「つい三日ほど前に、店長から聞いた」

「……そうですか」

千裕はすがりつくように、ミシェイルの胸に額をうずめる。

「上位種って……なんなんでしょうね？　俺の感性からすると、すごく人工的で依存的な生き物に感じるんですけど……力は強いのに、不完全で歪んでいます。違和感が、すごい」

依存。そうだ依存だ。

千裕は、ミシェイルが意識を戻さなかったあの時のことを思い返す。本来なら、あんな風にミシェイルをただ抱き締めたり見守ったりする以上に、できることはあるはずだったのだ。だが思考をめぐらす力すら奪い取られたように、ただミシェイルの安否だけを心配していた。まともな思考力もなくただ寄りそうだけなど、依存以外のなんだというのか。そんなものは、飼い主にべたりとまとわりつく分離不安の飼い犬と大差ない。

ミシェイルには、千裕の問いに答えを出してやることができない。だからただ単に、彼をぎゅっと抱き締めて、不安が少しでも払拭《ふっしょく》されればと願うことしかできなかった。

「ミーさんに本当にもしも何かあった時に、パニックを起こして思考停止するんじゃなくて……もっとこう、建設的に役に立てればと思います」

セヴランから話を聞いたその時には、何故こんな妙な生き物になってしまったんだろうという、上位種であることそのものを厭《いと》う気持ちもあった。

だがそれは、数日を過ごし、そして帰宅してミシェイルの姿を見た時に完全に霧散した。

(俺はこのひとの番だ)

界をまたいで繋がれた縁《えにし》。

金色の狼であるこの姿を、ミシェイルがことさら好んでいることも千裕は知っている。

ならば、上位種であることは受け入れようと千裕は思ったのだ、帰宅してミシェイルを見たその瞬間に。馬鹿馬鹿しいが、ミシェイルが好んでいる、という一点のみで、千裕にとってはそれだけの価値が発生する。

「俺、死なないようにするから」

自分自身も本当は不安を抱えたままであるのに、無理をしてミシェイルは言いきった。

そして不安を誤魔化《ごまか》すために、適当に思いついたことを言いつのる。

「でもさ、上位種ってなんで一緒に死のうとするんだろうね?」

「え」

千裕はぎょっとしてミシェイルを見上げた。

「いや……そりゃきっと、そのくらいに番を愛してるから……じゃないかと」

それ以外に上手い理由付けが思いつかず、しどろもどろになりながら千裕は返答する。

「ふぅん。じゃあさ、俺が死んだらチヒロも死ぬなら、……追いかけてくる、って解釈していいのかな？」

上位種が一緒に死ぬ理由についてミシェイルは思案する。

何か、千裕の心を軽くするような理由を。

「え……あ、はい。多分そうです。俺ひとりがここに残っても仕方ないから……ミーさんと離れてここに俺ひとりでどうするんですか……」

それは、熱烈な愛の告白だった。好きだとも愛しているとも表現していないが、ミシェイルの心にはそれらと同等に響いた。

闇の中、ミシェイルは微笑んだ。上位種である千裕の目には、そのきれいな微笑が余すところなく見て取れた。

「嬉しいな。そんな風に思ってくれてるなんて」

「だって本当に。俺が界を渡ったのはミーさんのためだけですから。ミーさんに会うために、ここに来たんですもん」

千裕はミシェイルの美しい微笑から目を離せない。

闇の中だから銀色に光っているわけではないが、千裕が大好きなあの銀色のミシェイルと同じだけの輝きをその微笑はたたえていた。

「ありがとう。俺も、千裕に会えてとても嬉しい」

ミシェイルは千裕の耳をそっと撫でた。そして、じゃあさ、と言葉を繋ぐ。

「きっと魂だけになっても、俺たちは、番だよ。また一緒に生まれてきて、一緒に生きられるんじゃないかな？　――そのために、一緒に死ぬのかな……？」

ひと息に言いきったミシェイルの語尾は不安からわずかに震えている。

本当は、何の確証もない甘言《かんげん》だ。こんな甘っちょろい理論が、千裕の慰めになるのかはわからない。

だがミシェイルに言えること、思いつくことは、そのくらいしか存在しなかったのだ。

「ミーさん……」

だが、ミシェイルの不安とはうらはらに、千裕はその甘言をすっと信じた。心に染み入るように、スコンと腑《ふ》に落ちたのだ。

これは、異界渡りによって身体を作り変えられたという経験……まったく別の物に身体が変化しても自己を自己たらしめている何か、すなわち『魂』というものを、ミシェイルよりも千裕の方がより実感していたということも関係しているのだろう。

千裕は目の前のミシェイルの胸にぎゅっと抱きつく。

「わかりました。生まれ変わっても番ですね！　俺、ミーさんと生まれ変わっても一緒にいられるの嬉しいです」

ミシェイルは、ほ、と安堵の息をついた。

どうやら、千裕の心を軽くすることには成功したようである。

「うん。俺も、生まれ変わっても千裕の番になれるなら嬉しいな」

その後ミシェイルと千裕は共に風呂をすませ、ミシェイルの部屋のベッドに二人で横になる。

ミシェイルに腕枕をして、千裕はすっと寝入った。

ミシェイルは闇の中、ただひとり寝つけずにいた。

千裕にはあんな風に言ったものの、彼自身はそれを信じてはいない。

二人分の命を背負う覚悟や割りきりを、まだミシェイルは見出していなかった。

対して千裕はといえば。そもそも、千裕の中には、ミシェイルを追って死ぬことそのものには否やはない。引っかかったのは、上位種という種の不完全さ、それのみなのだ――そうした割りきりができることそのものが、すでにおかしいのだが、千裕は気づいていなかった。すでに彼の精神は、ひとであった時とは違うなにかに変質し、より強く本能に支配されるものになっていたのである。

番外編　一周年

昼下がりのアデライドは、そろそろ中休みの時間となる。

客足も落ち着き、店内には、最後のひと組が残るだけとなっていた。

カウンター裏で飲み物の準備をしていたミシェイルは、カランと響く音に視線を上げた。

「ハイ」

彩色硝子《さいしき》の嵌め込まれた扉を開けて姿を見せたのは、店長ハリルの番クロエである。栗色のふわふわした髪をなびかせながら、颯爽《さっそう》とした足どりで店内を横切ってくる。

「お久しぶりです」

ミシェイルは相好《そうごう》を崩した。普段は店内では微笑む程度の彼なのだが、やはりハリルの番となると別格らしい。

「久しぶりね。ケーキ買ってきたわよ。休憩時間に食べてね」

クロエは手に提げた小さな箱を示し、にっこりと笑う。

「あれ、どうしたんだ？」

ハリルが厨房から声を掛けてくる。

「たまにはあなたの料理を食べようかと思って。お客さんよぉ。ちゃんと作ってね」

「おー」

クロエの挙げたメニューを聞き取ったハリルは、なべを持ち変える。

カウンターに腰を落ち着けたクロエは、荷物の整理などをつけて、何気なくミシェイルを眺めた。

「イル、お湯沸いてる」

カウンター内ではやかんがしゅんしゅん音を立てているというのに、ミシェイルはその脇にぼんやりと立ち尽くしている。しかもその手には、茶葉をすくった匙《さじ》を持ったままだ。

「あ」

クロエの声に意識を戻したものの、びくりとはねた指先から匙が落ちた。茶葉がざらりと、作業台の上を滑っていく。

「わ、すみません」

ミシェイルはまずは火を消す。こぼした茶葉はそのままに、ポットに新しい茶葉を入れる。そこへ湯を注ぎ、蒸らす間にこぼした茶葉を掃除する。粗相《そそう》はしたものの、的確な落ち着いた対処だった。

「珍しいわね、ぼうっとして」

とがめるでもなくクロエがそう言うと、ミシェイルははにかむような笑みを見せた。

ミシェイルは蒸らし終えたお茶を持ち、客席へと出て行く。そこへハリルが、スープを片手にやってきて、クロエの前に陣取《じんど》った。ミシェイルに聞こえないように小さな声で、己の番にそっと耳打ちする。

「イブキがな、今カサンドラ行きで留守なんだが、明日帰ってくるんだよ。で、明日がちょうどイブキの誕生日なうえに、異界渡りしてきて一周年、ってわけだ」

「あらぁ」

おめでたい話にクロエは微笑む。

クロエがハリルと出会い、初めてミシェイルと会った時、彼は十五か十六の子どもだった。硬く暗い表情をして、うつむきがちで陰鬱《いんうつ》な少年だった。アデライドで住み込みで働き、接客もこなしていたが、ひとと話すのが苦痛で仕方がない様子だった。

もちろんそれには、故郷で受けた瑕疵《かし》が関係している。

不幸に見舞われた少年をハリルは篤《あつ》く保護し、クロエもそれに追従した。

(本当によかった)

ミシェイルとその番であるイブキの出会いは遅かったが、それでも出会えてよかったと、心の底からクロエは思う。

ミシェイルは長ずるにつれ、陰鬱さや卑屈《ひくつ》さを押し隠すことはできるようになった。明るさをよそおい、自然な笑顔で店に立てるようになった。

だが、それが偽《いつわ》りの笑顔であることは、ハリルやクロエのような親しいものにはわかってしまう。ミシェイルの抱える劣等感や負い目はすべて番がいないことに端《たん》を発していた。それがイブキの出現によって払拭できたことが、本当に嬉しいのだ。

（だってミシェイルは凛《りん》として、とても素敵な子なんだもの）

今では驚くくらいに明るくなった。元から、すらりとした長身の美しい子だったが、それが明るさによって更に引き立つようになった。清廉《せいれん》なうつくしさは輝きを増し、時折銀色にきらめく髪や青みを帯びた瞳は皓々《こうこう》とあたりを払うようですらある。

「――では、ごゆっくりどうぞ」

客席では、ミシェイルが客に向かって礼をしている。ぴんと伸びた背筋の凛々《りり》しさと、指先までゆきとどいた所作のうつくしさに、クロエは惚れ惚れと見入った。

「ねえハリル」

スープを置いて去っていこうとしていた番の背に声を掛ける。

「明日、休みにしてあげたら？」

ハリルがぽかんとする。次いでドアベルが乾いた音を響かせ、他種の男が入り込んできた。手にワインの瓶を提げた、近所の酒場の店主だった。

「あれ？　お前さっき食って帰ったばっかり――」

その店主は、昼過ぎに起きると、アデライドでごく軽い朝食をとるのが日課だ。朝に弱いせいで、いつも仏頂面《ぶっちょうづら》を引っさげているようなこわもての男性なのだが。今日もつい先ほど、仏頂面のまま帰っていったというのに、今は何故か高揚した表情に変化している。

「だって記念日だって言うじゃないか」

男はご機嫌な様子で、提げたワインを示す。そして、

「イル!」

厨房の中に手を振って、洗い物に着手しようとしていたミシェイルを呼びつけたのだ。

「これ、明日イブキと飲め。一周年と、ついでにイブキの誕生日おめでとう!」

笑顔の男と、掲げられたワイン。それを見比べたミシェイルは、ためらいがちに男の前へと歩み寄った。

「いいんですか頂いてしまって」

「いいっていいって! お祝いだ、イブキも喜ぶだろこれなら!」

男は豪快に笑うと、ミシェイルの手を取り、いささか強引にワインを抱き込ませる。おっかなびっくり受け取ったミシェイルは、再び男とワインを見比べて、それからふわっと笑った。花がほころぶような、満面の笑み。陰りのない笑顔だった。

「わあ、ありがとうございます。嬉しいです!」

「わはは! いいっていいって!」

店主はしきりと照れ笑いを浮かべながら、ハリルとクロエにも手を振り振り帰っていった。

その背を見送った二人は、顔を見合わせる。ハリルを見上げるクロエの目には、さあどうだ、とで

も言いたそうな勝ち気な光が浮かんでいた。それを見たハリルは、思わず相好を崩した。

「そうだな、明日、休みにするか」


翌日の朝、ミシェイルは買い物籠を提げて近所をぶらりと歩いていた。

突然臨時休業を告げられ、しかも、店に置いてある材料は何を使ってもいいと言われたのだ。その中には滅多に食べることのできない最高級の牛肉もあった。遠慮していたミシェイルだが、「じゃあ俺が夕方行って料理してやろうか?」とハリルに脅しつけられるに至り、ありがたく受け取ることにした。

食材は店のもので足りるとはいえ、せっかくのお祝いなので生花なども飾りたい。ついでだからワインに合わせてグラスも新調しようかと思ったのだ。

そうしたら、その買い物の帰り道――。

「ミシェイル、おめでたい日なんだって? おめでとう!」

「よかったね、本当によかったね」

「これ、イブキ君に持ってってやんな」

アデライドの並びの古馴染みの店主たちが、口々にお祝いを述べては果物だのお菓子だのを差し出してくるのだ。

ミシェイルは圧倒されて及び腰になりながらも、失礼にならないようにきちんとした礼を返しながら、それらをすべて受け取った。

「嬉しいです。ありがとうございます」

彼らひとりひとりに晴れ晴れと微笑むミシェイルである。はにかんだ照れ笑いはかわいく、店主たちを満足させた。

なんといっても彼らは、このきれいで不幸な青年をずっと見守って心配してきたのだ。人見知りであがり性なところがあるため、すごく親しくしているわけではないが、折にふれて親切にしたいくらいには大切でかわいい存在なのである。

「ただいま――って、あれ？」

イブキの帰宅は、いつもよりも少しだけ早かった。

厨房側の裏口から入ってきた彼は、客はおろかハリルさえいない店内に驚く。いるのは、店の要所に掲げたオイルランプの明かりに髪をきらめかせているミシェイルのみ。私服にエプロンをかけて厨房に立つ番の姿に、イブキは戸惑ったようだった。

「チヒロおかえり。今日はね、特別に臨時休業にして下さったんだよ。ほら、見て。このお肉もくれたんだよー！」

下準備をすませてあとは焼くだけとなった分厚い牛肉の塊《かたまり》を、ミシェイルは腹ペコな番の目前に示す。

「うわ、すごい！」

ほんの五ヵ月ほどだがアデライドで勤めた経験のある千裕には、その牛肉の価値がわかったようだ。

「わー……店長ありがとうございます」

「ご飯食べてきてないよね？」

「ええ。『食べずに帰ってきてね』ってことでしたから」

昼のうちに軍本部の事務を訪れ、千裕あての言付《ことづ》けをたくしていたミシェイルである。

今日の休業はクロエとハリルの急なはからいだったので、予定通りなら千裕は宿舎で夕飯をすませてくるはずだったのだ。千裕自身は明日と明後日は非番だが、ミシェイルの手が空かない。せっかくの記念日なのになんのお祝いもできそうになかったのが心苦しかったミシェイルとしては、今回のハリルとクロエの気遣いは本当にありがたかった。

「じゃあ今から焼くね！　チヒロ、着替えてきてね」

滅多に焼かない肉を前に、ミシェイルはいささか興奮気味である。

両手で肉を摑みフライパンに放り込まんとする彼に、

「その前に」

と千裕は手を伸ばす。

細いおとがいを捕《と》らえて上向かせ、唇を重ね合わせてぺろりと舐める。

「せっかく店長がいないのならもっとやりたいところですが」

すぐさま離れた千裕は、いたずらっぽく笑う。その腕の中で、生肉を握り締めたまま真っ赤になったのはミシェイルである。

「ほら、早く焼かないと」

フライパンが熱くなりすぎますよ、と笑いながら千裕は二階へと上がっていく。

（いつもちゃんとお帰りの挨拶くらいするのに。せっかく記念日だったのに。なんで俺、今日に限って生肉握り締めてるんだろう……）

あまりにも趣《おもむき》がなさすぎる。

ミシェイルはしんみりとへこみながら、それでも千裕の忠告にしたがって肉をフライパンに入れた。

ミシェイルがステーキの様子を慎重に見守る間に、着替えを終えて千裕が下りてくる。

「手伝いますか？」

「え、いいよ。座ってて。今日は四人掛けの方ね」

料理を運ぶ手間を考えてか、食事は二階の住居ではなく、客席を利用するらしい。

窓のよろい戸は閉ざされ、出入り口にもカーテンが引かれているが、店側のランプは灯されている。

その中央の四人掛けの席には花が生けられていた。

「飲み物はこれですか？」

カウンターに出されているワインとグラスを千裕は示す。

「あ、うん。そうだけど」

働かなくていい、と言いたげなミシェイルに、千裕は首を振る。

「いいんです。俺の誕生日だけど、二人の記念日ですし」

テーブルの上には花の他に果物やクッキー、茶葉や飴《あめ》などが籠にひと盛りにされている。

なんだろうと思っていたが、疑問はすぐに解けた。

料理を終えて席に着いたミシェイルが、食べながら説明を始めたのである。まずは『ワインをくれたのは近所の酒場の店主。それから果物、クッキー、飴、茶葉、ここには置いてないけど雑貨類もいくつかもらったよ。みんな、チヒロの誕生日をお祝いしてくれたんだ』と、満面の笑みで告げられる。そして続けて、

「チヒロがたくさんのひとに好かれていて、嬉しい」

と言い、上手に焼けた美味しいステーキを上品に口に運びながら、幸せそうにミシェイルは笑う。その向かいで同じようにステーキに幸せを噛み締めていた千裕は、目を白黒させた。

「いえ、それはちょっと違いますよ？」

「え」

「だって、みんなミーさんが好きだから、その番である俺にもよくしてくれてるんですよ？」

自分が彼らに好かれていないわけではない。良好な関係ではあるが、単なる隣人の域を出るものではない。それでもこうして贈り物で祝ってくれるその根底には、彼らのミシェイルへの好意があるのだ。と千裕は説明をする。

思いがけないことだったのか、ミシェイルは目を丸くして聞き入っていた。

「……そんなこと、あるのかな……？」

「ありますよ」

彼らの、自分への好意が信じられない様子のミシェイルに、千裕はにこっと笑って力強く頷いてみせる。まぶしいほどの笑みに、ミシェイルは目を細めて頬を染めた。

「だったら、嬉しい」

「ま、それにあと、俺にかこつけて、っていうのもありますよね。ミーさんの誕生日とかじゃあ、ミーさん遠慮して受け取らないでしょ。でも俺にだと言うと、お礼言って素直に受け取ってくれるじゃないですか」

「それだと俺がかたくなみたいじゃないか」

「ちょっと頑固ですよね。自分の長所を認めないところとか」

「えー……。単に自分を知ってるだけだよ」

「ほらほら、そういうところ。ミーさん自身がなんと言おうと、俺にとってはミーさんは最高に素敵でかわいい、優しくて有能でしっかりしていてとっても美人で、ちゃんと自分の意見も言える大人な、すごく大好きで大切なひとですからね」

ミシェイルの美点をずらずらとあげつらねる千裕。ミシェイルは染めた頬を更に赤くして、照れを誤魔化すようにうつむいている。

「今日は別に、俺の誕生日じゃないんだからね。そんなに褒めたって、これ以上なにも出ないんだからね」

「え、ないんですか？　まだ一番欲しいものもらっていないんですが？」

「ええ？」

ミシェイルが今日のために用意したのは、ちょっとした贈り物とこの料理だけだ。

「な、なに？　なにが欲しかったの——明日買いに行けるかな……？」

贈り物はミシェイルが勝手に用意しただけで、千裕の意向を汲《く》んだものではない。しかも、単なる日用品にすぎない。千裕がそうまで言うほど欲しいものがあったと知り、ミシェイルはにわかにあわて出した。

店さえ開いているなら今からでも買いに行くと言い出しかねない様子に、千裕はやんわりと手を上げる。

「大丈夫ですよ。欲しいのはミーさんですからね」

気負いもてらいもなく告げられた言葉に、今度こそミシェイルは真っ赤になった。


「ねえ、ちょっと」

ミシェイルは困惑気味な声をあげた。

「そんなにひっつかれると動きにくいんだけど……」

食事を終えて、汚れ物を厨房に引き上げて洗っている真っ最中である。流しで水を使うミシェイルの背に覆いかぶさるように、千裕が密着している。頭にあごを乗せられ、大きな胸にすっぽりと包み込まれているのである。

常にはない近距離と久々の体温に、ミシェイルは心拍数をはね上げる。

「明日の朝にしません？　上に行きましょうよ」

誕生日だからと手伝いを禁止されている千裕は、要するに手持ち無沙汰《ぶさた》なのだ。その上に、発情している。カサンドラ帰りな上に記念日が重なってミシェイルがいつもより優しくしてくれてかわいくて、我慢が利かない気分になっているのだろう。

耳を舐め上げながら切なげな溜め息をつかれ、色気のこもったその仕草《しぐさ》に、ミシェイルは頰を赤らめた。思わず、雰囲気に流されて頷きそうになる。

「いや、駄目駄目」

だが次の瞬間には、首を振ってきらりと目を光らせた。

「ここは俺の仕事場です。ましてや、私用で借りたものを、ひと晩汚しておくような真似はできません」

きっぱりとした口ぶりに、千裕はぴたりと動きを止めた。

「じゃまするなら、先に上に行っていて」

それはあきらかに『じゃましないなら、そこにいてもいいよ』ではない。問答無用で『上に行け』という命令なのだ。

「……ハイ」

耳を伏せた千裕が、うなだれながら階段へと向かう。しょんぼりとたれた尻尾が所在無さげだ。その哀れさに、ミシェイルの胸に後悔がこみ上げる。

(いや、でも、これは大事なことだから)

憐憫《れんびん》の情を、あわててミシェイルは振り払った。

そして後始末を完璧にすませて、厨房のオイルランプを消して回る。闇の中、玄関扉のカーテンを透かす街灯の明かりだけが揺らめいている。ミシェイルは、闇に慣れる間を待つように、しばしその明かりを見つめた。それから、住居へと続く階段を上り始める。

居間は、暗かった。

「チヒロ……?」

まさかもう寝たのかと廊下に出れば、寝室側のドアから薄明かりがもれている。

「チヒロ、お待たせ。遅くなってごめんね」

そうっとドアを開けると、ベッドに転がっていた千裕ががばっと起き上がる。

「ミーさん」

お疲れさまです。と言いつつミシェイルの腕を取り、みずからの腕の中へと誘導する。ミシェイルはされるがままに抱き込まれ、千裕の胸にぴったりと寄りそった。

「わー……、ミーさんの匂い。やっと抱き締められた」

千裕の声にはどこかせっぱつまった色がある。彼はミシェイルを片腕で抱いたままオイルランプを吹き消した。そして抱き下ろすようにベッドに横たえると、キスをしながら耳をもむ。

ミシェイルは早鐘を打つ鼓動を持て余しながら、千裕に身をゆだねていた。

本当は、少しだけ怖い。出会ってから一年。こうして番関係を結ぶようになってからは七ヵ月程度。普段はミシェイルを立ててか、千裕は控え目だ。上位種の力を笠《かさ》に着た傍若無人《ぼうじゃくぶじん》さとは無縁で、ひたすら優しく気遣ってくれる。

だが、いざ関係を結ぶとなると――。

(カサンドラ帰りの日は特に強引で)

乱暴というわけではないが、待ってと言っても待ってくれないし、ミシェイルがあまり好まない抱き方をされることも多いのだ。もちろんそれが嫌で仕方がないというわけではない。最後には快楽にぐずぐずに溶かされて、夢中になってしまうのだから。

「……んッ」

全裸になって素肌を重ね合わせ、後ろから抱き込まれる。大きな手がミシェイルの滑らかな肌を撫で、薄い腹や胸を愛撫する。少しの刺激でも簡単にとがるようになった胸の先端は特に丁寧になぶられる。そうしながらも、熱い唇と舌が背を這い、うなじをきつく吸い上げるのだった。

ミシェイルの背中は一面が火傷痕に覆われていて、感覚が鈍っている。うつくしくもないそこを見せるのは、実は今でも苦手だ。醜《みにく》いことに、罪悪感を抱いてしまうのである。けれども、実際には千裕は、そこを愛撫するのが好きだ。普段ならばそうしつこくもないのに、カサンドラ帰りの夜は特にこうしてじっくりと舐めてくる。

罪悪感と羞恥が、官能を後押しするのだろうか。

感覚の鈍麻《どんま》した背を舐められているにもかかわらず、ミシェイルは肌を染め、身体をたかぶらせる。ぎゅっとシーツを握り締め、力の抜けそうな膝を突っ張って、必死に身体を支える。覆いかぶさるように抱き込んでくる千裕のあたたかさにすがるように身を寄せ、肩ごしにキスを求める。すぐさま与えられたそれを堪能し、ほうっとため息をつくと、抱き込まれて膝に座らされた。ぴたりと合わさった尻と下腹との間に、千裕の滾《たぎ》ったものが挟み込まれている。そのたかぶりの熱さにゾクリと身を震わせた瞬間に、両方の胸先をねじられる。同時に、今までは焦らすように舐めるだけだったうなじを噛まれ、ミシェイルは高い声をあげた。

「ああ…ッ」

触れられてもいない前を、ぱっと解放してしまう。自分だけが先に絶頂を迎えてしまった羞恥にミシェイルは身悶《みもだ》えるが、千裕は嬉しそうに笑ってミシェイルの耳を甘噛みしてくる。

「ミーさんかわいい」

「か、かわいくなんかッ、……っあ！」

千裕よりもずいぶんと年上なのに、かわいいと評されるのは恥ずかしい。年齢にふさわしい落ち着いた大人に見られたいのに、実際はすごく情けなくて頼りないところばかり見せてしまっている。

せめて口でだけでも反論を、と声をあげれば、まるでそれを封じるかのように、達したばかりの前を握られた。

「んん！　や、め……っ」

大丈夫、と耳に囁かれながら身体を返され、向かい合う。キスを幾度となく繰り返され、すがりつくうちに、気づけばベッドに横たえられていた。身の内には千裕の指がもぐり込んでいる。拡げ探りながらばらばらに動く指の動きに翻弄され、ミシェイルは羞恥を忘れて腰を揺らめかせる。しゃくり上げるように小さな喘ぎを繰り返し、時に泣きを入れる。千裕は、乱暴ではないが容赦のない指遣いで彼の官能を刺激し、暴き立てた。

「や、だ……ッも、入れて……！」

哀願の声をあげれば、ようやっと許されて、千裕を身の内に迎え入れる。

「ああっ」

久しぶりに感じる番の熱さに、ミシェイルは我を忘れた。

千裕はため息ともうめきともつかぬ吐息をもらし、ミシェイルの足を抱え上げる。

律動の激しさにミシェイルは声をあげ、千裕にすがりついた。

「ちひろ……っ、んっァ、ああ……ンッ」

お互いに抱き締め合う身体が熱い。激しい動きに翻弄され、はたまた翻弄し、高め合いながらも、その身体の熱さにミシェイルは安堵を見出していた。

「チヒロ、好き」

この瞬間ならば、己の至らなさも棚上げしてすべてをゆだねることができる。

とても素直な気持ちで、幼子のようなあどけない口調で、ミシェイルは気持ちを伝えた。


長年の習慣というものは、どんなに疲れた身体をも定刻に目覚めさせる。

闇の中ぱちりと目を開けたミシェイルは、よろい戸の隙間から細く差し込む光に朝の訪れを悟る。

何も考えぬまま、習慣のままに身を起こそうと身じろいで、驚愕した。

下半身に感じる違和感。

それが、千裕が未だ身の内にとどまっていることを告げているのである。

ぴったりと寄せ合った身体。耳に感じるのは、規則的な寝息だ。

(寝てる……よね)

だが、杭《くい》のように差し込まれたままのそれは半分頭をもたげているようだ。

ミシェイルは大いに戸惑い、羞恥した。

昨夜は何度も抱き合い、ついにはそのまま寝入ってしまったらしい。身体にはべとつきを感じるし、シーツもごわついている。千裕は休日なのでこのまま寝かせてやりたいが、ミシェイルは仕事である。

起きてシャワーを浴びて気持ちを切り替え、身づくろいを整えたい。

だというのに。

体内にあるそれを意識してしまったからか、ミシェイルの気持ちとはうらはらに、内部が勝手に食い締めてしまうのか。千裕のそれは、どんどん体積を増してゆく。そうされてしまえば、昨夜の名残で鈍くしびれている内部も、再びじわりと熱を帯び始めてしまう。

「や……、ね、チヒロ。起きて」

そっと抜け出ればよかったのに。軽く混乱したミシェイルは、寝た子を起こしてしまったのだ。

「ミーさ……」

寝ぼけたままの千裕がミシェイルを搦めとり、抱き寄せる。深くなる結合にミシェイルは息を呑む。

ゆるく覚醒《かくせい》し始めた千裕は、それでも彼を離さない。

「ちょ……！」

やむなく朝から情交へともつれ込まれ、その日の朝の段取りはさんざんなものとなった。


「まったく……こんなことだろうと思ったわよ」

久々に会うクロエにため息をつかれ、千裕は大きな身体を縮こませる。

「すみません……」

昨夜も今朝も、度を越えて挑《いど》まれたミシェイルは体力の限界を超えてしまったのだ。

本人は『できます』と言って頑張ろうとするのだが、身体がついていかない。ぷるぷると震える足では機敏に動くこともできず、厨房には立てない有り様だ。

ハリルが来る前の仕事は千裕の介助を受けながらなんとかすませたものの、その後が続かない。

客の注文を受けつつ厨房でなべを振るなんて、とても無理である。

どうしようと沈み込むミシェイルを前に、千裕も罪悪感の塊のような有り様でしょんぼりしていたのだが、出勤してきたハリルはクロエを連れていた。

「まあ、番になったばっかりってこんなこともあるよな」

ハリルはおおらかに笑い、『俺らも色々あって、イルに助けられたことがあったじゃないか』とクロエに言う。それでクロエはその色々を連想したのか、白い頬を朱《しゅ》に染めた。

小さな握り拳《こぶし》を口元に持っていき、わざとらしい咳払いをひとつ。

「ともかく、イルは上でゆっくりなさい。イブキ君、抱いて連れて行ってあげてね。お店のことは私とハリルでやるから、明日からはまたよろしくね」

黒虎と灰色狼

◆セヴランの場合

オーヴァン第五隊副隊長のセヴランは、二十五歳の今になっても番《つがい》を持たぬ灰色狼である。

番の年と生年月日は知っている。セヴランより三つ下、現在二十二歳の八月五日生まれのはずだ。

獣人の親は子どもの身体を毎日検《あらた》め、番紋《つがいもん》が出た日を書きとめておく。生まれた時に番紋のなかった子どもは、親が書きとめた年下の番の生年月日を手がかりに、番を探すのだ。番を探すための交流会は各地で開かれるし、街の登録所に詳細を挙げておけば、閲覧《えつらん》した番が訪ねてきてくれることもある。ゆえに、街道や郵便の発達した現在では、遅くとも二十歳前後で番を見つけてゆくのだが――。


「だってめんどくさいし」

何故積極的に番を探さないのかと問われた時の、彼の答えがこれである。

「ちょっと摑んだら壊しちまいそうな他種の番とか、ほんと迷惑だから。振り回されて今更生活変えたくない」

「でもそれじゃ相手がかわいそうじゃないですか」

言いつのってくる後輩は、マレビトであるにもかかわらず己《おのれ》の番と相思相愛の金色狼だ。実に暑苦しくうっとうしい。否、この後輩に限らず、番を持っている輩《やから》はみんなそうなのだ。

「あっちだってもう二十二だ。自分なりの生活を確立してるだろ」

「……う～ん、うちのミーさんなんかは二十六になっても待ってましたけどね」

イブキの番、ミシェイルにセヴランは会ったことがない。単純に用事がないのも理由だが、イブキが咆哮《ほうこう》を使って壊したこともある店に、他の上位種が姿を見せて、客がひくのも悪いという判断だ。

「番ってどことなく似るよな？　真面目なミーさんの番は真面目なお前。じゃあ、不真面目な俺の番はやっぱ不真面目なんじゃないの？」

「ああ……」

イブキは食膳を押しやると、食卓に突っ伏した。

「先輩が遊び人だって噂は本当だったのか」

セヴランとしては、番を探すことに対して「不真面目」だと表現したつもりだったのだ。だが、イブキはそれを「ふしだら」だと曲解し、もれ聞いた噂の信憑性《しんぴょうせい》を深めたらしい。

「あ。そう。俺は誘われれば誰とでも寝る派。紋アリ紋ナシカタワレ関係なしよ。なんならお前も試してみる？　だけどお前が下な！」

セヴランは皮肉げに唇をつり上げながら、不愉快そうに言いつのった。

「エグいわ。先輩と寝たって、ミーさん抱くよか気持ちいいはずないのに、しかも下って。俺に得なところ全然ないし」

「ははは。番持ちはみんなそう言うよな」

要するに、セヴランという灰色狼は、恋愛事に不真面目なのだった。

イブキに得という言い方をされたが、それを言えば、番以外と寝ることにセヴランが利点を感じているわけではない。あんなもの、ただの一瞬だけの抽送《ちゅうそう》運動だ。単なる処理なのだから右手で構わない――だから、セヴランから声を掛けて相手を見繕ったことはない。

それなのに何故「遊び人」と呼ばれるか。それはやはり、番制度のある獣人国においては、そうした遊びをするものがひときわ少ないからなのだろう。相手が少ないものだから、同じ相手から何度も声を掛けられることもある。特に拒みはしないが。そうしているうちに、そう呼ばれるようになった。

始まりはただの好奇心だった。

番は欲しくないが、寝ることには興味があった。

たまたま声を掛けられたから、やってみた。ただそれだけのことだった。


その日は北の街イアサントに宿泊し、早朝に荷駄車《にだぐるま》を曳《ひ》いて王都ソレンヌに帰る。

途中の、休憩場にしている川べりでオーヴァン率いる第五隊は、他の街の隊員たちと行き合った。

「ソレンヌ第五隊オーヴァンだ」

「カサンドラ第三隊アルバンです」

他隊と行き合うことはままあるが、今回の隊はまったく面識のない隊だった。そうした時は一応の顔合わせを行う。

隊長副隊長が前に出て、その後ろに隊員たちが並び、挨拶《あいさつ》をし合うのである。

隊長に続いて副隊長が挨拶をすれば、隊員たちは礼をするのみで終了だ。そして次々と、休憩を求めて自隊の荷駄車周辺へと戻っていく。

オーヴァンもきびすを返し、セヴランもその後にしたがうべく動きはじめる――けれども、ふと何かを感じて、動きを止めた。引っかかるような違和感を覚えたのだが、原因を突き止められない。セヴランは眉をひそめながら、あたりに視線をさまよわせる。そしてその視線が、去ってしまったカサンドラ隊の中でただ一人残った年若い黒虎を捉《とら》えた。

黒虎も、呆然《ぼうぜん》とした顔つきをして彼を見返している。

二人はそのまま見つめ合った。

「なんだ?」

去ろうとした隊員のひとりが示すものを、イブキは振り返る。

そこには、先ほどの挨拶の場に立ち尽くしたまま、向こう側の隊員と思われる黒虎と向き合っているセヴランの姿があった。

「ん?」

「お?」

複数の上位種たちが異変に気づいて振り返るが、当の二人は見つめ合ったまま、微動《びどう》だにしない。

二人ともが驚愕の表情を浮かべて、ただ互いを凝視しているのである。そしてそのうちに、なにがきっかけとも知れず、黒虎が動いた。彼は非常に敏捷《びんしょう》な動きで地を蹴ると、目の前の灰色狼を川べりに押し倒したのである。

驚いたのは、見守っていた上位種たちだ。

「なんだ? 喧嘩《けんか》か?」

「や、でも」

「あ」

「おおお?」

「やばいやばい。こんなトコであいつなに盛ってんの」

「番だ番だ」

「たいちょー! セヴランが襲われてまーす!」

すでに荷駄車の側《そば》まで行っていたオーヴァンは、騒ぎを聞きつけて戻ってきた。そして、川べりの草地で若い黒虎に引き倒されている自隊の副隊長を見つけたのである。

「上位種同士かよ。めんどくせぇなあ」

彼がのんびりとそうぼやく間にも、セヴランは噛みつくようなキスを何度も浴びせられ、服を剝《は》ぎ取られていく。一応抵抗はしているようだが、役には立っていない。年若いとはいえ、相手の黒虎の方が身長も体軀《たいく》も勝っているのは、遠目にも明らかだった。

「おい、荷駄車用のホロ出せホロ。隠しちまえ。——そんで、アルバン!」

近くの隊員にそう指示を出し、同じように騒ぎを聞きつけて戻ってきたカサンドラ側の隊長アルバンに駆け寄っていく。

「アイツはウチの副隊長だからな。そっちにはやれん。あの虎はどうなんだ。こっちに寄越《よこ》せるか?」

「ジェルヴェだ。いつでも連れて行ってくれて構わないぞ」

「じゃあ……」

交渉を始めた隊長たちを横目に、隊員たちは荷駄車用のホロを組み立て、川べりで盛る二人にかぶせていく。

「ちょ、誰か助け…………！」

セヴランの悲痛な嘆願は黒虎の唇に吸い込まれ、他の誰も彼を助けようとはしない。

二人をホロが覆い、仕上げに出入り口の紐《ひも》を引くと、完全にその姿は見えなくなった。

「はは、なんか産屋みてーだな」

「なーんも生まれないけどな」

ホロを出した隊員たちは、自分たちの仕事に満足した様子で軽口を叩きながら、自分たちも休憩すべく荷駄車の側へと戻っていく。もちろん、ホロとは十分に距離を取っていた。

離れたところで一連の行動を見守っていたイブキは、怯《おび》えたように呟《つぶや》いた。

「ムゴい……」


「おいイブキ！」

なんとも落ち着かない休憩時間が終了となった。

呼ばれて行くと、オーヴァンは彼に、自分が曳いていた荷駄車を示した。

「お前こっち曳いて帰れ」

「え」

「俺がお前とアイツの曳いてたの曳くから」

「え。俺ひとりで隊長の曳いてたの曳くんですか⁉」

「やれよ、金色」

「ええええ。セヴラン先輩待たないんですか？」

「待つわけねーだろ。上位種同士が出会って盛ったら二日はかかるわ」

「うーわー……。最悪」

そういう間にもオーヴァンは荷駄車の中身をあらため、他の車に振り分けて軽くしていく。彼ひとりでもさすがに、満載した二人曳き車両は荷が重いのだろう。

「じゃ、しゅっぱーつ！」

オーヴァンを先頭に次にイブキがよたよたと、残りの隊員たちが続いて川べりを後にする。目指すは王都ソレンヌ。果たして、イブキはひとりで荷駄を曳き続けることができるのか。

（恨みますよ……先輩）

予想以上に早くもたらされた『ひとり立ち』に彼は泣いた。

そしてその頃、ひと気のない川べりに残されたホロからは、本能に堕《お》ちたセヴランの喘ぎがもれ聞こえるようになっていたのだった。


（こんなところで盛るとか、ホントに信じらんねえ……）

一昼夜と半が過ぎて正気に返った深夜、セヴランは目の前の川に飛び込んで沐浴《もくよく》を始めた。

突然飛びかかってきて彼をむさぼった虎は、今度はホロの中で惰眠《だみん》をむさぼっている。

（まさか相手が上位種とか、しかも俺が下とかどうなってんだよ……）

月明かりの下で透かし見る身体は、本当にさんざんな有り様だった。

いたるところに赤いうっ血と噛み痕。たまにひりひりするのは爪の痕か。さんざんなぶられた乳首は今も赤くとがっているし、首すじの番紋は吸いつかれすぎてぼんやりと熱を持っている。

全身がだるくて仕方がない。

前かがみになると、腫《は》れて熱をもった穴から白濁がもれ出した。自分を犯した雄の濃厚な香りに、セヴランは我知らず顔を赤くして水中に沈んだ。

（はじめは抵抗できたのに）

そのうちに、初めて嗅《か》ぐ番の体香と唾液の甘やかさに理性が飛んだ。あとはもう、本能のままにまぐわったように思う。

番だから、なのか。

これが番なのか。

（ジェルヴェ）

耳に注ぎ込まれた名を、何度も呼ばれた。

その名はすでに分かちがたく、セヴランの深いところに結びついてしまった。

「セヴラン」

水中に沈んだままでいたセヴランを引き上げる腕がある。

「……起きたのか」

寝ているとばかり思っていた黒虎、ジェルヴェが川に入ってきていた。

彼は浅黒い腕で、後ろから抱きかかえるようにセヴランを引き上げた。

ホロの中にいる時から感じてはいたのだが、こうして改めて隣に並ばれると、身体の大きさや厚みの差が一目瞭然《いちもくりょうぜん》である。初めてきちんと見る精悍《せいかん》な裸体に目を瞠《みは》ったセヴランは、その次に、黒虎の肩口に残る嚙み痕を発見して決まり悪げに視線を泳がせた。

黒虎は不機嫌そうに眉を寄せ、セヴランを後ろから抱き締めると耳に鼻を寄せてくる。

「匂いが落ちてる」

表情と同じ不機嫌そうな声音である。

それに続いて耳裏をぞりっと舐め上げられたのに、セヴランは息を吞《の》んだ。

「！」

したたる水にも構わずに、黒虎はセヴランの耳を舐め続ける。

「や、やめ……」

黒虎に舐められるまで、まさか耳が感じるとは思ってもみなかったセヴランだ。確かに耳は敏感な場所ではある。だが、そこが性行為で重要な場所だとは、知ってはいたが実感したことはなかったのである。

何度もぞりぞりと舐め上げられ、時には耳先を嚙まれ、快感がさざなみのように押し寄せる。身体の内側で響き合い増幅するようなそれに足が震え、力が抜けてゆく。立っているのも困難に感じ始めた頃に、ようやく満足したのか、黒虎はセヴランの耳を解放した。

「あ……！」

ぐい、と尻尾を上向きに引っ張られたかと思った時には、もう、黒虎が体内に突き込まれていた。行為の残滓《ざんし》を体内にとどめ柔らかくゆるんだそこは、多少の乱暴を働かれても簡単に受け入れてしまう。

「あ、んッ、ぁああ！」

セヴランの胸に両腕を回し前かがみになったジェルヴェが、セヴランのうなじに歯を立てる。この二日の間にさんざん噛んだというのに、まだ足りないのか。噛んでは舐めてを繰り返しながら、それに合わせて突き込んでくるのだ。

ぞくぞくとした甘いしびれが全身を駆け抜ける。

「や、もう……！」

求めに応じてジェルヴェはセヴランの前に手を回し、きゅっと握り込まれた刺激で、セヴランは達した。

ホロの外には軍嚢《ぐんのう》がそれぞれひとつずつ置かれていた。

ジェルヴェは中身を解いて、簡易燃料缶で焚《た》き火を作り出す。

すでにホロは畳まれ、その分厚い布帛《ふはく》を下敷きにして、ジェルヴェの上着にくるまったセヴランが座っていた。セヴランの服は、ジェルヴェが我を忘れてむしり取ったため、用をなさないぼろきれとなっていたのだ。そのぼろきれの方を、ジェルヴェは腰に巻いている。

ジェルヴェは軍嚢から着替えを取り出し、セヴランに着せようとしてくる。セヴランはばっとそれを奪い取った。

(服を着せつけられるとか、子どもかよ)

「いいから自分の着ろよ」

ジェルヴェは戸惑ったように頷《うなず》いた。

「何故かあんたの世話を焼かずにいられないみたいだ」

「俺はお前より年上だ」

「いくつ上?」

「三つ」

「……俺はあんたを探したけど、あんたは俺を探したか?」

年下の番には漠然《ばくぜん》と「相手は年上」としかわからないが、年上の番は相手の年と生年月日がわかる。より情報量の多い年上の番が積極的に動いて、めぐり合うのが一般的だった。

「…………」

峻烈《しゅんれつ》な黄色い瞳がじっと見据えてくる。容赦のない苛烈《かれつ》な雰囲気だ。責められているのを十分に感じ取り、セヴランは返事ができなくなる。

(もちろん探してねえよ)

だが、そう素直に答えれば、せっかく着た服をまた破られる事態に陥《おちい》りそうだった。

しかもセヴランは、登録所に詳細も挙げていなければ、交流会に出席した記憶もない。

番など、どうせ他種なのだからもろくて面倒くさいと思っていた。生活を変えられるのが嫌で、積極的に探さずに来た。

だが、まさか同じ上位種だったとは。

(こんなことなら他種の方がマシだった)

この黒虎に対して、本能的に離れがたいものを感じてはいるが、それはそれこれはこれだ。理性ではとても面倒くさい。

何故なら、番が上位種同士だった場合、所属隊を同じにする慣《なら》わしがあるのだ。

これは常に隊単位で休日が変わり、仕事を回転させていく軍の仕組みに配慮している。隊が違えば休日も違い、その時の勤務状況が噛み合わなければ、一ヵ月や二ヵ月番と会えないこともざらにある。すでに番と出会っている、番を求める本能の強い上位種が、そんな状況に耐えられるはずがない。

そんな理由で上位種の番は同じ隊に配属されるのだが。この場合は、やはり役職のあるセヴランの下にジェルヴェが身を寄せてくることになるのだろう。オーヴァン隊は彼の采配で回っており、後任にと目《もく》しているイブキはまだ育っていない。

返事を求めるのを諦めたのか、ジェルヴェは携帯食糧を投げてくる。

二人はしばし無言で、それをもそもそと消費した。

空に薄明《はくめい》の兆《きざ》しが見えて、白い光線が雲間を駆けてゆく。見る間に地平線がぶどう色へと変化していき、セヴランはその光景を記憶にとどめた。静かな夜明けの始まりだった。

「……日が昇ったら、俺はソレンヌに帰る」

それを眺めながら、セヴランは告げた。ここで別れる、という意味を言外にこめていたつもりだった。

だが、

「俺も行く」

ごく当たり前のことのように、黒虎が言うのだ。

「あんたひとりで行かせるわけにはいかない」

「はあ？」

セヴランには訳がわからなかった。

「ちゃんと走れるのか？　途中で倒れでもしたらどうするんだ」

しかも続けて、そんな意味不明のことまで言い出すのである。

「……俺は上位種だぞ」

コイツの目は節穴か。そこまで思うセヴランだ。脆弱《ぜいじゃく》な他種じゃあるまいし、上位種の彼が一人で王都にたどり着けないなどあるはずがない。

「それでも心配なんだ」

セヴランは呆《あき》れたように首を振った。

「必要ない」

黒虎は彼の言葉を無視した。

「あんたをソレンヌに送り届けたら、一旦カサンドラに戻る」

一旦、という単語にセヴランは先の展開を思い描く。

「……やっぱ一緒に住むのか？」

非常に嫌な展開だが、それならば現在入居している単身者用の官舎からは、出なければならない。

「当たり前だろ」

「……じゃあその手配をすればいいのな。住居の要望は？」

「頑丈なトコ」

なにが、とは訊《き》かない。家そのものとベッドの話だ。

上位種同士だと遠慮がいらないため、喧嘩した時や交渉の時についい破壊してしまった、などという物騒《ぶっそう》な話を聞く。

「上位種専用の官舎しかないわソレ」

予想はついていたのだろう。黒虎はこくりと頷いた。


そうして二人はソレンヌを目指したのだが、やはり本調子でなかったセヴランが、途中でジェルヴェに負ぶわれるはめになったりと、ジェルヴェの予想通りの道行きとなった。

それでも走れないだけで歩けるんだから、ひとりでも大丈夫だった。というのがセヴランの言い分である。


そののちジェルヴェは、オーヴァン第五隊の一員となった。

「あれ先輩、首どしたんですか？」

首に包帯を巻いているセヴランを見て、マレビトの金色狼が疑問の声をあげる。

その後ろ頭を、すれ違いざまにオーヴァンが叩いた。

「首を突っ込むな。流す技術を身につけろ」

セヴランは頬を引きつらせる。

別にうなじを噛まれすぎて流血の惨事《さんじ》になったわけではない。これは単に、吸われて赤くなった番紋を晒《さら》すことをジェルヴェが嫌って巻かれただけなのだ。

またある時は、仕事上がりに一人で個別風呂――脱衣所すらもが独立していて、完全に一人用――に入ろうとしているセヴランを見かけ、

「あれ、今日はそっちなんですか？　一緒に大浴場行かないんですか？」

と訊いてきた。

イブキはよくよく空気が読めないらしい。いや、足りないのは常識や感性なのか。マレビトゆえに、適切なふるまい方が身についていないのか。

イブキの後ろから忍び寄った黒虎が、彼の首を遠慮なく締め上げる。

「俺の番の裸を見ようなんていい度胸じゃないか」

「え」

「お前なら、番の裸を大浴場で他の雄の前に晒したり、するか？」

「…………ごめんなさいしません」

イブキは首を締め上げられたまま、大浴場へと引きずっていかれる。先輩助けてとセヴランに向かって叫んでいるが、それが逆効果だと、いつになったら気づくのか。

イブキが隊に来てから、セヴランはほぼ付きっきりで関わってきた。それは後進の育成のためで恋情などではないのだが。そうとわかっていても番の黒虎には面白くないものと映るらしい。

（ああ、上位種同士ってめんどくせえ……）

積極的に探してもらえなかったことがしこりとなっているのか、ジェルヴェのセヴランに対する執着は激しい。住んでいるところももちろん一緒なのに、食事も一緒、仕事も一緒なのだ。セヴランは気詰まりで仕方がないのだが、くだんの虎ときたらまったく苦にならない様子で彼にへばりついているのである。

探さなかった負い目や、上位種の体色の上下などの問題が絡んで、セヴランは番に頭が上がらないのだ。

（なんか、逆らいづらいんだよな）

セヴランは個別風呂の扉にかかった札を「使用中」に掛け替えると、中に入り、鍵を掛けた。

個別風呂の使用は、ひとりきり。番といえども乱入ならずと決まっている。

唯一ひとりっきりになれる機会に、セヴランは羽を伸ばすのだった。

◆ジェルヴェの場合

（あー……落ちそう）

ジェルヴェの目覚めは、今朝も爽快《そうかい》とは言いがたい。

理由は、出会って一ヵ月ほど、共に暮らし始めて三週間と少しの番にある。

頑丈なところがいいと軍の上位種用官舎にて暮らし始め、家も家具も破壊する心配がないのはいいのだが、体格のいい上位種二人でも余裕で眠れる広いベッドにもなんの文句もないのだが。

彼よりも年上の番は、実は寝相が悪かった。

今朝は、彼をじりじりと部屋側に押し出しつつも、足と腕を絡めて引き止めるという二段技だ。ちなみに昨日は、彼の脇に頭を突っ込むトの字型だった。

(子どもか?)

実家にいるまだ小さな弟妹たちを思い出す。彼らの奔放《ほんぽう》な寝姿に、番のそれはそっくりだ。落ちる危険から壁側に寝かせているが、そのうち彼自身が突き落とされそうである。番はいつも彼の方に攻めてくるのだから、むしろ彼自身が壁側に寝た方がいいのかもしれなかった。

(そしたらそれで、壁側でもんどりうつことになるんだろうけどな……)

幼児、もとい、番との快適な睡眠に対する悩みは尽きない。

「ほら、ちゃんと真ん中いって寝ろよ」

まとわりつく腕を剝がして真ん中に追いやりながら、ため息をつく。

番はいやいやをするように首を振った後、ころりと転がって安楽な寝息を立て始めた。

ふわっとした灰色の尻尾がぱさっと揺れる。

(起きてる時とは全然違うよな……)

彼の番は、隊の副隊長を務める灰色狼で、三歳年上である。

細身ではあるものの、立派な上位種だ。頭がよくてしっかりしていて、番と他一名以外は猫種ばかりという気ままな第五隊をしっかりとまとめ上げている。隙のない立ち居振る舞いには頭が下がる思いがするし、やはり若くして役職についているだけの貫禄《かんろく》をまとってもいた。

聞けば、十五の頃から軍にいて、もう十年になるのだという。

（十五、ね……）

その事実はジェルヴェを苛《いら》つかせた。

普通なら、その年齢は番を探して交流会だのなんだのと街を渡り歩く。

つまり、ジェルヴェの番である彼は、はなから番を――ジェルヴェを探す気がなかったということなのだ。

そもそもこの出会いとて、まったくの偶然だった。お互いに軍に入隊し、あの時あの道行きの輸送隊でなければ行き会うこともなかったろう。たまたま行き会えたから、ジェルヴェは彼を捕まえることができた。でなければ、未だに出会うこともなかったのか。

そう思うと、身の冷える思いがするジェルヴェである。

彼はたまらなくなって番の首筋の紋――彼と番とを結ぶ絆《きずな》――に唇を落とした。ちゅっと吸い上げ、とどまれるかとどまれないかのギリギリのところまで、その肌を堪能《たんのう》してから身を起こす。


「朝だぞ。起きろよ」

よろい戸を開け放ち、部屋を朝陽で満たす。

ベッドに横になった番は目頭を押さえて小さくうめいたが、それだけだった。

「起きろ」

「んー……」

番は寝起きも悪かった。

「セヴラン」

「……起きてる。起きてるから」

うるさくするな、とばかりに手が振られる。

ジェルヴェが先に台所に出て水を飲んでいると、ようやく番が起きてきた。のそのそと歩いて食卓に着いたので、水を渡してやる。

「ありがと」

水を飲んで息をつき、頬杖をついて目を閉じている。まだ眠気が去らずに夢見心地でいるのだろう。尻尾がぱたりぱたりと左右に揺れていた。

ジェルヴェはその尻尾にはたかれながら、棚から取ったくしで彼の肩を過ぎた灰色の髪を梳《す》き、飾り紐でまとめてやった。それからしゃがみ込んで、行き来する尻尾には大きなブラシをあててやる。猫種と違い、狼種の尻尾は毛が長い。きちんと手入れをしてやらなければ、すぐに見た目が悪くなる。セヴランも役職につくような獣人だ。外見を整えることに無頓着ではなかったが、共に暮らし始めてから、それはジェルヴェの仕事になっていた。

「そういえば」

目を閉じたまま、セヴランが口を開く。

「休暇の件だけど、やっぱり今すぐには無理みたいだ」

「そうか」

新婚休暇の件だった。本来ならば、結婚と同時に十日ほどもらえる規定があるのだ。

「まあ、異動とか引っ越しでばたばたしてそっちでも休みを取ったからな。いきなり何日も隊を抜けるのは無理だ」

悪いな、と続けながらも、セヴランの口調は悪いと思っている風には聞こえない。

ジェルヴェにしても、カサンドラから異動してきたばかりだ。ソレンヌには知己《ちき》もない。休暇よりも、まずは軍や隊になじむのが先決ともいえた。だから休暇が先送りになること自体はいいのだが、番のいかにも「あーよかった」的な態度は面白くない。

セヴランは、仕事が好きなわけではなく、ジェルヴェと二人っきりで新婚休暇を過ごすのが嫌なのだろう。そもそも番を探してもいなかった彼が、こうして一緒に住むことを受け入れただけでもすごいことなんだろうな、とジェルヴェは思った。

「まあそのうちでいいだろ」

それがわかっていたから、ジェルヴェに言えたのはそんな言葉だけだった。

その後二人は服を着替え、出勤の用意をする。

料理はどちらもしないので、食事はすべて軍の食堂ですませることにしている。

出て行く前に玄関先で、ジェルヴェはぞりっとセヴランの耳を舐め上げた。

セヴランは身を固くして、顔をしかめてそれを受けている。これも毎朝の行為で、尻尾のブラッシング以上に大事なことだったが、セヴランからの受けはよくない。そのせいか、お返しの匂いづけをセヴランから受けたことのないジェルヴェだった。

その噂を聞いたのは、ソレンヌに異動してしばらく経《た》ってからのことだった。

「セヴランは、誰とでも寝る」

聞いた瞬間に、ジェルヴェはそいつを締め上げて詳細を聞き出した。

それでわかったのは、

「セヴランは誘われれば誰とでも寝る。だが、特定の決まった相手はいない。また、抱くばかりで、下になったことはなかったらしい」

ということだ。具体的な相手の名前までばっちり喋《しゃべ》っていったが、ジェルヴェはその相手にどうこうはしなかった。

セヴランらしい、腑《ふ》に落ちる話だなと思ったからだ。

彼は誰にも執着せず、誰にも立ち入らせない。その身にも、心にも。

(俺は番だから、身体に立ち入ることは赦《ゆる》されたけどな)

だが、それだけだ。

彼の心を得ている気はしない。

番として運命づけられた自分でさえそうなのだから、たまたま抱かれただけのその相手と灰色狼との間に何があると言うのか。そんな口惜しさとやるせなさは、相手には向かわなかったものの、セヴラン自身への渇望《かつぼう》と執着を強くする。

思わず、その日はしつこくセヴランを攻め立てた。

セヴランは口では「やめろ」だの「もう無理だ」だの言うが、行動ではジェルヴェに逆らわない。

意外なほど従順に、されるがままに抱かれる。それがふと、彼に受け入れられているような錯覚を起こさせるが、単に面倒なだけかもしれなかった。

「上位種同士ってめんどくさい」

それがセヴランの口癖で、今や彼らの所属する第五隊の流行《はや》り言葉のようになってしまっていた。

無理をさせたからか、その翌日の輸送の休憩時間に、セヴランは深く眠った。それも、隣に座っていたジェルヴェを抱き枕にするように、すがりついて。

意識がある間は、少し離れすぎじゃないかと思うくらいによそよそしい距離を保っているくせに、いざ寝てしまうとくっついてくるから不思議だ。それは、家でも変わらない。

(寝相っつーか、抱きつき癖なんだろうか)

今度抱き枕でも買ってやろうか、などと無駄に思考を遊ばせていると、「先輩」という声と共に空気を読まないやつがやってきた。セヴランがかわいがっている後輩のイブキである。

荷駄車の陰に入り込んで寝ているセヴランと、彼に抱きつかれたジェルヴェを見て驚いた顔をしている。

「なんだよ」

希少な金色狼でマレビトらしいが、ジェルヴェは彼が嫌いだった。

理由は、つまりこういう行動だ。番同士が、死角になる荷駄車の陰にいるのだから、立ち入ってくるなと言ってやりたいこの行動だ。金色狼はマレビトでこちらの常識にうといせいか、他の獣人ならやらないような言動をしてジェルヴェを苛立《いらだ》たせる。

「セヴラン先輩が前好きだって言ってた焼き菓子、うちのミーさんが焼いてくれたんで、休憩時間にどうかと思って持ってきたんです」

おそらくは、ジェルヴェが異動してくる前の話なのだろう。イブキの番が焼いたというそれを無下《むげ》にはできず、ジェルヴェは手を伸ばして受け取る。

「あんがとな」

「いえ……先輩よく寝てますね」

「見んな」

イブキは忍び笑いをもらしながら去っていく。

休憩を終えて荷駄車を動かし、その日はベレンジェールに宿泊だ。

入浴を終えた後、ひと眠りしたいからとセヴランは早々に宿舎に引き上げていった。さすがにここまで来ると、前日に無体を強《し》いたジェルヴェとしては反省しきりである。

ひとりで食事をしていると、イブキが心配顔でやってきた。

「セヴラン先輩調子悪いんですか?」

ジェルヴェはイブキのこういうところがよくわからない。何故、他人の番のことに立ち入ってくるのだろうか。心配? 心配なら番がする。しかもセヴランとジェルヴェは成立して間もない番だ。まだお互いにわかり合っておらず気の立っている事がままあるので、干渉しないのが暗黙の了解なのだ。

「部屋で寝てるよ」

寝てる、で昼間のことを連想したのか、イブキが笑う。

「昼間、ジェルヴェさんにくっついて寝て、子どもみたいでしたね」

「……そういうのは記憶から消しとけよ。話題にもすんじゃねえ」

「え、だって、珍しかったんですもん。俺と寝た時はむしろ寝つけなかったみたいで」

「お前」

「え、違う！　寝たってその寝たじゃないですから！」

イブキは自分の失言に気づいたのか、大きく首を振りながら両手をジェルヴェに向けて突き出してくる。こちらに来るな、と言わんばかりの行動に、ジェルヴェは息を吐き、冷静になろうとする。

「そんなことはわかってる」

実は一瞬だけ誤解をしたが、よく考えればそんなことはないのだ。この金色狼の話題は、マレビトという珍しさが手伝って王城の施設のあちこちで囁かれている。彼とその番の馴《な》れ初《そ》めやその溺愛《できあい》ぶりは、有名な話なのだ。

「だって宿舎に空きがなくて、同室にされたんですもん。セヴラン先輩がベッドで、俺なんか床に毛布一枚ですよ！　それでもお前がじゃまで寝つけないって文句言われて、あっちがごそごそ動くからこっちまで寝不足で、さんざんなのはこっちでした。しかもそれ、カサンドラでですからね」

カサンドラはジェルヴェの故郷だ。ソレンヌから一番遠い都市で、そこへの輸送は「カサンドラ地獄の行軍六日間の旅」と揶揄《やゆ》される。途中に街もないため、二日は野宿だ。そしてカサンドラ入りしてようやくベッドにありつけ、帰り二日はまた野宿という恐ろしい行軍なのだ。そろそろ途中に宿泊所でも造ろうかという案も上がっている。

「それは」

さすがに少しイブキが気の毒だ。

「ともかく。あの神経質で、他人の前では昼寝もしなかったセヴラン先輩でも、さすがに番の前でなら寝れるんだな、って言いたかっただけなんです」

「……昼寝もしない？」

「はい」

「……よく寝てるよな？」

今日は眠りが深かったが、浅い眠りなら日常的にしている。荷駄車の陰に向かうのは、いつもセヴランが先だ。むしろ、昼の休憩時に寝ている以外の番の姿を、ジェルヴェは見たことがなかった。

「だからそりゃ番だからなんでしょ？　ジェルヴェさん来る前は俺をおもちゃにして威圧とか咆哮とかかましたりで、さんざんでしたよ」

「…………」

セヴランの意外なやりたい放題っぷりに頭が痛くなる。

「それは、悪かったな」

「え、いえいえ。ジェルヴェさんに謝ってもらうことじゃないですし」

「――カサンドラで、あいつ、落ちなかったか？　ベッドから。寝相がすごく悪いんだが」

イブキは首をすくめた。

「静かになったな、って確認したら寝てて。朝、俺が先に目が覚めてもそのままの姿で寝てましたけどね」

不可解な思いを抱えて、ジェルヴェは部屋へと戻った。

ベッドには、壁際に寄ってセヴランが寝ている。まだ寝入りばなだからなのか、こうして見ている分には寝相が悪いようには見えない。ごく普通に枕をして、身体もベッドと平行だ。

ジェルヴェはセヴランを起こさないようにそろりとベッドにもぐり込んだ。

そしてしばらくして。

すりっと頬を寄せてくる気配に、ジェルヴェは目を覚ます。

ふと見ると、闇の中で、セヴランがジェルヴェの手の甲を頬にすり寄せていた。

ぎょっとして思わず手を引くジェルヴェ。セヴランは闇の中でも明らかなほど真っ赤になった。そしてくるりと寝返りを打つと、壁際の隅っこにまで戻っていく。

しばし、沈黙が落ちた。

「いや、ちょっと……？」

更に不可解な出来事に、ジェルヴェはどう対処していいかわからない。

答えをくれる相手はだんまりで、壁に額をうずめている。

「なんだったの今の」

「……いいだろ別に。寝ろよ」

「よくねぇよ。なんなんだよ一体。本当は寝相悪くなんかねーのかよ？」

「？　俺の寝相が悪いなんて、初耳」

「はあ？　でもアンタ毎晩俺を落としそうな勢いで――」

そこまで問いつめてある仮定に思い至り、ジェルヴェは開いた口がふさがらなくなった。

（さっきみたいに毎晩すり寄ってきて、そのまま寝てるから寝相が悪いように見えるのか？）

「えええ？」

一体どういうことなのか。

「――だって起きてる間にお前に触れないから」

「へ」

「触ったら触り返されるのは面倒だし」

「え」

「ヘンに刺激してしつこくされるのも嫌だから」

「……だから俺が寝てる間にこっそり触ってたってこと？」

「……」

「――あんたって、もしかして俺が思ってる以上に俺のこと、好きだったりすんの？」

「訊くなよそういうコト」

そこは即答するらしい。しかもそこはかとなく肯定《こうてい》の雰囲気漂う言いざまではないか。

ジェルヴェはしばし考えた後、ベッドの中央付近に横になった。

「俺はどうしたらいいの？　あんたに触られても何もせずに、寝てればいいわけ？」

壁際に張りついていた影がもそりと動いた。

「……触っていいのか？」

「そりゃ、あんたがそうしたいなら」

一方的でわがままな理屈だなとは思うが、それがセヴランの歩み寄りの仕方ならば合わせよう。ジェルヴェはそう決意する。それに、根底にあるのは、出会って即、なんの歯止めもなく押し倒してしまったジェルヴェへの不信感なのかもしれなかった。

セヴランは無言で隣に戻ってくると、先ほどの続きのように、ジェルヴェの手を取って頬をすり寄せた。そしてくんくんと指先の匂いを嗅ぎ、ぺろりと舐める。

ジェルヴェは真っ赤になった。

「ちょ、それって匂いづけ。え、あんたそれ毎晩やってんの？」

「黙ってろ」

ついでセヴランはジェルヴェの首筋の匂いを嗅ぎ、肩口に頬をうずめて彼の腕に自分のそれを絡めると、ふっと息をついた。

そして、あっという間に眠ってしまった。

「…………………」

後に残されたのは、顔を真っ赤にして横たわるジェルヴェであった。

番に、あまり好かれていないだろうと思っていた彼だ。それがここに来て、まさかの逆転劇を見たのだろうか。

(つまり、俺がベッドから落ちそうになってる日には)

セヴランはこれをやっていたということだ。ジェルヴェを嗅いで舐めて、それを安眠剤のようにして寝ていたということだ。

(なんだよそれ。どんだけかわいいんだよ)

湧き上がる嬉しさに歯止めが利きそうにもない。身体が熱くたぎってくる。だが、それをすれば間違いなく好感度は急降下するのだろう。なにせ、こっそりやっていた理由が『触り返されたくない。

しつこくされたくない』なのだから。

（ああ、ひどいひどいひどい。だけどそこがいい）

セヴランの的確すぎる読みに身悶《みもだ》えるジェルヴェである。

そうして彼は手出しもできぬままセヴランの抱き枕になり続け、寝そびれた。

それ以降、セヴランは荷駄車の陰にジェルヴェを連れ込んだ時、堂々と膝枕をせびるようになった。

◆二人の場合

「外泊許可をもらうんだが、一緒に行かないか?」

セヴランが曖昧《あいまい》な誘いを掛けてきたのは、北の街イアサントに着いて、荷駄車を停めた直後だった。

「外泊?　どこへ」

「エヴリーヌ」

イアサント周辺の町の名だ。同名の、国内最大の湖を抱えている町である。

「行く」

黒虎のきっぱりとした返事を聞いてセヴランは頷くと、すぐさまオーヴァンのところに行って何事か話し、またすぐに戻ってきた。

「じゃあ行くか」

「書類も整えてないのに、あっさりと出るんだな」

さすが隊長と副隊長ということなのか。

「出発前から提出しといたからな、二人分。行かないなら行かないで撤回すりゃあいいし」

二人は入ったばかりの街を出て、宵空のもと更に北を目指す。

荷駄車を曳かない上位種の足は速い。エヴリーヌまで続く街道は、すぐさま湖へ連結した。

「大きい」

イアサントまでは来たことがあったが、その以北には足を踏み入れたことのなかったジェルヴェは、月に輝く湖を見て感嘆した。

風もない静かな湖面が、黒々とした山間に藍色《あいいろ》のガラス片のように横たわっている。

「エヴリーヌ湖だな」

セヴラン自身は特に感動を覚えないのか、町を目指してぐんぐん進んでいく。

二人は町に入ると、小さな宿屋で風呂と夕飯にした。部屋に内風呂のある等級のいい宿屋ではなかったので、大浴場と個別風呂でそれぞれすませる。夕飯は宿と兼用の食堂で出された。

「夜明け前に出かけるから、早く寝ろ」

ベッドに上がり込むなり、キスを落として耳を舐め始めたジェルヴェに――それはいつもの行為なのだが――言い置いて、彼なりの入眠儀式を行うとセヴランはすっと眠り込む。

ジェルヴェはそんな彼を抱え直すと、大人しく寝入った。

彼には、何故ここに連れて来られたのかはさっぱりわからなかったが、番である灰色狼の言葉が足りないのはいつものことだ。それでもその行動に意味はあるので、話してくれるのを待っている。

「おい、起きろよ」

無明《むみょう》の闇の中、ジェルヴェはセヴランに起こされるという貴重な体験をした。

外に出ると、あたりは未だ薄明にすら至らず、闇に沈んでいる。

暗さをものともしない上位種二人は、危なげのない足取りで、ひと気のない静まり返った町を歩いた。セヴランは通りをそれ、町の外郭《がいかく》へと分け入り、ついには突き抜けた。

目の前には、湖に向かって張り出した崖の横っ腹がそびえたつ。

「コレに登る」

ごく簡単に宣言されたが、ジェルヴェは頬を引きつらせた。かなり高い。

「大丈夫だ。五歳や六歳の子どもでも、上位種なら登れる崖だ」

セヴランはするすると崖を登っていく。途中、かなりの跳躍力《ちょうやくりょく》を必要とするところがあったが、おそらくそれを他種は越えられないのだろう。だがセヴランは当たり前にそれを飛び越し、続くジェルヴェもはじめのためらいはどこへやら、番の後をついて難なく跳んで進んでいく。

ジェルヴェが崖を登りきると、ひと足先に着いたセヴランは、崖の先に片膝を立てて座っていた。あごを膝の上に置き、湖の向こうに重なる山陰を見ている。あたりはすでに曙《あけぼの》に染まり、雲も空も赤かった。山並みと横たわる湖だけが闇に沈んでいた。

「陽が昇る」

彼が指差した先に、朝陽が差した。

連なる稜線《りょうせん》の合間から薄明が走り、天の雲間を駆ける。地を差すそれは輝く剣となって、湖に光の橋を渡すかのようだ。やがて姿を見せた丸い太陽は見る間に空を昇り、薄明の空をあかがねへと染め変えていく。それに伴《ともな》うように、雲間をつらぬいた光の柱は明度を落とすと、あたりに溶け込むようにはかなく消えた。

ジェルヴェはセヴランの後ろに立ち尽くしてそれを見ていた。

輸送隊の仕事では野宿もままあることで、朝陽など珍しくもない。だが、これほど深い闇に包まれた山あいの夜明けは初めてだ。光が闇を払う明暗を、なんと表現すればよいのか、彼にはわからなかった。

ただ、夜明けであっても夕暮れであっても、深く色の移り変わっていくさまは、どことなくもの悲しいものだと感じたのみだった。

膝を抱え、背を丸めて湖を見下ろす番も、そんなもの悲しさを感じているのだろうか。見下ろす横顔が、愁《うれ》いを帯びている。

「……朝陽が見たかったのか？」

話のきっかけになればと、そっと問うてみる。

「ん」

セヴランは湖を指差した。

「湖には父親が」

ついでその指をずらし、町とは正反対側の崖下を指差す。

「墓には母親が眠っている」

ジェルヴェは気づかなかったが、そこには墓所が広がっていた。

柔らかな下草の萌えたなだらかな丘の頂点に遺品塔が建てられ、その周囲をぐるりと石碑が囲む。

真珠のように白く淡く輝く遺品塔とその石碑は、その形状もあって、地上に横たわる巨大なホネ貝のように見えた。

「ここの出身だったのか」

てっきり王都出身だと思っていた。両親がすでに没していることは聞いていたが、口の重い様子に深く尋《たず》ねたことはなかったのだ。

「昨日は母親の命日だった」

ジェルヴェは番の背後に立ち尽くしたまま、話を聞いていた。

両親を父親、母親、というあたりに、番の隔意《かくい》を感じる。

「俺は七番目の末っ子で、兄弟の中で唯一の上位種だった。母親は、ちょっと特殊な観念を持ったひとだったのだろうと、今なら思う。一番かわいい末っ子を上位種に産んでしまったことを、ずっと悔やんでいた」

親の獣性に関係なく子は生まれ、上位種は他種よりも生まれる確率が低い。セヴランの母親は己の血縁に上位種がおらず、我が子が、初めて接する上位種だったのだ。

「……なんで」

「かわいそう。なんだと。上位種は他種に比べて寿命も短いし、番が死ねば否応なくその死に引きずられて自死するような種だ。自己のみで立てない、不完全でいびつ。そんな種だと言いたかったんだろうな、と思う。なにせ小さかったから、母親の考えをしっかり理解できたわけじゃない」

セヴランは抱えていた膝を解くと、あぐらを組んで背筋をしっかりと伸ばした。そして、眼下に広がる墓所を見つめる。

「ここは昔、母親から逃げるためによく来たんだ。母は絶対にこの崖を登れないからな。そうしたら、母に依頼されて俺を連れ戻しに来るのは、近所に住んでいた上位種の役目だった。あれは気のいいオッサンだったよ。父が漁に出た先で嵐に飲まれて死に、その後を追うように母が病没して、……しばらくはそのオッサンと番に世話になったんだけど、番が元々病弱なひとで、やっぱりすぐに死んだ。もちろん、オッサンも死んだ。呆気なかったな。番が息を引き取ったのを見るやいなや、台所に行って包丁ですぱっとさ……近くに刃物がなかったらどうするつもりだったのかね、アレは。俺はおっさんの首から吹き上がる血を見て家を飛び出して——そのまま町も出た。二年ほど、ぐるぐると各地を回ったかな。どこに行けばいいのかわからなくて。兄や姉の家を訪ね歩いたりもしたけど、長く受け入れられるわけもない。そのうち王都にたどり着いて、あまりの人の多さに、自分が透明人間になったみたいで安心した。しばらくは市井《しせい》で暮らしたが、結局は食い詰めて軍に入ったんだ。そしたらさ、軍だけが俺の世界になって、他種の暮らす社会とは隔絶して、透明人間どころか、まるでいなくなったみたいな気分になったたな」

まあそれはいいんだけど、といつになく饒舌《じょうぜつ》に喋った己を自嘲《じちょう》するようにセヴランは笑う。

「お前を探さなかったこと、悪かったよ」

「え」

セヴランと出会ってもうじき一年になるが、ジェルヴェの心にしこりとなって残っているそのことについて、彼から触れてきたのは初めてだった。セヴランはそれがジェルヴェに不快感を与えていることを知りつつも、目をそらしてきたのだ。

「飛び出して以来初めて帰ったけど……暗雲《あんうん》の晴れた思いがする。俺は自分が思っていた以上に、母親の厭世観《えんせいかん》に捕《と》らわれていたのかな。調子よくすり抜けてひとと関わらないのが自分の気質かと思ってきたけど、単に母親の希《のぞ》みを体現していたかったのかもな。こんな年になって恥ずかしい話だが」

座ったまま、セヴランがジェルヴェを見上げてくる。かがめ、と告げるような眼差《まなざ》しに誘われて腰を落とすと、セヴランが彼の唇にキスをした。

（うお）

覚えている限り、セヴランからキスを仕掛けてくるのはこれが初めてだ。いつだって、二人の触れ合いはジェルヴェから始まる。

「お前が好きだ」

驚いて身を引こうとしたジェルヴェの襟《えり》のあわせを摑み、引き寄せて、強引に再びキスをすると、セヴランは迷いのない口調で高らかに宣言した。そしてその後すぐに、少し顔をしかめる。

「口に出してしまえばこんな簡単な言葉を、一年も待たせてすまなかった。——お前は俺によく付き合ってくれたもんだと思うよ。感謝してる」

恋情、謝罪、感謝。およそ普段はセヴランの口から聞くことのない言葉をずらりと並べられ、青天の霹靂《へきれき》さながらの事態に、ジェルヴェは身を凍らせていた。

「お……俺は、あんたの番、だから」

ようやっと口に出せたのは、そんな平凡な言葉だった。

セヴランはにこりと笑う。

「俺とお前の魂《たましい》には同じシナリオが描かれているんだろうな。…………仕方ないだろう、分かちがたく結ばれた片割れを追いかけるのは。この世でただ一人お前とだけ繫がっているのに、残されてどうするっていうんだ。そりゃ自死もするだろうよ。今考えれば、あのおっさんは上手にやったんだなって思うわ」

ジェルヴェは番の側にへたり込んだ。

ものすごい愛の告白を食らったような気がした。

「あんたが……あんたでも、俺が死んだら死ぬって思うの……？」

「思う」

セヴランは即答した。

「……お、俺も、あんたが死んだら死ぬよ、きっと」

たどたどしいジェルヴェの反応を、セヴランは笑う。

「なんだその自信なさげな言い方」

「だ、だってわかんないだろ、実際にそうなってみないと！」

ムキになって声を荒らげる年下の番を、今度こそセヴランは声をあげて笑う。

「いや、いいんじゃないのかそれで。その時になってみないと実際わからないだろうし、ずっとそんなことを思い定めて生きることこそが歪んでる。『その日の花を摘《つ》め』。それでいいんだよ」

「……なんだそれ」

「なんか、イブキが言ってたんだよ。なんだっけ？　カルペ・ディエム……とか言ってたか？　あいつの世界で『その日の花を摘め、今この瞬間を楽しめ』って意味らしいぞ」

「……花、ねえ」

ジェルヴェは、非番の日に街歩きをしていた金色狼とその番の姿を思い返す。ちらと見かけただけで、挨拶もせずに道をそれたが、なかなかきれいな番だった。イブキにとってはあの銀色に輝いていた猫が花なのだろう。

「じゃあ俺も今日の花を摘んでいいのかな」

目の前の魅惑的な花を押し倒そうとすると、ぐいっと押しやられる。

「そういう即物的なコトじゃないだろう……!?」

花の示す意味は確かにそうではない。だが、ジェルヴェが示すこの場合の意味を確実に受け取り、セヴランは顔を赤くする。

「だって花を摘んで楽しめなんて言われたら、ただでさえあんたから告白もらって嬉しいのに、止まるわけがないだろ」

「いやここすっごい外だろう？　ほら、墓なんて見えたり」

「俺たちこれで両思いだよな？　俺だけがあんたを求めてるって負い目、もう持たなくていいんだろ？」

手を握り込まれても抵抗していたセヴランは、それでぴたりと動きを止める。それは、両方の意味でお互いにとっての負い目だった。

「それは、……いいんだけど……」

「じゃ、遠慮なくいくから」

抵抗のしようもなく、セヴランはジェルヴェのキスを受け入れた。

「いいじゃん。あんたの親に、上位種だけど幸せだってところ、見せつけてやれよ」

「…………ちょっと悪趣味だろう？　それ」

「もう、黙ってろよ」

ジェルヴェはセヴランの唇から言葉を摘み取る。セヴランは、深く浅く翻弄《ほんろう》するように落とされる唇に、上下の歯列を割って入ってくる舌の熱と甘さに理性を奪われていく。

セヴランがキスに夢中になっているうちに、ジェルヴェは手際よく彼の着衣をはだけていった。早朝の冷えた空気に、さらけ出された胸の肌があわだつのが見て取れる。すべて脱がせるようなことはせず、胸に熱い手のひらをそえた。どくん、と鼓動が伝わる。

「俺もあんたのこと、すげぇ好きだ。——今更言わなくてもわかってるだろうけどさ」

思えば、ジェルヴェも口にしたことがなかった。自分の場合は十分態度に出ていたから、言わなくてもわかっているだろうと思ったのがひとつと、意地でも先に言うまいと思っていたのがひとつと。そんなくだらない理由で、言えなかった。

「嬉しいよ。言われると嬉しいもんなんだな」

セヴランがジェルヴェの首に抱きついてくる。ジェルヴェは目の前に迫ってきた、首筋の番紋に吸いつき、舐め上げてやった。セヴランがびく、と背を反らす。

「あんたも、俺のこと好き?」

「……好きだ。一番、好きだ」

耳に吹き込むように呟かれて、ジェルヴェはセヴランを、崖の草地に押し倒した。

「ちょ、背中痛い」

抗議の声を聞いてあわてて自分の上着をむしり取り、下に敷いてやる。セヴランはその間に自分の下肢をくつろげたようだった。すでに立ち上がった、いとしい人のものを目前にして、ジェルヴェの尻尾がばしりと草を打つ。匂い立つ色香が脳天を灼《や》くようだった。

「来いよ」

手を伸ばして、挑《いど》むように誘われて、ジェルヴェは彼に襲いかかった。


「んん！」

引き倒され、抱き込まれて、固くそそりたった番自身で貫かれる。

容赦なく始まる律動に、押し潰される肺が空気を求めて喘ぐ。手馴れた指先に胸を触られて快楽を与えられ、突き込まれた欲望に悦楽を刺激されて、セヴランは啼《な》いた。

耳をぞりっと舐め上げられ、甘いしびれが背を駆け上る。落とされるキスの、番の唾液の甘さが思考を奪っていく。気づけば体位を入れ替えられ、背を抱かれながら前を握られていた。自らの身体の重みで、ずんと深いところまで番が入ってくる。

「ふか、い……！」

思わずもらした弱音をジェルヴェは「頑張って」と言って笑い、彼の前を追い上げてゆく。番の与える快楽に慣れた身体には、抗う術もない。常の彼ならば絶対に出さないような細く高い声をあげて、セヴランは達した。他の誰にも聞かせたことのない、番だけに聞かせる声、そして媚態《びたい》だった。

立ち上ってくる魅惑的な香りと、達した番があげた、普通には聞けない非常に魅力的な高音を聞いて、ジェルヴェは身を震わせる。脳がふらりと揺すられて快楽に酔うような心地だった。彼は腕の中の番をそのまま這わせると、今度は容赦なくがつがつと突き込み始めた。

うなじを甘噛みされるのを感じて、セヴランはそろそろなのだな、と思う。

はじめの頃こそ、独占欲と征服欲からかセヴランの身体中いたるところに痕を残したがったジェルヴェだが、最近はそれも抑えられるようになっていた。言い交わさずとも、雰囲気でお互いの気持ちは伝わり始めていたのだろう。

けれども、最後にそこを噛まずにはいられないのだけは変わらない。

噛まれ舐められてぞくぞくと身を震わせ、内部の番を締めつけると、ジェルヴェが低くうめいて達した。搾《しぼ》り出すように連続で突き入れてくるのがたまらなくて愛しくて、後を追うようにセヴランも白濁を吹き上げる。

ジェルヴェはセヴランを抱き締めたまますくずおれ、しばらく二人は荒い息をつきながら草地に横たわっていた。

「…………本当にこんなところで盛っちまった」

やがて、セヴランが低くうなった。

ジェルヴェは忍び笑う。

「できたじゃん。あんたの挑発、すっごいきたんだけど」

真っ赤になったセヴランは肘鉄をジェルヴェの腹に打ち込む。体勢が悪いとはいえ、十分に容赦のない一撃だった。

「はう！」

「しかも！　中に出しやがって！　俺はこっからどーやって帰ればいいんだよ!?」

現在地は、切り立った崖の上である。陸と繋がる開口部には暗く深い森が広がり、その森を掻き分けて街まで戻る経路はかなりの遠回りだった。

「ちょ……もうちょっと大事にして？」

腹をさすりながらジェルヴェは起き上がり、崖の上から町を見下ろした。

夜が明けたばかりの町は淡い朝霧に沈み、人の姿は見えない。小さな波音の伝わる湖のほとりにしても、それは同様だった。

崖の高さを目算して、ジェルヴェは頷いた。

「大丈夫。跳べるだろ」

「跳べるって……」

お前ひとりが跳べたって、今、この状況の俺じゃ無理なんだよ。とセヴランは呆れた。

「大型猫の脚力なめんな」

「猫だ犬だってのは揶揄だろうが。上位種の能力に体色と個人差以外の獣性差はないわけで」

呆れてぼやくセヴランの言葉をよそに、ジェルヴェは彼を引っくり返すと尻を掲げ、自身が内部に残したものを掻き出し始める。

「ちょ！　やめろよ」

「手伝ってやってんだろ」

草の汁とセヴランの白濁で汚れた肌を、ジェルヴェの上着で拭《ぬぐ》い、セヴラン自身の制服を着せつけてやる。セヴランはまだ体力が戻らないのか、されるがままになっていた。

「今日ずいぶん感じてたもんな。足に来ちゃった？」

「そういうからかいはやめろよ。お前に突っ込むぞこの！」

「え、やだ。俺はあんたを抱く方が楽しいし、あんたは抱かれる方が絶対感じる」

制服の前ボタンを留めてやりながら、ジェルヴェはぞりっと灰色の耳を舐め上げる。

必要以上に番の匂いを纏いつかせたセヴランは、真っ赤になってそれを受け入れていた。

「じゃ、行くか」

自分自身の着衣も整え、ジェルヴェは立ち上がった。

「俺はまだ――」

跳べる体力が、と言いかけたセヴランの声は、ぎゃあという悲鳴に変わった。

ジェルヴェが、セヴランを抱きかかえたからだ。

「暴れんな。摑まってろよ」

言って、セヴランの両腕を己の首に回させる。尻を支えられ上半身を起こした幼児抱きで、セヴランは番に抱えられていた。

「まさか」

「あんた抱いて跳ぶ。やれる」

ジェルヴェはたたたっと崖を走ると、開口部に近い低くなったところから跳躍した。

自分とはリズムの違う跳躍に、セヴランは身を固くしてジェルヴェの首にすがりつく。

一瞬の浮遊感の後、番はしっかりと地面に両足をついて立っていた。衝撃を受け流すために少し前傾にはなったが、不安定なよろめきやふらつきはなかった。

(俺には無理だ)

セヴランはぎょっとした。確かに体格も筋力もジェルヴェの方が上だった。あからさまな差を見せつけられて、呆然とした。

「な、跳べたろ」

言いざま、ジェルヴェは町を目指して走り出す。

セヴランはほ、と力を抜いた。

どうせ誰の姿もない。番の腕の中は安心できるし、自分にはまだ駆けるだけの体力が戻っていない。

心の裡《うち》に様々な理由を連ねて、セヴランはジェルヴェに抱かれるままに身をゆだねた。

◆二人の必然

宿屋に戻って仮眠し、湯を使い、体力を戻した二人はイアサントの第五隊に合流する。

隊の朝はまだ始まったばかりで、みんな食堂で朝食をとっているところだった。

セヴランとジェルヴェはオーヴァンに挨拶をし、食事をし始めた。

「おはようございます」

穏やかに挨拶をしてくるイブキに、ジェルヴェは初めてかもしれない穏やかな挨拶を返す。

イブキはそれを見て、戸惑うようにへらりと笑った。

「……ジェルヴェさんどしたんですか？　妙に機嫌よさげで怖いなあ……？」

「なに、お前のおかげで最上級の花摘みができただけさ」

「カサンドラ連泊……」

任務の予定表を自宅のカレンダーに書き写していたセヴランは、ふと手を止めた。

王都から各街への輸送は、一泊で折り返しとなる。だが稀《まれ》に、積荷の関係で連泊が発生するのだ。なかなかに珍しいそれが、カサンドラで発生している。

セヴランは思わしげに眉根を寄せ、筆記具の先でローテーブルを叩いた。

「どうした？」

ベランダで洗濯物を干している黒虎が、掃き出し窓からひょこっと顔を覗《のぞ》かせて訊いてくる。その彼にちらりと険しい眼を向け、セヴランはくぐもったうなりを発した。

「……お前さ」

言いかけて迷いが差し、口をつぐむ。

（いや——だが、気は進まないが、……けじめっつーか、責任っつーか、だよな）

セヴランは筆記具を放り出す。気持ちが乱れて書き損じそうだったので、続きは後でいい。

セヴランの背後のソファには、乾いた洗濯物が積まれている。それに手を伸ばし、畳みながら、言葉を探した。

「——お前ってさ、家族とどうなんだ……？」

黒虎がカサンドラの出身であることは知っている。実家は農業を営み、結構な大家族らしい。虎はその長男で、まだ幼い弟妹をかわいがっていたとか、聞いた記憶がある。

ところが、番成立以来、虎は実家に顔を出していない。セヴランを発見して実に慌ただしく王都へと居《きょ》を移し、それ以来、実家に戻っていないのだ。そもそもセヴランは、彼と離れた夜がない。手紙のやり取りは行っているようだが、虎の口から「実家に帰る」や「帰りたい」といった希望は、ついぞ出たことがなかった。

「んー？」

「たまには顔を出したり、しなくていいのか？」

二人が番になって、実に二年近くが経過している。

黒虎との出会いは、セヴランにとっては納得しがたい出来事だったが、それもどうにか消化し終えたのが、去年のエヴリーヌだ。本来はそれを機にカサンドラへ挨拶に行くべきだったのだろうが、なんとなく日々を過ごしてしまった。

「んー」

黒虎は気のない返事をすると、手早く洗濯物を干してベランダから戻ってくる。そしてローテーブルに歩みより、勤務表を覗き込んだ。

「あー、連泊か。なるほどね」

それだけで、黒虎はセヴランの言いたいことを察したようである。

「もちろん、急な話だから、ご迷惑なら……」

「ん。や、大丈夫だぞうちは。そのかわり、うるさい家だぞ。末っ子どもがやっと八……？　いや、十歳で落ち着いてきたのに、うちの兄弟みんな近場でまとまったから、甥やら姪やらがわらわらいる」

ひとの出入りが多くて、こまかいことは気にしない家風なのか。十歳の弟妹だけでなく、甥や姪までいると聞いて、セヴランの緊張はますます高まった。

正直、子どもとの付き合い方はわからない。

（だが、ご挨拶しないわけにも、なあ）

長男と番となったにもかかわらず、挨拶をしに来ない番として、ジェルヴェの両親からの心証は最悪だと思われる。だが、引き延ばせば引き延ばすほど、こじれるに違いない。

「じゃ、久々に実家に顔出すか。あいつらになに土産《みやげ》に買っていってやろっかな。ってか、俺の顔覚えてると思う？　別れた時、八つだったんだから、忘れられてっかもなあ」

参ったな、と耳を傾けながらも、黒虎の表情は慈愛に満ちている。セヴラン自身には向けられぬ、穏やかな表情だった。それを見てしまえば、やはり帰らねばならぬ気になって、セヴランはこくりと頷いた。


ジェルヴェの実家は、セヴランの想像をはるかに超えていた。

セヴラン自身も兄弟の多い大家族ではあったが、彼が物心つく頃には年かさの兄弟たちは独立して親元を離れており、母親の気質もあって、閉塞《へいそく》感さえ覚えるような静かな家庭で育ったのだ。

だがジェルヴェの家は、独立した兄弟たちは足繁く実家を訪れ、更には親戚や友人までもが集まってくるような家だったのである。そもそも、ひとを雇い入れて農業を営《いとな》んでいる時点で、関係者の多さは推《お》して知るべしだ。

今回の訪問でセヴランが一番危惧《きぐ》していた、ジェルヴェの両親からのセヴランへの心証は、実際は悪くなかったようである。

「強引で思い込みが激しくて」

とジェルヴェを評した母親は、それでも「優しいし卑怯《ひきょう》なことはしない子だから」と愛情深く締めくくる。

「夢中になると他のことはなーんも見えなくなる子だから、帰ってこないのは当然だと思っていたわ。帰ってきたってことは、やっと落ち着いたのかしらね」

と鋭いことも言われ、セヴランはぎょっとする。確かに、二人の仲が落ち着き、他に目を向ける余裕ができたからこそ、この訪問を思いついたのだ。

二番目に危惧していた、ジェルヴェの幼い弟妹と甥姪に関しては、上手くやれたと思う。

弟妹は双子の犬種で、名をアレクシとルシールという。

ジェルヴェは「二人に忘れられてるかも」などと心配していたが、二人はちゃんと覚えていて、「全然帰ってきてくれなくて淋しかった」とジェルヴェをなじっていた。

上位種は、軍施設にはそれはもう沢山いるが、市井においては、実際の割合としては多くはない。なので、実兄以外の上位種のことは怖がるのではと予想していたのだが、それすらもが裏切られた。

二人は、上位種にとても慣れていた。

というのも、ジェルヴェは弟も上位種で、ジェルヴェの帰郷を知って押しかけてくる親戚や友人にも上位種の姿が多くあったのである。

というわけで、二人はセヴランに対しても物怖じせずに好奇心旺盛に話しかけては、兄にするようにまとわりついたのだ。セヴランはジェルヴェを見習って二人に対応し、おぶって走り回ることすらした。

ともあれセヴランは、突然の訪問であったにもかかわらずあたたかく迎えられ、おおむね楽しいままに、ジェルヴェの実家を後にしたのだった。

問題が追いかけてきたのは、それから半月ほど後のことだった。

「なんだこれ……かーちゃんからだ」

仕事帰りに郵便受けを覗いたジェルヴェは、ずいぶんと分厚い封筒を引っ張り出した。

「手紙？」

「こないだ会ったばっかりじゃん？」

いぶかしみながらも、ジェルヴェは封筒を開けてみる。

ソファに腰掛けて手紙を読み始めた彼を置き去りに、セヴランは寝室へと向かうと軍服を脱いだ。楽な部屋着に着替え、居間に戻ってみると、ジェルヴェは眉間にしわを寄せて手紙を睨《にら》んでいる。ローテーブルの上には絵図の描かれた紙が何枚か散らばっていた。

それはどうやら、料理の手順を書いたレシピのようだ。

「……どうした？」

なにがなんだかわからず、セヴランは問いかけた。ひとまず黒虎の隣に座り、数枚のレシピに目を通してみる。どれもごく一般的な、簡単な部類に入る料理のものだった。

「なんかな、かーちゃんがな……」

言い淀みつつも、黒虎は口を開く。

「あんたが食べる量が少なくて不安だから、ちゃんと料理はしてるのか？　食べさせているのか？　朝に弱くても食べやすい料理のレシピを送るから、作って食べさせてやれ、って」

「は!?」

驚いたのは、セヴランである。

確かに、実際、セヴランの食は細い。朝食に限れば特に細く、その日の体調によっては抜くこともままあるし、調子がよくてもスープとパンの一個程度ですませてしまう。朝から油のしたたる肉類など、見たくもないという有り様なのだ。

だが昼と夜は普通に食べるし、ジェルヴェの実家の夕食でも、すすめられるままにかなりの量を食したと思う。

「いや、待て。俺はかなり食ったろう!?」

「ほら、朝、朝。朝はほとんど食べなかったろ？」

「ほとんどったって、いつもよりはだいぶ食ったぞ!?」

セヴランはジェルヴェ宅の朝食を思い返す。肉やソーセージ、厚切りベーコンなども並んでいたが、基本は野菜中心のガレットで、しかもそれがとても美味しかった。味につられて、つい二枚ばかり食べたはずだ。

納得いかずにセヴランが反論をこころみると、ジェルヴェは弱りきった様子で片耳を伏せた。

「うちのかーちゃんってさ、上位種は『無条件にたくさん食う』もんだと思ってんだよ。食の細い上位種がいるなんて、想像したことないんだと思う」

「あー……、なるほどなぁ」

確かに、ジェルヴェもその弟も、居合わせた友人の上位種たちも、セヴランの二倍や三倍の量を食べていた気がする。あれが普通だと思い込んでいるなら、そりゃあセヴランは『心配になるほど食べていない』ように見えるだろう。

「うーん。うちのかーちゃんお節介……」

「確かに。けど、俺に作れってんじゃなくて、お前に作れって言ってるから、いいけど」

セヴランとしては、あの美味いガレットがまた食えるなら万々歳《ばんばんざい》である。

でもさぁ、とジェルヴェは頭を抱える。

「俺、料理したことないんだぜ?」

「なに？　こんなの送ってくるくらいだからてっきり」

「卵のひとつも割ったことねーよ！　正直このレシピ見たって、なに書いてあんのかさっぱりだよ！『塩少々』とか『ひとつまみ』とか、『さっくり混ぜ合わせる』とか、なんだよ!?　混ぜるは混ぜるだろ!?」

「いやいや、待て待て。ちゃんとここにあるぞ。レシピ以外で、用語の説明っつーかなんか」

「あんのかよ！　て言うか、『あんた思い込み激しくってすぐ勝手するから、料理教えるの面倒だわぁ』とかなんとか言って、俺には料理しこまなかったくせにかーちゃん！　なんで今頃ぉぉ」

突然降りかかってきた難題に、ジェルヴェは頭を抱えて苦悩する。

セヴランは数種類のレシピを、矯《た》めつ眇《すが》めつする。

黒虎と同居するようになって二年。この家の台所はその間、湯を沸かす以外の用途で使われたことはなかった。調理器具だって、手なべひとつと薬缶《やかん》しかない。食料庫には、食料がおさめられた試しがない――だが実は、セヴラン自身は料理ができた。

幼い頃に母親に基礎程度は教わっていたのである。凝《こ》ったものは作れないが、腹を満たす程度でいいなら十分に作れる腕前だと思う。ジェルヴェの母が送ってくれたレシピも、おそらくは料理初心者のジェルヴェを想定してか簡素なものばかりだったので、セヴランには作れるはずだ。

(休みの日とかに、作ってやってもいいかもな)

なにより、あの美味いガレットがまた食べられるのは悪くない。

そう思い、買い足す調理器具の算段を付けていると、黒虎が顔を上げた。決意のこもった表情を浮かべている。

「イブキの番、料理人だったよな？　料理教えてくれるかな？」

セヴランは目を瞠った。

「料理覚えんのか？」

わざわざ、という疑問が浮かぶ。

確かに黒虎は、性格の印象から想像するほど、何もしないわけではない。横暴でわがままに見えるので、家事をするようには見えない。けれど、特に分担を決めたわけでもないのに――それどころか率先して掃除や洗濯を行っているのが黒虎だ。事後には毎回まめに面倒を見てくれるし、風呂も沸かしてくれる。セヴランが入浴している間に洗濯をし、干している。畳むのは苦手なのでセヴランの仕事のようになっているが、思えばそれだけだ。

（あれ？　むしろ洗濯物畳むことしかしてない俺の方が駄目なやつなんじゃ？）

そもそも適性を感じなかったから、ジェルヴェの母は彼に料理をしこまなかったのだろうに。その苦手な料理すら学ばされては、セヴランの方が黒虎におんぶに抱っこの有り様になってしまうのではないだろうか。

「うん。――まあ、便乗してってわけじゃないけど、俺もあんたの食の細さ、気になってたし。かーちゃんのガレットあんなに気に入って食ってさ。毎朝あれだけ食べてくれたら、安心じゃん」

うーん、とセヴランはうなる。黒虎と出会う前から、朝に関しては食は細い。そこは以前から、黒虎に指摘されてきたことだ。

だが、極端に食べられない日に関しては。

「そこはお前も、メシより前に手加減覚えるべきだろ。朝メシ食う体力くらい残させろっつーの」

ぼやくと、虎は気まずげに肩をすくめる。

「気をつける……そしたらあんたは朝食えるようになる？　うん、なるよな。かーちゃんのガレットすげー食っててびっくりしたもん。味次第なんだな」

二人の食生活は、もっぱら軍の食堂任せだが、食堂の料理はそこそこだ。まずいわけではないが、感激するほど美味いわけでもない。

「お前のお母さんの料理すげえ美味かったから、また食べれるなら嬉しいとは思う。けど、実際のところ難しいだろ？　料理ができるできない以前に、食材の維持とかさ」

軍は、泊まりが多く挟まる仕事だ。買い込んだ食材を消費できぬまま腐らせてしまうのが、目に浮かぶようだ。

それを指摘すると、ジェルヴェはんーとうなった。

「余った分は近所に配るとか。というわけで、とりあえず料理を習おう」

「イブキの番にか？」

「他にアテあるか？」

問い返されて、セヴランは黙り込む。

アテというか、彼自身が教えればいいだけの話なのだ。

なんとなくそれをためらってしまうのは、家事の比重をこれ以上黒虎に傾けていいのか、という疑問のせいだ。

（これはむしろ、俺が作る流れなのでは）

なんといっても、事の発端《ほったん》はセヴラン自身なのだし。

「そんなに料理大事か？　量を食うようにするなら、軍の食堂のままでもいいんじゃねえの？」

朝はなるべく長く寝ていたい派のセヴランだ。最後の悪あがきとばかりに問いかければ、ジェルヴェはニカっと笑う。

「だってさあ。かーちゃんのガレット食ってたあんた、すっげえいい笑顔だったぞ。俺ちょっと、かーちゃんめって思っちまった。俺の作ったもん食って、あんたがあんな顔してくれたらすげえ嬉しい」

己の母親にさえ嫉妬《しっと》したと。セヴランの笑顔が欲しいから、料理を覚えるのだと。黒虎はそう言ったに等しい。

黒虎自身は恥じらいもなくいい笑顔を浮かべているが、言われたセヴランは瞬時に真っ赤になって、思わず虎の脛《すね》に蹴りを食らわせた。

「うお!?」

「しゃーねーな！　え、マジで!?」

「痛い！　俺が教えてやるよッ」

「おう！」

「え、あんた料理できたの!?」

「簡単なものだけだけどな！」

「うわ、意外……でもないか。あんたはなんでもソツなく器用にこなすもんな」

それでいながら積極的にはなにもしないのが、セヴランというものぐさなのである。

(けど、やらなきゃしゃーないだろコレは。そんな嬉しいこと言われたら、やるしかないだろ)

ことによっては自分が毎朝朝食を作る事態さえ予測しながら、セヴランは決意を固めたのである。


というわけで。次の休日に、二人は食材と調理器具をごっそりと買い込んだ。

ジェルヴェの母に渡されたのは朝食用のレシピだが、枚数を食えば昼でもいいだろとばかりに、大量の材料を用意した。

実の母親が匙を投げるほどの猪突《ちょとつ》っぷりを、実のところセヴランは危惧していたのだが、ジェルヴェの様子は案外落ち着いていた。子どもの頃と比べれば、成長したということだろうか。途中、力加減がわからずにトマトや卵を握り潰す失敗はあったが、おおむね予想の範囲内といえた。

フライパンを二つ並べ、ひとつは説明のためにセヴランが、もう片方はジェルヴェが焼く。母のレシピと用語解説を見比べ、慎重に作業した結果、ジェルヴェの一枚目はひどく焦《こ》げることもなく焼き上がった。具材の並べ方やガレット生地の折り加減といった見た目は、残念ながら惨敗しているが、逆に言えば伸びしろでもある。

「どうしよう」

皿に受けたガレットを前に、ジェルヴェは緊張した面持ちをしている。彼の作業を見ていて、分量を間違えたなどの目立った失敗がないことを知っていたセヴランは、こともなげに答えた。

「俺が焼いたのがお前ので、お前のが俺の」

「いいのか？　すげえまずいかもしんねぇぞ」

「大丈夫だろ」

セヴランは皿を交換し、それぞれの席に置いてしまう。

「さて、では食うか」

「おう」

向かい合い、ナイフとフォークを手にする二人。だがジェルヴェは己の皿には手をつけず、セヴランの挙動をひたすら見つめている。

セヴランはその視線をつとめて無視しながら、ガレットを切り分けた。

ナイフの切っ先、切れたガレットをさくりと刺すフォーク。そのひとつひとつを、虎の黄色い目が注視する。セヴランは目を伏せて、ガレットを眺めているふりをしながらフォークを持ち上げ、薄く唇を開く――が、彼は唐突に、ガレットを突き刺したままのフォークを皿に戻した。

ジェルヴェがぱちりと目を瞬く。

唇を引き結んだセヴランの頬は、わずかに染まっている。同じように目元も染めた彼は、真正面から虎を睨んだ。

「どうした」

「食いにくい」

「焼けてなかったか？」

「違うだろッ？　そんなにじっと見られていて、食えるか！　って話だ！」

「恥ずかしかっただけか」

「少しは悪びれろ！」

セヴランは完璧にフォークを手放した。

「も、いいから。お前先に食え」

「ちぇ。後で絶対、ちゃんと食ってくれよな」

改めてナイフとフォークを取り上げるジェルヴェ。セヴランは、その行方を目で追うような不躾《ぶしつけ》なことはせず、目を伏せて豆茶を啜《すす》る。

「お。おお……？　不思議。あんたが作ったはずなのに、かーちゃんの味っぽい……！」

そんな感想があがってから、セヴランはようやく虎に視線を戻す。

「レシピってそういうもんだからなぁ」

「まるっきり一緒ってわけでもないけど。でも美味い。美味いよこれ」

まるっきり一緒ではないのは、単純に腕のせいもあるだろうが、生地が違うせいもある。ジェルヴェの母はおそらく前夜から生地を寝かせているが、彼女が送ってきたレシピは発酵させないお手軽生地を使用したものばかりなのだ。

それを説明したところで、料理初心者のジェルヴェにはまだわからないだろうと、セヴランは頷くだけにとどめる。

「そりゃよかった」

柄《がら》に似合わずはしゃいだ声をあげて、黒虎はセヴラン作のガレットに夢中になっているようだ。それを確認してから、セヴランもフォークを取り上げる。その切っ先には、先ほど食べ損ねたガレットが刺さったままだ。

虎の注意を引かぬように、静かな挙動で口に運ぶ。

（お）

ジェルヴェの母作と比べれば、生地にもたついたところはあるしソースの味にも締まりがないが、初めてでこれなら上々だろうという出来である。

セヴランは無言で咀嚼《そしゃく》しながらふた切れ目を切り分け、口に運ぶ。ひと切れ目で抱いた感想を確かめるように味わっていると、不意に視線に気づいた。

前傾姿勢になったジェルヴェが、上目遣いにセヴランの様子をうかがっているのである。

「……どうだ？」

改まって問われると、先ほどの気恥ずかしさが舞い戻ってくる。だが、それを抑え込んで、セヴランは頷いた。

「美味い。お母さんと一緒とまでは言わないが、十分美味いぞ」

賛辞を送ってやると、虎はじーんと感動したようだ。彼らしくもなくしんみりとした表情を浮かべ、長い尻尾の先を踊らせている。

「――わー……、なんか、なんかいいな。俺の作ったの食べてあんたがそんな風に言ってくれると、……なんかすごくいいな」

しんみりとした表情はやがて満面の笑みへと変わる。最高にご機嫌になったらしい黒虎は、頬をほころばせたままぱくぱくとガレットを食べている。セヴランはそんな彼をちらちらと眺めながら、食事を続けた。

（まあ、本当に美味いから、……いいんだけど）

けれど、そこまで喜ぶか？　という大仰《おおぎょう》さに気後れしてしまう。その気後れがセヴランの態度をこわばらせ、口をもたつかせてしまうのは、いつものことだった。

虎の開けっぴろげな好意や愛情にもっと応《こた》えてやればいいのだろうが、どうにもそれが上手くできない。

「なあ、まだ食えるだろ？　練習になるしもう一枚ずつ焼いていいか？」

早々に食べ終えた黒虎は、非常に気合いの入った様子である。

「ちゃんとレシピ見ながらやれよ。慣れたかなって頃に失敗するんだからな」

「へーへー」

セヴランの危惧通り、三枚目は焦がすは生地が粘るはでさんざんな出来だったが、ジェルヴェは責任を取って自身でそれを食した。

「そんでどーなのよ」

黒虎に改めて問われたのは、彼の焼いたガレットとスープ、サラダの夕食を食べ終えた後だった。

結局ガレット続きの一日だったが、食事ごとに味や中身は変えたので悪くない。生地の様子も味も不安定ではあるが、普通程度に美味いものができていた。

「なにが」

「明日の朝から、俺自炊していいの？　あんた食える？」

セヴランは即答できず、耳をそよがせた。

「材料残ってんのか？」

「明日の朝の分はとってある」

「朝作るとして、いつもよりどれだけ早く起きるんだ？」

「一時間くらい？　慣れたらもっと短くいけるかな？」

「しんどくねえ？」

「あ。あんたはいつも通りでいいよ。出来上がったら起こすし」

黒虎の返答に、ますますセヴランは耳をそよがせる。落ち着かなげに揺れる耳に、ジェルヴェは視線を止めた。

「――俺がやりたいだけだし」

そう呟いた黒虎は、ぱんと手を叩いた。

「じゃ！　明日から自炊決行！」

どうやら、それで決まりとなったらしい。

セヴランの抱く気遣いや申し訳なさ、感謝は、結局告げられぬまま、黒虎自身に受け取りを拒否されたような状態となった。もちろん機会を与えられたところで、セヴラン本人が納得できるほど、上手に言葉にできたとは限らないが。

彼がそれを伝えられるのは、もう少し先のことだった。

こうしてジェルヴェは朝食作りに精を出し、セヴランも番の厚意に報いるべく、提供されるものを残すことはなかった。なにより黒虎は段々腕を上げ、本当に美味いものを作るようになっていたし。

食材が家にあれば、少し小腹が空いた時にささっと作って食べることもできる。

セヴランはお返しのように、そうした時に腕をふるってやるのだった。

——つまりは、摂取する食事の量が、格段に増えた。

もちろん、ジェルヴェの母はセヴランの食の細さを心配したのだから、セヴランがよく食べるようになったのは『いいこと』だ。

だがそもそも、ジェルヴェや他の上位種よりも細身なセヴランだ。彼だからこそ、傍《はた》からは危なっかしいほどの量でも肉体を維持していたともいえる。

——要するに、太った、のだ。


セヴランがそれを自覚し始めたある日。

「あれ、セヴラン先輩、最近太ったんじゃありません？」

イブキがそんなことを真顔で言い出した。

少し自覚があったセヴランはどきりとする。

「俺と組み手でもして絞りますか？　たまには、走る意外の運動をするのもいいですよ」

爽やかな笑顔を浮かべたイブキが、手を差しのべて誘惑してくる。

まるで後光が差すような金色狼の様子に、セヴランは思わずふらりと手を伸ばしかけるも、イブキの後ろにゆらりと現れたどす黒い影にビクリと肩を揺らがせた。そしてはっと我に返ると、あわてて手を引っ込める。

もちろん、影はいわずと知れたジェルヴェである。

「運動なら俺がさせるから、引っ込んでろ金色！」

ジェルヴェに追い立てられたイブキが、それでも穏やかに行ってしまうと、その場にはセヴランとジェルヴェの二人だけになった。

荷駄車にもたれかかってぼんやりと休憩中の隊員たちの流れを見ていたところを、イブキに誘惑されたセヴランである。

（これは、ヤバい）

こちらは荷駄車の表だから、せめて裏のひと目につかないところに移動しようと思ったのだが、相手の動きはそれよりも早かった。

苛烈《かれつ》な黄の眼を怒らせた猛獣が、開いた距離をものともせずにまたぎ越す。剛《つよ》い両腕が、ダン、とセヴランの顔の両横に伸びる。三方を彼に囲まれ、背中は完全に荷駄車に押しつけられた状況だ。とうてい逃げ出すことも叶わない体勢である。

「落ち着けって、なぁ」

「なに誘惑に乗ろうとしてんだ。あんたは俺のだろ」

覆いかぶさるように上体を倒し、至近距離で見つめてくる黄色い眼が怖い。

我知らずひく、と喉を鳴らすセヴラン。それが合図だったかのように、ジェルヴェはセヴランの耳をぞりっと舐め上げる。

「やめ……っ！」

耳をしばたくことで抵抗し、更には身をよじって囲いを突破しようとするが、ジェルヴェの腕はびくともしない。それどころか輪をせばめ、抱き込んでくる始末だ。

足を蹴ろうが胸板を押そうが、頑強な身体はわずかにも動かない。あごを捕らえられ、強引に唇を合わされて、セヴランは自分の非力さに歯噛みした。

元々、獣人の体色の序列からいっても、セヴランは一番等級の低い灰色狼だ。ジェルヴェは黒虎の上に、体格にも恵まれている。そして一方のセヴランはといえば、早い時期に親をなくして、野良のように世をさまよった。成長期に良質な食物を摂取せず、軍属になった後も不摂生を続けたセヴランの身体が強靱《きょうじん》なわけがないのである。農家育ちで幼い頃から肉体労働をこなし、あの母の料理を三食食べて育ったジェルヴェとは、比べるべくもない。

日頃一方的にジェルヴェを小突いているといっても、それは彼が許しているからだ。痛がるふりをしていても実際はなんの痛痒《つうよう》も感じていないのだろう。こうして彼が譲らない場面に遭遇《そうぐう》すると、セヴランは一気に己の非力さを思い知ることになる。

角度を変えて、何度も唇が落とされ、口腔内を舌が蹂躙《じゅうりん》する。

普段は当たり前になっていて意識しない番の香りが高まっていく。それを苛立《いらだ》ちをもって嗅ぎとりながら、セヴランは最後のとどめとばかりにジェルヴェの脛を渾身《こんしん》の力で蹴り上げた。

「……！」

さすがにダメージが通ったのか、ジェルヴェが拘束をゆるめる。その隙を逃さず、セヴランは脱兎《だっと》の如き俊敏さで荷駄車の裏に回り込んだ。

荷駄車に背を預けてしゃがみ込むと、すかさずジェルヴェが追いかけてくる。

苛立ちをにじませたその顔を、セヴランは静かに見上げた。

「なあ、やめろよ。俺が赦《ゆる》す以上に囲い込んでくるなら、俺だって、たとえ敵《かな》わなくても戦わなきゃならなくなる。……お前それでいいの？」

ジェルヴェがぎくりと足を止めた。

「俺は十分にお前のものなんだから、俺の尊厳を踏みにじるような真似まではやめてくれ」

セヴランには、第五隊副隊長という体面と矜持《きょうじ》がある。

元々頭脳派で、体力面の弱さは誰もが知るところだったのに、それを隊の誰もが目撃できる場所で、雄に囲い込まれている雌という立場で強調されるのは御免《ごめん》だ。みんな知らぬふり聞かぬふりをよそおっているが、セヴランに触れずに過ごす隊員たちの気遣いが、ジェルヴェの執着を知っていることを表していた。

「…………ごめん。悪かった。あんたが手を伸ばそうとしてるのなんて初めて見たから、つい頭に血がのぼった」

離れた位置に立ち尽くすジェルヴェは、行き場のない様子で拳を握り締めている。

セヴランはそっと彼を手招いて、自分の隣に座らせた。落ち着かせるために手を握り込み、滅多《めった》にはしないことだが、耳を舐めてやった。

ジェルヴェは真っ赤になって耳をしばたかせ、立てた膝の間にあごをめり込ませてできる限り小さくなっている。

「だってさ、元々ちょっと太った気がしてたところに、あのイブキお得意の爽やかな微笑みで誘惑だぞ？　あれなんだよ？　吸い込まれるかと思ったわ」

「……明日から朝メシの量減らす……」

しょんぼりとジェルヴェが告げるのに、セヴランは頷いた。

「うん。そうしてくれ」

できる限り優しい声を出してセヴランは言い、もう一回ぺろっと耳を舐めてやる。

ジェルヴェがぎゅっと手を握り返してきたので、微笑んで顔を覗き込んでやると、ジェルヴェも照れたように笑った。

「……ごめん。いつも俺はやりすぎるんだな、あんたに夢中になって」

「俺はお前に囲われてるけど、それは俺が許しているからだ。それをわかってほしい。駄目だと思う線引きは越えないでくれ」

「……うん。ごめん。悪かったよ……」

ジェルヴェが辛《つら》そうに謝罪をしてくるので、セヴランは彼の頭を撫でてやる。

そのうちにこつん、と額をぶつけ合い、ジェルヴェにだけ聞こえるように囁いた。

「——運動、するんだろう……？」

してもいいけど、家に帰ってからな。と。

セヴランからの珍しいお誘いに、ジェルヴェは真っ赤になったまま頷いた。


仕事上がり、二人は宿舎で風呂を終えると、食事もそこそこに速攻で家に戻った。

セヴランを先に玄関に入れ、ジェルヴェは叩きつけるような勢いでドアを閉ざし、ガチンと施錠する。一歩入った所に立ち彼を見ていたセヴランは、抱き込んでくる腕に逆らわずに身をゆだねた。

セヴランの背を壁に押しつけ、ジェルヴェは何度も深くねっとりとしたキスを落とす。

乱れた吐息にひと心地つきながら、お互いを結ぶ唾液の糸に照れたように微笑み、濡れた唇を舐めるセヴラン。それを見て再びたまらない心地がして、ジェルヴェは彼の唇を、先ほど彼が舐めたように舐め上げた。

「……ほんと、たまんない」

褐色《かっしょく》の指がセヴランの服のボタンを外していく。

あらわになっていく肌をすかさず舌が這い、固い指がなぞる。

「近くにいたら、ほんとはいつでもあんたに触れたい。あんたに触るの、すげぇ好きなんだ」

胸がはだけられ、肩を抜かれる。束ねた髪に隠れた番紋を唇が探り出し、しゃぶりついてくる。かかる吐息の熱さに、セヴランはくぐもったため息をついた。

「も、喋んな……」

「だって、あんたのこと大好きなんだから……言わないと、わかってもらえないだろ」

ジェルヴェの所有であることを示す番紋を舌先でなぶられ、軽く歯を立てられて、セヴランの象牙《ぞうげ》色《いろ》の肌がほのかに赤くなっていく。恥ずかしいのをこらえるために伏せられた目、嚙み締めた唇。それが、こみ上げてくる吐息を逃すために時折細くわななく。

「わ、わかってる……。けど」

わざわざ言葉にされなくても、その並外れた執着は行動にすべて表れている。

「外では我慢する……。俺だって、あんたを追い込みたいわけじゃないから」

でも、だから、とジェルヴェは続ける。

「家では、俺に一杯触られてよ。俺がもう、ゴチソウサマって言えるくらいに、俺に愛されてよ」

セヴランは迷わずに頷いた。別にそこは今までと何も変わらないなと思ったのだ。

「うん。……家ではお前の好きにしていいよ……」

見下ろしてくる情欲のにじんだ眼に見惚れ、セヴランは自分から唇を寄せていく。

キスを受け止められ、離れていた身体を更に抱き寄せられ、その安心感に酔いしれる。

もしも、もしもだ。

番の相手が上位種のジェルヴェではなく、ただの他種だったとしたらどうだったのだろう。相手が小さくかよわい他種ならば、やはりその場合は、セヴランが番を守り庇護《ひご》する側となったのだろうか——今のジェルヴェがセヴランにそうするように。

(それは、嫌だ)

想像した途端に、空虚さが胸に押し寄せる。

「お前、さ」

ジェルヴェの頬を両手で包み、セヴランは問いかけた。

「……仕事中でも食事してる時でも、いつでも俺を見てるけど……そんな片時も眼が離せないくらいに、俺に惚れてるわけ?」

ジェルヴェは頷き、セヴランの手を取ると、その指を舐める。

「惚れてるに決まってる。あんたが大好きすぎてたまらない……出会ってひと目見た時から、ずっと。あんたをソレンヌに送って自分だけカサンドラに戻るのが、どれだけキツかったか」

出会った時の話である。

(そうだ、あの時俺は——)

セヴランは思い返す。あの時は、上位種の番なんて面倒くさい。他種の方がよかった。と思っていたのだった。そして何故俺が抱かれる側なんだ、と不満を抱えていた。

今となっては笑い話である。

これだけめためたに愛されて、迷惑さや冷淡さをよそおいつつも、本心では喜んでいる自分をすでにセヴランは知っている。他種なんかじゃあ物足りない。この剛い腕が抱き締めてくるのじゃないと、つまらない。

もしも番が他種で、能動的に愛してやらなければならないのだったら、自分はもっと空虚で冷静だったのではないだろうかとセヴランは思う。

愛さなければならない立場だったら、彼の心に母親が打ち込んだ楔《くさび》を溶かすことはできなかった。常にひとと距離を保ち、自分の測った以上には侵入させない――そんな生き方を、その番に対しても貫いただろう。

だがもしも、他種でなくて上位種だったとしても、ジェルヴェでなければどうだったろうか。例えばイブキ。あの穏やかで理性的な狼。

(無理だろ)

イブキでは――否、他の上位種の誰であっても、セヴランを取り巻く壁を壊すことはできなかったに違いない。

(ただひとり、ジェルヴェだけが)

セヴランの壁を突き崩し、侵入することができた。

「お前が……アホみたいにぐいぐい来るから……。なんの打算もなくただ好きだって顔してるから」

もはや会話にもなっていない。

だがジェルヴェは、こくりと頷く。

「どこもかしこも好きだからな」

ジェルヴェはセヴランの灰色の耳をぞりっと舐め上げ、淡く緑が混じる灰色の髪に唇を落とし、草色の瞳を隠したまぶたにキスをする。

「どこもかしこも好きで……全部俺のものだ」

「ッ……ジェル……！」

壁に背を押しつけられ、開いた足の間にジェルヴェの頭を挟み込むように迎え入れている。力が抜けて今にも崩れ落ちそうなセヴランの腿をすくい上げて支えるようにしながら、ジェルヴェはセヴランのものをむさぼっていた。すっかり育ちきったそれを更に啜って舐め上げ、舌と頬で絞るようにしゃぶり上げて、射精を促してやる。

行き場なくジェルヴェの頭を撫でていた指に力が入り、低くうめいた後にセヴランが達する。彼も退けとは言わない。どうせジェルヴェが退かないことなど、十分に承知しているのだ。

ジェルヴェはセヴランが放ったそれを手に吐き出すと、前だけくつろげていたセヴランの下衣をずり下ろしながら、彼をくるりと回転させる。

目の前に来た白い尻の合間に、彼自身が放ったものを塗り込める。

セヴランは壁にすがりながら、体内に侵入してくる指の感触に耐えていた。

時折わざとらしく感じるところをかすめたり焦らしたりしながら、ジェルヴェは勝手知ったるセヴランの身体を拓《ひら》いていく。そして彼がもう立っているのも辛くなり、懇願を口にのぼらせる頃に、ようやく押し入ってきた。

挿入の衝撃を逃そうとしてこわばる身体を、ジェルヴェはうなじや背中に唇を落とすことで慰める。

大きな手でがしりと腰を支え、セヴランの負担を減らしてやる。

「……動いていい？」

こくんと頷いて後ろを流し見る目に煽《あお》られて、ジェルヴェはがつがつとセヴランをむさぼった。今度はわざと焦らすようなことはなく、的確に突き上げてやる。セヴランは大人しく壁にすがりついていたが、呼吸の整わない嬌声の合間に「うで！」と訴えてきた。ジェルヴェは頷くと、繋がりはそのままに抱え上げ、ぐるりと反転させてやる。すぐさま首にとりすがり抱きついてくる背を抱き返し、壁に押しつけながら揺さぶって、せっかく前を向いたのだからと深いキスを送る。

「ふ……もう、立ってんの無理……！」

ジェルヴェは笑った。

「どうせもう、俺に抱えられてるだけだろ」

耳元で囁いてやると、ぎりっと背に爪を立てられた。

「ああもう、そういう気の強さもたまんない」

ジェルヴェは笑いながら彼を抱え直し、お望みの通りに寝室へと移動する。歩く振動で体内をえぐってくるものに反応しているのをかわいく思いながら、ずり落ちまいとしがみついてくる背を支える。

「抜けよ……ッ移動する時くらい……！」

「え、無理。離れたくないし」

「ぜ、全然離れてないだろうが！」

むしろこれ以上ないくらいに密着している。

ジェルヴェはベッドにたどり着くと、正常位でセヴランを抱き直す。その際に半分抜けかけたものを突き込んでやると、セヴランの身体がびくりとはねた。

「ひゃ……っ」

「あんたの中、すごく気持ちいい。あんただって、俺がいると気持ちいいんだろ？　だからホラ、こんなに反応する……」

ジェルヴェはセヴランの足を掲げて本気の律動を開始する。感じる部分を的確に突き続けられ、セヴランは意識を飛ばしそうなほどの快楽に押し上げられた。もはや声を噛もうなどという意識も起こらず、あられもない嬌声をあげ続ける。普段のセヴランからは想像もできない、高く甘い声——雌が雄にだけ聞かせる声。あるいは、敗者が勝者に聞かせる哀願の声か。

心を震わせる高音にジェルヴェはぞくりとし、ベッドに寝たままのセヴランを押さえ込むように掻き抱き、腰だけをがつがつと打ちつける。

ジェルヴェの褐色の背をセヴランの象牙色の足が滑り落ちていく。その代わりのように、セヴランの白い両腕がジェルヴェの浅黒い肩に回り、ぶらさがるように取りすがる。

「も、その声も……すげェ好き……」

灰色の耳元で囁いてやると、セヴランの内部がぎゅっとジェルヴェを絞り込んだ。

「……！」

ぎりぎりのところでせき止めていた欲望をあっという間にさらわれ、ジェルヴェは最後のひとしずくまでをセヴランの内部に放出しようと小刻みに押し込んでいく。二人の腹は同時に絶頂を迎えたセヴランのもので白く汚れていた。

二人で荒く息をつきながら、力の抜けた身体をしばし支え合う。

後戯のつもりか、ジェルヴェはセヴランの耳を丁寧に舐めてくる。それにまた欲望が兆すのを感じ、セヴランは首を振って逃れた。

思わず収縮させてしまった内部で、再びジェルヴェが体積を増していくのを感じる。どきりとしてジェルヴェを見上げると、ぎらついた光をたたえる黄色い目といき合った。

「さて、では本番」

ジェルヴェは繋がったままセヴランを抱き起こすと、今度は自身が仰向けに横たわる。彼の腹の上に乗せられたセヴランは上体を支えるために腿に力を入れることで、内部の彼を刺激して大きく育ててしまった。

「なんでそんな程度でも大きくなるんだよ！」

「だっていい眺めだし」

セヴランの放出した白い飛沫が彼の鎖骨下から胸を伝い、へそにわだかまる様は扇情的《せんじょうてき》だ。

「——で、どこにどう肉がついたって？」

セヴランの脇腹を撫で、肉をつまむジェルヴェ。

ひく、とセヴランが喉を鳴らす。

「ここ……？　それとも背中か？」

さすがにこの体勢では背中までは届かない。ジェルヴェの指はセヴランの脇をくすぐり、脇下の脂肪を確かめるように押して撫でていく。達したばかりの敏感な身体には鋭い刺激だ。

「ふにふにして柔らかい……でもそんな気にするほどか？」

セヴランだって上位種だ。上位種の中ではひ弱とはいえ、あの荷駄車を曳く力があるのだから、全身に筋肉はついている。割れた筋肉の上を多少の脂肪が覆ったところで、なんの問題があるのだろう。見苦しいほど肥《こ》えたわけでもないのだし、むしろこれは触り心地がよくなっただけなのではないか、とジェルヴェは判断した。

「いや、男の身体に脂肪なんていらないし……！」

撫でてくる手をぱしりと払って、セヴランが言いつのる。

ジェルヴェはふうん、と優しく頷いた。

「じゃ、運動していいよ。そこで上下運動。したら、腰が締まるんじゃねェ？」

セヴランはポカンとジェルヴェを見下ろした。

「運動なら俺がさせる……って、そういう意味かよ……!?」

そうそう、と頷きながら、ジェルヴェは下から突くように揺すり上げてくる。

「ちょ……ッ。もう反省は終わりかよッ！　ンなの無理に決まってんだろ！」

理性が飛んでいる時のいっときの体位ならともかく、視姦されながら運動名目で腰を振るなど、冗談ではない。

「無理か？　あんたの柳腰、すげェいい眺めなのに。腰の位置が高くて細くて、きれいな身体してるよな」

まあ、無理なら……とジェルヴェはセヴランの腕を掴んで引き倒し、彼を抱き込んでぐるりと回る。正常位に戻った身体を、今度は足を抜かせて裏返す。

「こっちの腰のラインもいいもんな」

セヴランは後背位で、尻だけを高く突き上げさせられた。

「お前なんで今日はそんなに喋るんだ……！　しかもなんか恥ずかしいことばっかりッ」

普段はもっと寡黙《かもく》な虎だ。腰が好きだとか、きれいな身体をしてるだとか、声がたまらないだとか、そんなのは正直言って初耳である。

セヴランは、ジェルヴェはもっと淡々と……たまたま番だったから自分を愛してくれているのだろうと思っていたのだ。本能に突き動かされて——妙な言い回しではあるが、受動的に。番紋さえ合致《がっち》すれば、誰でもよかったのだと。

「俺は本当にあんたが好きなんだってだけだし。姿も性格も、なにもかも俺好みでさ……なんかまるで俺の嗜好に合わせて生まれてきてくれたんじゃないか、なんて思ってるくらいに好みだ。……もしもあんたに俺の番紋がなかったら、あの俺好みの灰色狼は一体誰のものになるんだって歯噛みしたろうな」

俺のもので本当によかった。とジェルヴェは、セヴランの背に覆いかぶさり首筋を舐めながら囁く。

「……つまりお前も、俺じゃなきゃ駄目だったたってことか……？」

返事の代わりのように、うなじにかしっと歯が立てられる。

「あんたじゃなきゃダメに決まってる」

ひとかけらのためらいもない返事だった。

そのためらいのなさが、セヴランの心を射抜《いぬ》く。

「俺も……ッ、俺もお前じゃなきゃ……ッ。お前だけだから、こんな、なるの……！」

後ろから繋がれたままだが、キスがしたい。

振り向いたセヴランの意図を的確に汲んだジェルヴェが、唇を寄せてくる。体勢的に少し辛いが、

セヴランが満足するまでキスに付き合ってやったジェルヴェは、その後はいつも以上の猛々しさで彼を追い込んだ。


翌日は休日で、夜遅くまでむさぼられたセヴランは夕方近くまで起きられなかった。

当然、朝も昼も食べていない。これでは元の通りの不摂生生活である。

それを反省してか、ジェルヴェは平日の性交渉を手控えた。挿入まで行かなくても構わない、とにかく触れたい——そんな気持ちをこそ、満足させたかったのだろう。翌日に影響が出ない程度の接触ですませ、朝食は少し控え目に。

その代わり、休みの前は濃厚なものとなったが、そこはセヴランも目を瞑《つむ》らざるを得なかった。むしろそこはセヴラン側が、食べようと努力して歩み寄ってやるべき地点のようにも思えたのである。

ともあれそれで、ジェルヴェの母の心配は晴らすことができたろう。

そして肝心の、セヴランが危惧した囲い込みは、間違いなく減った。周囲を、独りよがりな独占欲で威嚇《いかく》することもなくなった。

仕事の時には、隣に立つことはあっても寄りそうことはなく、周囲をはばからずに抱き寄せようとしてくることもない。以前はそうされるたびに、怒鳴ったり押しのけたりして対応していたので、楽になったのは確かだ。

セヴランとしてはその状況に満足しつつも、何故だか少し物足りない。

大人しくなった黒虎が、ずいぶんとしょげて見えるからだろうか？

そして、

「なんかジェルヴェがかわいそうだ……」

「あいつがあんなだと、調子が出ねえぞ」

「からかい甲斐《がい》がないやなー」

そんな古株の隊員たちの声を聞くに至り、仏心《ほとけごころ》が湧いてくる。

「バッカだなあ。お前もアイツもあれで幸せそうだったんだから、他人からどう見えようとどうでもよかったろ？　俺らアイツの威嚇に気に病むほど繊細じゃねぇし、お前を雌だって蔑むほどアホでもねえよ」

それを聞いたジェルヴェの耳がピコン、と立った。

「セヴラン幸せそうだった!?」

「おお。お前に囲われてもうサイコー！　って感じだったよな。あんなダダもれのくせに、迷惑そうによそおってんだから、ホントかわいいよな」

「まあ、あいつは昔っからかわいいよな。ツンツンしてるくせに根は単純なところがなー。それでよくオーヴァンにもからかわれてたもんだ」

彼らの意見は、実に傍観者的で身勝手なものだ。だが、それを真に受けて力を得たジェルヴェが、以前の調子を取り戻すのは、あっという間だった。

もちろん、多少の反省はしているのか、セヴランがこれだけは譲れないと線引いた……周囲にひとがいる時に性的な接触を仕掛けてくるようなことはないが。もちろん無駄な威嚇もやめたままだが。

つまり、今までのようにべったりくっつきつつも、威嚇はなしになったのだ。

（多少は改善されたのか……？）

状況が二転三転しすぎて、もはやよくわからなくなっているセヴランだった。

とりあえずそんな状況を続けるうちに、セヴランの脂肪もすっと溶けた。

ジェルヴェは柔らかさの減った腰を残念そうにさすりはしたものの、

「ま、あんたならなんでもいっか」

と納得していた。

◆大切なもの

遠くカサンドラに住む、ジェルヴェの双子の弟妹が王都にやってきたのは、彼らが十二歳になろうかという頃だった。

ジェルヴェとセヴランは、その時には出会ってから四年目を迎えていた。

弟妹が王都に来たといっても、兄たち二人には仕事がある。長期に休めるはずもない。

そこで、弟妹は王都の宿屋に泊まりながら番を探して登録所に通い、王都ならではの珍しい店や品物を楽しみ、時間が合えば兄とその番と会って食事を共にしたり、たまには兄たちの家に宿泊をして、滞在期間を楽しく過ごした。

そして、さあ帰るかという時——。

「セヴランさんは、あのおにいちゃんのどこがいいの？」

そう訊いてきたのは、妹のルシールである。

たまたま休日だったジェルヴェとセヴランは、二人を送ろうと宿屋まで出向いてきていたのだった。

目指すは、王城近くの乗用車両発着場である。

宿を出たばかりの頃は四人固まって歩いていたのだが、兄のジェルヴェにはしゃいで絡みつくアレクシが早足なので、自然と二組に分かれてしまっていた。

「……どこって」

突然の質問に、セヴランは面食らう。

それは朝の雑踏にまぎれての質問だった。距離もあるし、周囲の喧騒《けんそう》に、ジェルヴェの耳には届かないと踏んだのだろう。

「だって、あのおにいちゃんだもの。一緒に住んでた時は思わなかったけど、こうして大きくなってから見ると、おにいちゃんてうるさくて無神経なところあるなーって思って。セヴランさんだってしょっちゅう叱りつけてるじゃない」

なるほど。年頃である。

去年までは遊びに来ても「大好きなおにいちゃん」だったのだから、子どもの――ことに少女の成長は怖い。

これは、少しは兄としての威厳を守ってやるべきなのではと、セヴランは思いをめぐらす。

（あいつの、いいとこ……）

当然のことながら、ぱっと思いつくのは笑顔である。屈託のない、くもりのない笑顔。

それは、誠実さにも通じているとセヴランは思っている。

番なのだから当然とはいえ、あの虎が余所見《よそみ》をしたと感じたことが一度もない。いつだって馬鹿みたいに真正面からセヴランを見つめて、嘘偽りのない一途《いちず》さで突っ込んでくる。セヴランはそれをうっとうしいと邪険に扱うが、本当は嬉しかったしありがたかった。黒虎くらいの熱意としつこさでぶつかってこられなければ変わっていけない己であることを、セヴランはよく理解していたのだ。

（やべ、そう考えると……あいつのいいトコって、俺にとっちゃあ全部じゃねえか……？）

黒虎の欠点や態度は裏目に見えて、実際はすべてが表である。

それに思い当たったセヴランは、じわりじわりと頬を染めていった。

「なんだかやることなすこと子どもっぽいしさ。レクと一緒になってはしゃいじゃって。……ほんとにあれでいいのかしら。セヴランさんに愛想尽かされないか、私、ちょっと心配……」

ルシールの心配はあさっての方に向かって過剰になっていくようだ。

「……そこまでひどくは……」

ぼろぼろと崩れていく兄の威厳を食い止めるためにもと、セヴランは声を振り絞る。本当は、今は発言したくないのだが。

せめてもと、顔をそむけてはみたものの。

「？　セヴランさん？」

黒虎とよく似たくりっとした眼差しの犬耳の少女が、ひょこりと動いて視界に入り込んでくる。

セヴランは赤い頬を少しでも隠そうと手を当てながら、彼女を見返した。

困ったような、途方にくれたような眼差しをして、軽く唇を噛んでいる。寄せた眉根と濡れた草色の瞳に、今まで見たことのない艶を見てとって、彼女は思わずぱっと目をそらした。見てはいけない他人の秘密をこっそりと覗き見てしまったような、そんな背徳を感じたのだ。

「あ、ねえねえ！　そういえばホラ、おかあさんに買ったお土産、あれでよかったかなあ？」

自分自身も真っ赤になりながらも、どうでもいい話題を振って必死に話をそらす。突然切り替えられた話題に面食らいながらも、ルシールの心遣いを理解して、セヴランは頬の赤みを逃がそうとする。

「そうだな――」

お互いに顔は見ないようにしながら、前を行く二人に追いつかないように、セヴランとルシールはことさらゆっくりと歩いた。


「にーちゃん、いきなりなに難しい顔してんの？」

後方に意識を集中させていたジェルヴェは、横合いから呼んでくる幼い声にしぴぴっと耳を振る。

「なんでもない」

なんでもないことはない。本当は、耳に全神経を傾けて、後ろを歩いている二人――番と妹の会話を盗み聞こうとしていたのだ。

話題は彼自身についてのことだったのだが、番は、妹に問われた「彼のいいところ」をあげることもなく、妹にくさされていた彼をほんの少しかばっただけだった。

そのことに、地味に傷つくジェルヴェだ。

番には、好かれていると思っている。

番の態度が邪険なのは、単なる照れ隠しなのだろうと、非常に前向きな解釈をしている。

だが、あまりにもそればかりが続けばしんどいのは、心を持つ生き物として、当然だった。


アレクシとルシールの乗った乗用車両が走り去るのを見送って、セヴランは息をついた。

「食事するって言ってたっけ？」

時刻は昼前である。昼食には早いが、朝食には遅い。そんな中途半端な時刻だったが、せっかく街まで下りたのだ。この後は二人で店にでも入ろうという話になっていた。

「帰る」

え？　と問い返す間もなく、腕を掴み取られ、引き寄せられて、膝裏をすくい上げられる。あ、と思った時には、セヴランは横抱きに抱えられて空を見ていた。

「ちょ!?」

街中のような人ごみではないとはいえ、ここは乗用車両の発着場だ。見送りの人々がいるのである。

彼らの視線を慮《おもんぱか》って、セヴランは逃れようと足をばたつかせたが、それらすべてを振り切るように黒虎は走り出した。

「なんでだよ⁉」

これは、今までにも何度かあった行動だ。こうして抱いて連れ帰られ、問答無用で抱き潰されるのである。

番の疾走の速度に、振り落とされないようにしがみついていることしかできず、セヴランは疑問符ばかりを頭に浮かべる。

一体、何がきっかけでこうなったのか。

「ちょ、ちょっと待てって！」

今日は玄関先ではなく、ベッドまで運ばれた。どうやらそのくらいの理性は残している興奮度合いではあるらしい。すぐさま首筋に鼻先をうずめて、番紋を舐めてくるのに抗い、セヴランは硬い胸板を渾身の力で押し戻す。

「……いいだろ、別に。昨日させてくんなかったんだし」

案外簡単に身を引いた黒虎は、悪びれない口調だ。

「そ、りゃ……」

休みの前夜には、それはもう挑まれる。だが弟妹たちの見送りがあるのにそんな風にされては、起きることができないではないか。だから昨日は、やりたがる黒虎を頑《がん》として拒んだのだ。触らせてもやらなかった。理由あってのことなので、悪いこととは思わなかったのだが、虎の口調は、セヴランが悪いと言いたげだ。

けれども、拒んだ昨夜も今朝も、特に機嫌が悪かったわけではないし、むしろわざわざ弟妹たちのために時間を割《さ》いてくれてありがとうと感謝すらしている風だったというのに。

「とにかくやらせろよ。すっげえ気持ちよくしてやるし」

セヴランは顔をしかめながら、不愉快なことを聞いたとでもいうように耳をばたつかせた。

黒虎は普段、こんな露悪的《ろあくてき》な物言いはしない。

「なんか、お前ヘン」

いぶかしんで見上げるセヴランを、黒虎は睨み下ろした。

図星を指された苛立ちが混じる黄色い瞳がギラリと光り、その雰囲気の獰猛《どうもう》さ、醸《かも》し出される威圧感に、セヴランは思わず耳を伏せる。体色による差を感じさせられるのは、久々の出来事だった。

セヴランがすくんで動けないのをいいことに、黒虎は無言でのしかかり、服をむきにかかった。


黒虎は、いつも通りだった——というのも、獰猛な雰囲気を漂わせ、意識的に威圧を使用してセヴランの自由を奪いながらも、雰囲気そのままに彼を手ひどく乱暴に扱ったわけではない。たまにやるような自分本位さで性急に繋がるわけでもなく、手順を踏んでセヴランをたかぶらせた上での挿入だった。

いつも通りどころか、むしろいつもより優しいとさえ言える。

黒虎の思うがままに感じされられ、身の内を侵されて息を乱しながら、セヴランは彼を見つめた。

(なんで……)

いつもは暑苦しいほどの恋情をこめた瞳だ。それが今回は何故か色をひそめ、むしろ淋しそうにも切なそうにも見えるのである。

「ジェル……ヴェ……？」

らしくない瞳を見ていられなくて、セヴランは腕を伸ばして番の首にすがりつく。

ジェルヴェはすぐさまその背を抱きすくめた。

「……あんたさ、俺のこと、どう思ってんの」

セヴランの腰と背にしっかりと手をそえて起き上がらせ、対面でぎゅっと抱き締めてくる。深くなった繋がりに息を詰め、セヴランは唇を噛んだ。

「……ん、どうって……、ぁ！」

自分で聞いておきながらも、黒虎はせわしなくセヴランの腰を上下させて突き上げる。吐息とあえぎで彼の口をふさぎ、わざと返事をできなくさせているかのようだ。

「ちょ……、やめ！　ん……ッ」

先ほどのルシールとの会話を聞いていたのだな、とセヴランはピンと来た。

あの時の、彼女との会話を思い返し、会話だけならば誤解というか、失望させても仕方のないやり取りだったと理解する。

「俺、は……！」

普段ならば、気持ちなんて絶対に言わない。言うのは気恥ずかしいし、普段あれだけ貶《けな》して邪険に扱っているのにバツが悪いではないか。

だが、あんならしくない露悪的な台詞を吐かせ、こんな淋しそうな目をさせて、それでも優しく抱いてくる番を傷つけてまで貫く矜持ではなかった。

セヴランは番の頭を抱え込み、黒い耳を撫でる。容赦のない突き上げに息を乱しながらも、番の行動を妨《さまた》げることはしない。そして荒い息の合間に、告げた。

「お前をちゃんと愛してるから」

自分で問いを投げておきながら、きちんと返ってきた返答に驚いたのか、黒虎はびくりと肩を揺らして動きを止める。セヴランはその隙に伸び上がると、番の虎耳をぞりっと根元から舐め上げた。

これも、普段はしない行動である。

もっぱらされるばかりのこの愛情表現を、セヴランはここぞとばかりに行使《こうし》した。自分にとってはたまらなく甘く感じる香りをさせているその耳を、舐めては先を甘噛みして吸い上げ、また根元からぺろぺろと舐め上げていく。それを数度繰り返すと、硬直していた黒虎が、らしくもなく息を詰めた。びくりと肩をすくめて、しなやかな尻尾でばしりとシーツを打つ。

そして次の瞬間。

くるりと視界が回転したかと思うと、セヴランはベッドに横たえられていた。

ぐっと腰を押しつけられ、半分抜けかかっていた番が収め直される。その衝撃に息をつく間もなく、のしかかってくる影にふわりと頬を捕らえられた。そして、額に、両方のまぶたに、頬に、鼻の先に、唇が落とされる。

「嬉しい……すっげ、嬉しい……！」

最後に深いキスに息を奪われる。

「ジエ、ル。……いつも言えなくて、ごめんな」

「——俺も……無理矢理言わせてごめん。あんたがそういうタチだってわかってるのにな、……なんか無性にやりきれなくなって」

ジェルヴェはセヴランをぎゅっと抱き締め、ベッドに広がる灰色の髪を梳《す》く。

「俺は……お前の押しの強いところとか、…………むしろ感謝してるよ。色々うるさいことを言うけど、本当はお前に悪いところなんてないって、思ってる」

「……いいよ別にそんな無理に言わなくても……」

黒虎は照れたように、くしゃりと顔を歪めた。

普段まったく言われないものだから、賛辞の雨あられに恥ずかしくなったらしい。

「聞いとけよ。滅多に言わないぞ」

離れようとする黒虎の後頭部に手を回して引き寄せ、その耳元に囁きかける。

「俺、セヴランは、ジェルヴェを愛してる」

黒い虎の耳がぶるりと震えた。

「セヴラン……！　ありがと……。俺もあんたを――」


それからほどなくして、ジェルヴェの手元に一通の手紙が届いた。

親元に帰った、妹ルシールからのものである。

『おにいちゃんへ

先日はありがとう。

最後の最後に、ゴメンね？　あの時おにいちゃんの様子がおかしかったとレクから聞いたので、もしかしたら私とセヴランさんの会話を聞いていたのかと思いました。おにいちゃんたちは私よりも耳がいいことを、つい忘れてしまいます。

会話だけを聞いていたなら、おにいちゃんに対してひどいことを言っている私を叱らなかったセヴランさんってひどいと思うかもしれない。

でもね、あの時のセヴランさんの顔、真っ赤だったのよ。

訊くんじゃなかった、って思っちゃった。

上手に説明できないけど、セヴランさんってちゃんとおにいちゃんのこと好きなんだ、ってわかったの。

だから、怒らないであげてほしいな』

――という内容だった。

「真っ赤ねえ……」

手紙を元通りに折り畳んで封筒に戻しながら、想像をめぐらすが、実際に見たわけでもない顔を脳裏に描くことはできない。妹だけが見た番の顔を見てみたかったとは思いつつ、あの時にもらった言葉はそれ以上のものだった。

ジェルヴェは封筒を持って立ち上がると、それを、大切なものを入れることにしている箱にこっそりとしまい込んだ。

ベッドが壊れた

ミシェイルとの同居生活が六ヵ月目を過ぎ、千裕《ちひろ》が軍に入隊して一ヵ月と少しが経《た》った頃の出来事だった。

自室にて、千裕は朝の身支度をしていた。

壁を隔てた居間からはミシェイルが朝食を作る優しげな音が響き、パンを焼く香ばしい匂いが漂ってくる。それらを感じ取りながら、千裕はゆるく尻尾を振り、ミシェイルの足音に合わせて耳の先を揺らがせていた。

元々はハリルの部屋だったそこは、現在は千裕の個室である。けれど、ハリルはここには長くは住まなかったらしく、壁も床もきれいなものだ。広さのわりに、置いてある家具はベッドとサイドテーブルだけなので、妙にがらんとして感じる。千裕が開け放っているクローゼットの中にも、数えられる程度の服と私用のカバン、そして軍嚢《ぐんのう》と軍の制服がかかっているのみだった。

ものの少なさは、千裕のここでの生活が短いことを示していたが、同時に、倹約のせいでもあった。とあるきっかけでアデライドを破壊してしまった千裕は、その修理費用を負う身である。ハリルはのんびり返せと言って、千裕が彼のもとで働いた間に貯めた金すら受け取ってはくれない。

ハリル言うところの『高給取り』――軍属となり、一度目の給金を無事に受け取りはしたものの、それで買ったものもミシェイルへの贈り物と日用品程度だ。他には、軍で働き出してから、実はすでに靴を一足履き潰しているが、これは支給品なので出費には数えられなかった。

ベッドに腰掛けて靴下を履いた千裕は、二足目となる真新しい軍靴《ぐんか》を手に取った。座ったまま前傾する仕草《しぐさ》に、ベッドがぎしりと音を立てる。千裕は構わずに靴を履き、丁寧に紐《ひも》を編み上げていく。片方を結び終え、もう片方をと足を入れ替えると、その動きにもベッドが派手にきしんだ。

悲鳴のようなその音に、千裕はぱたりと尻尾を落とす。

(……なんか、なあ)

最近、ベッドのきしみが派手なのである。

そもそもこのベッドは、見た目こそ新しいが、実際にはハリルが置いていったものなのでかなり古い。そしてこの店が中古だったことを考えると、ハリルの前の持ち主の代からここにあった可能性すらあるのだ。

(ちょっと寝返り打っただけでもきしむし)

おかげさまで、ミシェイルとの触れ合いはもっぱらミシェイルのベッドである。あちらとて小さく狭いベッドだが、こちらのベッドより足が低く重心が下なので、安定感はこちらよりもありそうだ。

(借金を返済し終えたら、まずはベッドだよな)

というのは、ずっと千裕が考えていることだった。

(その時にはダブルベッドにするんだ。そんでミーさんと毎晩一緒に寝るんだ)

というのが、密《ひそ》かな夢なのである。

(だからそれまで、頑張ってくれよなベッド)

千裕はいたわりをこめて、マットレスを撫でた。

けれどもそんな願いも慰めも空《むな》しく――。

立ち上がろうとした千裕がつけた、わずかな反動。それにすら耐えられず、ベッドの枠がばきりと砕けたのである。腰の下から響いた凄惨《せいさん》な物音に、立ち上がり損ねた千裕が落下する音までもがかぶさる。

「すごい音がしたよ？　なに!?」

あわてて部屋に駆け込んできたミシェイルが目にしたのは、中央付近から折れたベッドと、そのくぼみに背中を嵌《は》めたまま呆然《ぼうぜん》と天井を見上げている千裕の姿だった。

「チヒロ!?」

「ミーさん……」

「ね、ちょっと、大丈夫？」

ぼんやりと首をめぐらす仕草に、怪我でも負ったのかとあわてて、ミシェイルは駆け寄った。千裕が差し出した両手を摑み、そうっと引き起こす。ミシェイルの手を借りつつも、己の腹筋で身を起こした千裕は、彼の横に立つとこきりと首を回した。

「怪我はない？」

「あ、大丈夫です。マットレスがあったので」

でも――、と千裕はベッドを見下ろす。

最初に折れたのは、千裕が腰掛けていた側の横枠だった。

だが、立ち上がり損ねた千裕が倒れ込んだせいで、反対側の枠までもが折れたらしい。ついでに言えば、マットレスの下の床板も、ばっきりと割れているに違いない。

千裕が慰撫《いぶ》したばかりのベッドが、今や全壊の有り様なのだ。千裕はその惨状を呆然と眺め、深いため息をついた。

「――ベッド、壊れちゃいましたね……」


「……とまあそんなわけで、とても驚いたんです」

その日の昼に、千裕は朝の惨状をセヴランに語って聞かせた。

あの後、普通にミシェイルの作った朝食を食べて彼に髪と尻尾を梳《す》かれ、普段通りに出勤した千裕である。本日は輸送の仕事であり、向かう先はイアサント。今はその途中の休憩地点で、荷駄車《にだぐるま》の陰に入り込んでいた。

支給品のパンにかぶりつく千裕は悄然《しょうぜん》と耳を折っている。地面にたれた尻尾にも揺らぎがない。いつもは機嫌よさげにふよりと漂い、わずかな動きですら輝く、金色の見事な尻尾だというのに。

「いやむしろ」

あまりにしょんぼりとしたさまがおかしいのか、セヴランは唇の端をつり上げて笑っている。

「お前が未だに普通のベッドで寝てたってことに驚きだわ。お行儀がいいんだな」

「え？」

ぱっと目を上げた千裕の注意を引くように、セヴランは荷駄車をコンコンと叩いた。

「この木。ジスレーヌ以南に生える、グディムナって木なんだが。上位種専用」

ジスレーヌは獣人国南部の街で、王都ソレンヌからは一番遠い主要都市である。

「専用？」

千裕は目をしばたたく。

「つまりな。上位種が摑んでもそうそうは砕けない、一番堅い木材なんだよ。軍施設で俺たちが使うテーブル、椅子、ベッドなんかはみんなコレでできている。官舎の家具もそうだな」

説明の最後に『わかったか？』とつけくわえて再び笑われ、千裕は大きく頷《うなず》いた。

「なるほど！　俺のベッドは、そのグディムナってやつじゃなかったわけですね」

「そそ。だからよくもまあ、今まで壊れずにいたなと」

感心したように言われて、千裕は大きくかぶりを振る。

「壊れ物だと思ってたので、すごくそっと寝てました」

大真面目に言い放つのに、セヴランはぶっと笑う。

「ご苦労なこったな。それならむしろ、壊れてよかっただろ？　新しいベッド買って、憂《うれ》いなく安眠しろよ」

「死んだみたいな表現ですね」

だが、まあ、これで吹っ切れた、と千裕も笑う。

実際のところ、アデライドの修理費を払い終わるまで保たないのならば、早めに壊れてくれてよかったのだ。

新しいベッドを買うだけの資金は、実はすでに持っている。ハリルの店で働いていた間の給金だが、修理費として差し出そうとしたそれを、ハリルは受け取ってはくれなかった。『もしもの時のためにとっておけ』と諭《さと》されたのである。

まさかベッドを買い換えるのが『もしも』に当たるとも思えず、日延べさせてきたのだが。

（買わなきゃしゃーないよな。俺のベッドないもん）

今朝、ミシェイルには、壊れたベッドの始末だけは頼んできた。業者を呼び入れて適当に処理してくれるとは思うが、新規購入までは任せていない。

それは、ミシェイルと二人で寝てもゆとりのある大きなベッドを、千裕が自分で購入したいという気持ちがあったからだ。

「そのグディムナ製のベッドって、もしや軍施設でも売ってます？」

上位種官舎に搬入している家具もグディムナ製ならばと千裕が問えば、セヴランは頷いた。

「民生課だな。官舎関係はそっちが窓口だ」

ただし、とセヴランは重ねて口を開く。

「課では宿舎にあるような味気ない家具しか扱ってない。飾り気のある家具が欲しけりゃ、家具屋に行け」

イアサントから王都に戻った千裕は、ひとまず家具屋に駆け込んだ。

王城内には軍関係の施設も多く建てられ、それらをひっくるめて軍施設と呼ぶ。そこには、軍属の上位種達が家族と共に住む官舎も含まれる。王城と王都はそれなりの距離と高低差があるために、軍施設内には商業施設もひと通り揃《そろ》っていた。セヴランの教えてくれた家具屋もそのひとつで、王都の家具屋では取り扱いの少ない上位種用の家具を専門に取り扱っているらしい。

西陽の差し込む店内でのどかに店じまいの時間を待っていたらしい店主は、千裕の訪れを歓迎してくれた。だが、事情を話すと穏やかな顔をくもらせる。

「ベッドねえ、ちょうど切らしてるんだよね」

そして見せられたのは、見本帳である。

「今発注かけているのはこのあたり。五日か六日後には届く予定。これ以外だと時間がかかるよ」

ひと通りの説明を受けて見本帳を借り受け、千裕は店を後にした。

再び宿舎に戻って入浴と夕飯をすませ、軍嚢と見本帳、そして寝袋を持って王都へと下りる。

闇に浮かぶアデライドの光にほっと息をつき、窓越しに見える店内が盛況であることを喜びながら、裏に回り、厨房へと入る。

「イブキ君、おかえり」

厨房には忙しく立ち働く影が二つあるが、一番に反応してくれるのはやはりミシェイルだ。

優しげな微笑みにつられるように笑顔を作り、千裕は尻尾の先をぴるぴると振るう。毛が舞うとハリルに怒られるので、少しだけだ。二日ぶりに番を目の当たりにした喜びを、その程度の尻尾の動きですませるのは、実際のところは至難《しなん》の業《わざ》なのだが。

「ただいま」

「イブキお疲れー」

「店長もお疲れさまです」

尻尾を振るえぬ分の喜びをこめて、千裕はミシェイルに近づくとその香りを堪能《たんのう》し、耳を舐める。その途端《とたん》に充足感が胸に満ちて、千裕は頬をほてらせた。

(うおお、幸せ)

さすがにひと目のある店内で抱き締めることもできず、手は肩に置いただけだ。思うさま抱き締めたいと思いつつ、離れがたさに再び耳を舐める。しぴぴっと動いて逃げた耳に、ゆるく巻いた灰色の髪がかかる。

振り向いたミシェイルは、はにかむように微笑みながら、千裕の手を撫でた。いたわりのこもった仕草だった。

「お疲れさま。上でゆっくりしておいでよ」

そう言われては仕方がない。未練を残しつつも、千裕は身をもぎ離す。ともすれば陶然《とうぜん》と味わい続けてしまいそうになる、実に魅惑的な番の香りに後ろ髪を引かれるが、二人きりになれるまで我慢しなければならない。

千裕は住居に上がると、居間のオイルランプに火を入れた。借りてきた見本帳をローテーブルの上に置き、自室へと向かう。

ベッドのなくなった自室は、実にがらんとしたものだった。

どうやらミシェイルは、きちんとベッドの始末をつけてくれたらしい。掃除もすませてくれたのか、床には砂も塵《ちり》もなく、清潔である。そのことに感謝をしつつ、千裕はガランと空いた床に軍嚢と寝袋を置き、着替えをすませた。

その後アデライドの営業も無事終了し、千裕は厨房に下りて後片付けを手伝う。ほんの一ヵ月ほど前まで働いていたので慣れたものだ。ミシェイルは申し訳なさそうに「休んでていいんだよ」といつも言うが、それを聞かずにいるのは千裕自身だった。

(だって早く終わらせて、二人きりになりたいもんな)

手早く店じまいをして、ハリルが帰っていく。

「じゃーな。お疲れさん」

「はい。お疲れさまでした」

その背を見送り、ミシェイルがエプロンを脱いだ。まるでそれが合図だったかのように、千裕はその背に寄りそう。

「ミーさんも、お疲れさまです」

「チヒロもね」

ようやく抱き締められるとばかりに、細い身体を腕に囲い、抱き寄せる。しなやかな感触を味わいながら、髪に鼻先をうずめて番の香りを堪能する。

(わー……、癒やされる)

先ほど中途半端に終わった分まで存分に楽しんでいると、ミシェイルが身じろいだ。

恥ずかしさの方が勝るのか、千裕に対するミシェイルの反応はまだ硬い。元々奥手の性格で、他人との接触にも慣れていないのだろう。番成立からまだ一ヵ月と少しということもあり、千裕は腕の力をゆるめた。

「風呂行ってきますか?」

このまま抱き締め続ければ、そのうちミシェイルは「油臭いから」と言い出すのだ。今日はそれを言われる前に、千裕はミシェイルを解放した。

二階へと階段を上がる彼の後を追いながら、

「ベッドの片付け、ありがとうございました」

と礼を伝える。

「俺は適当にまとめただけ。業者さんが持っていってくれたんだよ」

明かりを灯《とも》した居間に入ったミシェイルは、ローテーブルに置かれた見本帳を見つける。

「ベッド？」

「ええ。後で二人で選びましょう」

何気なく千裕がそう言うと、ミシェイルは不思議そうに千裕を見返す。

「チヒロのベッドだよね？」

千裕もミシェイルを見返したが、すぐさま合点《がてん》がいった。

「ああ。あの、次は二人で寝られる大きなのにしようと思っているんですよ」

千裕は照れもなく言いきる。だが対照的に、ミシェイルは目を瞠《みは》った。

灯火の橙《だいだい》を映して、ミシェイルの瞳が緑色に光る。見開かれた大きな瞳はきらりと輝いたものの、一瞬で伏せたまぶたに隠されてしまう。

ミシェイルの反応に心臓をはねさせた千裕は、かがんで彼の顔を覗き込んだ。

「嫌ですか？」

問うたものの、答えは待つまでもなく知れた。ミシェイルは頬を染めていたのだ。

(恥ずかしいだけか)

ミシェイルはぱっと顔をそむける。

千裕はほっと息をついて、ねぎらうように彼の背を叩いた。

「お風呂、行ってきて下さい。上がってから、続きを話しましょう」

小さく頷いたミシェイルは、軽い足音を響かせて居間を出て行く。

千裕は居間のソファに腰掛け、見本帳をぱらぱらとめくる。ベッドの形状と細部の装飾が描かれ、彩色されている。その脇には、おおよその金額と納品までにかかる期間が記載されていた。特に選ぶでもなく眺めていると、やがてミシェイルが戻ってきた。

濡れた髪を銀色にきらめかせながら、少し戸惑うように首を傾げている。

「さっきはごめんね。ちょっと予想外だったから、びっくりして感じ悪かったかも?」

「あ、いえ。こちらこそ、何の相談もなしに」

千裕としては、広いベッドでミシェイルと眠れるのは喜びだ。なのでそんなに意外であったり照れられたりする理由が、いまいちピンと来ない。

(んー、でも、ミーさんの方から『大きなベッドに買い換えるから、一緒に寝てね』って言ってきてくれたら、照れるかも。嬉し恥ずかしってやつかな)

とりあえずミシェイルは照れただけだ、嫌がってはいなかったと感じ取っていた千裕は、自身にわかりやすい解釈を行う。

「二人用の大きなベッド? どれを買うんだい?」

隣に腰掛けたミシェイルが、遠慮がちに見本帳を覗き込む。その彼の膝に、千裕は見本帳を滑らせた。

「俺はいまいち、こういうの、わからないんですよね。ミーさん、選んで下さい」

「え。俺が？」

「ミーさんの好みでいいですよ。色とか、好きなのを。それに合わせてカーテンとかも替えてもいいですし……今すぐじゃないですけど、そのうち」

色にも形にもこだわりがない千裕は、つまるところ、ミシェイルさえいればいいのだ。そしてミシェイルが、そこにいてくつろげるような彼好みの部屋にしてくれればと思う。

「じゃあ……」

真剣に見本帳を吟味《ぎんみ》し始めたミシェイルは、最終的に、装飾はほぼないが曲線が美しいベッドを選んだ。色は、自然のままの木目に透明な油剤を塗り込んだだけでいいらしい。

「では明日、注文してきますね」

「俺も休みの日に、シーツとか買ってくる」

「あ、そっか。今までのは大きさが違うから、使えませんもんね。じゃ、お願いしていいですか？」

「うん」

ミシェイルの注文を書いた書付を見本帳に挟み込み、ローテーブルに置く。壁に目をやると、時計の針は普段の就寝時間をすぎている。

「チヒロ、今日の夜どうするの？」

ミシェイルがそう訊いてきた。

夜のお誘いかと、千裕は目を瞠る。すると、ミシェイルは、千裕の誤解を瞬時に悟ったのだろう。

頬を赤く染めて、首を振った。

「ち、違う違う。ベッドないから、どうするのかなって。俺と一緒のベッドで寝るのかなって」

「ああ、ええと」

ミシェイルから誘ってくることなどなかっただけに、残念に思いながら千裕は、昼間にセヴランから聞いたグディムナ材の話をする。

「ですから、ミーさんのベッドまで壊したら駄目ですし。グディムナ製のベッドが届くまでは、俺は自分の部屋で寝ることにします」

「でもベッドないよ？　居間のソファでも運び込もうか？」

よくわからない、という顔をするミシェイルに、ああ、と千裕は悟る。

野宿の経験もないミシェイルには、地面や床で寝るという発想がないのだ。

「いえ、大丈夫です。軍の寝袋持って帰ってきましたし」

ミシェイルは目をしばたかせた。

「寝袋――床で寝るの？」

「そうです」

元々板間や畳に布団を敷いて寝る国から来た千裕にとっては、なんでもない行為だが、ミシェイルには奇妙に感じられて仕方がないらしい。

千裕はミシェイルを部屋に導いて寝袋を示すと、それを彼の目の前で広げてみせた。

脇のボタンを留めていない寝袋は長方形に広がり、その上に千裕は寝そべってみせる。軍の野宿の場合は、冷え込む朝にはボタンを留めて袋状にすることもあるが、だいたいはこのままだ。

ミシェイルは床に寝転んだ千裕を見て、少し驚いたようだった。

「へえー、なるほどね」

感心した歓声をあげ、

「でも背中、痛くない？」

と眉をひそめる。

千裕は肩をすくめながら起き上がり、寝袋の上にあぐらをかいた。

「仕事だと地面で寝ますから」

それに比べればマシです。と言外に告げると、ミシェイルも千裕の真似をするように肩をすくめる。

それから「あ」と、軽く手を打ち鳴らした。

「そういえば俺、とっといたんだよ」

ミシェイルはぱっと部屋を出て行き、すぐさま戻ってきた。

「あ」

彼が抱えたものを見て、千裕も歓声をあげる。

「マットレス」

「うん」

おそらくは千裕が使っていたマットレスなのだろう。千裕の故郷のものほど厚みも弾力もないそれは、言ってみれば和式の敷き布団のようなものだ。三つ折りにしてどこかにしまっていたらしいそれを、ミシェイルが運んできたのだ。

「捨ててなかったんですね」

「もう古いから捨ててもいいかなって思ったんだけど、……捨てるのはいつでもできるしさ」

物持ちのよさを恥じるように、少し口ごもりながらミシェイルはマットレスを差し出してくる。千裕はにこっと笑ってそれを受け取った。

「そうですね。取っておいてもらえてありがたいです」

マットレスを床に置き、広げていた寝袋を撤去する。

開いた場所にマットレスを伸ばせば、不思議なほどに『寝床感』が増した。

千裕はクローゼットの引き出しからシーツを取り出し、マットレスに掛けていく。その間にミシェイルは、千裕の枕と毛布も運んできてくれた。留守の間に洗ったり干したりしてくれたのか、手触りがぱりっと清潔である。

「ありがとうございます」

いそいそと枕を並べ、毛布を掛ける。

部屋の一角に出来上がったそれを見て、千裕は思わず表情をゆるめた。

千裕の唇から転げ出た、聞き慣れない言葉に、ミシェイルが目を瞬かせる。

「寝床だ……！」

「ネドコ？」

「ええ。俺の故郷では、こうやって床に寝具を広げて、それを『布団』とか『寝床』って呼んでいたんですよ。わあ、なんか懐かしいなあ」

千裕は靴を脱ぎ捨て、彼の言うところの寝床に上がり込む。シーツと枕、そして毛布。それらが行儀よく配置されたそこには、確かに何かしらの特別感が漂っていた。単なる床の一角にすぎないはずなのに、柔らかな布物のせいで、とても居心地よさげに見えるのだ。

そこに座り込んで、枕の形を整えている千裕は、満足げな微笑を浮かべている。

「ベッドはなかったの?」

「ありましたよ。まあ、好き好きですかね。ベッドで別々に寝る家もあれば、みんなの布団を並べて家族全員で寝る家もあり」

千裕の説明を聞いたミシェイルは、ふいに部屋を出て行った。ひと言もなく去ってしまったので、どうしたのかなと様子をうかがっていると、がたがたと物音が響いてくる。

やがて戻ってきた彼は、腕にマットレスと枕、それに毛布をかかえていた。

それを見た千裕は、耳と尻尾をぴぴっとはね上げる。

(うわ、なにそれ……!)

嬉しさに一瞬で上気させた顔をミシェイルに向けると、ミシェイルは恥ずかしそうに目線をさまよわせた。

「――俺も隣で寝てもいいかな……?」

すでに寝具一式を持ち込んでいるくせに、そんなおうかがいを立ててくるのである。

一瞬だけ上目遣いに見られ、すぐさま伏せられた目に、千裕は胸を高鳴らせた。

「ハイ! お願いします!」

心臓をドキドキ言わせながら、やたらと威勢のいい返事を響かせる千裕。

(だってコレ、めちゃくちゃ嬉しいやつじゃん……!?)

滑稽《こっけい》なほど浮ついている己を笑い、内心で自己弁護を展開する。

なにせほんの少し前までは、ミシェイルには二人で一緒に寝るという発想がなかったのだ。

もちろん、事後に流れで同衾《どうきん》することはある。二人で眠ること自体には、ミシェイルも抵抗がないのだとは思う。だが二つあるベッドはどちらもひとり用の小さなものなので、致さない日はそれぞれのベッドでひとりで眠っていたのだ。

それこそ、同居していた頃のままに。

まだ、番成立――つまり二人が枕を交わすようになってから、一ヵ月半ほどしか経過していない。しかもその期間、毎夜共にいたわけでもない。千裕の仕事の関係で外泊が挟まるので、実際に家にいた日数は、その半分ほどだろうか。

ミシェイルの中ではまだ、単なる同居人だった時の感覚の方が強いのかもしれなかった。それと、なにかにつけて一歩引いたところのある彼の性格。それのために、二人の距離はじわじわとしか縮まらない――けれど、それからすれば、了承を得る前に寝具を持ってきた行動は、彼にしては衝動的なものに違いなかった。

ミシェイルが床に降ろした寝具を、二人で整える。千裕のマットレスと隙間なく隣り合わせに並べ、シーツをぴしりと折り込む。二つ並べた枕は、心もち中央に寄せた。

寝る直前に二人で寝具を整えるのは、実は初めてだ。

千裕もミシェイルも無言でいるが、どちらもお互いを意識してぎこちなく、高揚《こうよう》した顔つきになっている。まるで、新婚初夜のような初々《ういうい》しさである。

(な、なんかこう……『初めてのお泊まり』みたいな雰囲気だな)

千裕は元から靴を脱いでいたが、いつの間にかミシェイルも素足になっていた。

ぴしりと整えた布団の上で膝をつき合わせ、二人、雰囲気を持て余す。

恥じらいのままに毛布をまさぐっていたミシェイルが、やがて口を開いた。

「これが、チヒロの故郷のネドコなんだね。家族でこんな風に並べて寝るのかぁ」

ミシェイルがそう言うのを聞いて、千裕は気づいた。自分から寝具を持って押しかけてくるなど、彼らしくもない積極さだと思っていたが。

(番だけど家族だもんなあ)

照れと恥じらいが先に立ち、なじむにはまだ時間がかかりそうなミシェイルだが、きちんと千裕を番や家族——千裕の感覚で言えば夫婦——として愛慕してくれているのだ。そのことにじーんと感動する。

そして、故郷を懐かしんだ千裕の様子を、わかって思いやってもくれたのだろう。

(ミーさん優しいなあ)

胸の内にじわりと、喜びという名の熱がこみ上げる。

(嬉しい。ありがとう)

子どもじみた単純な好意と感謝、名状しがたい愛情が胸に湧き上がる。

だが結局口に出せたのは、

「ミーさん大好きです」

という簡素な言葉だけだった。

千裕にとってそれは、胸に渦《うず》を巻く重苦しい恋情を伝えるにはとうてい力不足な、軽い言葉にすぎない。だが、ミシェイルにとっては、不意を狙って、研ぎ澄まされた矢を射《い》込まれたようなものだったのだろう。

ひくっと息を詰めた彼は、頰を更に赤く染めながら、灰色の耳をせわしなくぱたつかせた。

「お、俺も……」

チヒロが好き——歯切れ悪く続く言葉は、それでも、恥ずかしがりなミシェイルの精一杯の言葉なのだ。消え入りそうに小さな声だが、千裕の耳と心には澄んだ鈴の音のように清澄に響き、染みわたる。

その余韻を壊さぬように、千裕はそうっとオイルランプの火を吹き消した。

ふっと闇に包まれた部屋の中に、月明かりが細く差す。よろい戸の隙間をぬって忍び込むその光を映して、闇の中にミシェイルの髪がきらめく。淡い銀の輝きだった。

「……もう寝ますか?」

その輝きをまぶしげに眺めながら、千裕は手を伸ばした。

「寝なくてもいいのなら——」

囁きながら白い手を引き寄せ、その甲に唇を落とす。

ミシェイルはわずかに身体を揺らがせたが、握られた手を引き抜くことはしなかった。

「……まだ、寝なくてもいい」

どことなく気取った答えを、ミシェイルは返してくる。

だが、闇を透かし見るに、彼は澄ましているわけではないらしい。明かりの下にいる時のようにはうつむかず、照れもせず、彼は甘く柔らかな微笑を浮かべている。

どうやら、千裕が闇を見通す上位種の目を持っていることを失念しているようだ。いつものように

恥じらい隠れることを忘れ、無防備で無邪気な、素直な笑みを見せていた。

千裕は、その笑みに見惚れた。それはつまり、『千裕に求められることが嬉しい』と、そう書いてあるような、嬉しげで色気のにじんだ笑みだったのである。

本人には内緒でそれを目の当たりにしてしまった千裕は、思わず固唾《かたず》を呑《の》んだ。そして間髪《かんはつ》いれずに彼を引き寄せ、唇を重ねながら押し倒す。

唇をついばみ舌を差し入れるのに、ミシェイルはおずおずと応《こた》えてくる。積極的ではないが、かたくなでもない。素直だが物慣れない様子がかわいい、と千裕は思う。

千裕の求めに応えて必死で舌を絡め、途切《とぎ》れがちに息を吸う。触れられるとびくりとするくせに、その肌は千裕の手になじみ、やがては柔らかく体温を溶け合わせるのだった。

家具屋に行ってベッドの発注をしたが、

「この型だとおそらく半月ほどかかる」

と言われた。

千裕は鷹揚《おうよう》に頷いた。

実際のところ、ベッドがなくとも不便を感じなかったのである。

(不便どころか)

千裕は、昨夜を思い返してみる。

ひとり用のマットレスを二つ並べたものだから、広さはいつもの倍になった。普段、狭さともろさを慮《おもんぱか》りながら致していたのだが、ずいぶんと自由になった。

(ミーさんが手足や頭を壁にぶつけなくなったしな)

広さのおかげで、繋がったままでの体位変更も容易となった。しかも床敷きなので、多少マットレスから身体がはみ出たところで落ちる心配もないのだ。

(んー……今のダブル布団がダブルベッドになると、なんかメリットあるかなー?)

想像してみるが、ぱっとは思いつかない。

だがそれでも注文を通して、千裕は店を後にした。


そして日は過ぎ、注文したベッドの到着まであと数日となったある朝。

起床にはまだ早い、未明と言ってもよい時刻に目覚めた千裕は、喪失感に耳を伏せた。

(あ、まただ)

寝る時には寄りそっていたミシェイルが、遠いのである。

寝る位置は、壁側に千裕、開けた方にミシェイルだ。

身体の大きな千裕と壁との間に挟まれるのも、圧迫感がありすぎるだろうと、その位置決めとなったのだが。ひとり用ベッドに二人で寝ていた時とは違い、広さがある。落ちる心配もないので、ミシェイルは自由に転がって、のびのびと寝てしまうようだ。今日も今日とて、マットレスぎりぎりの位置に移動している。

それを見て、千裕は悲しそうに眉を寄せた。

腕を伸ばせば届くし、抱き寄せることもできるが、起こしてしまっては申し訳ない。千裕が転がってミシェイルに抱きつくのも、震動で起こす恐れがある。

ミシェイルの安眠を妨《さまた》げたくはなく、千裕は密《ひそ》やかなため息をもらした。

（淋しい）

せっかく二人で寝ているのに、なんだか遠いなあ。そんな切なさをつのらせながら、千裕は目を閉じた。


「おいイブキ、手紙！」

カサンドラ帰りの隊室に、セヴランの声が響く。

隊室のドアには受取箱が設置されていて、私信、緊急性や重要性の低いお知らせなどはそこに届けられている。留守の間に溜まったそれを分類していたセヴランが、白い封筒を抜き出した。

「あ、多分家具屋からです」

軍嚢を肩に今まさに隊室を出ようとしていた千裕は、あわててセヴランのもとへと戻る。

「ん」

「ハイ——やっぱり」

渡された封筒の裏書きをあらためため、頷くと、千裕は封を切った。

「ベッド来たのか？」

「ええ。二日ほど前に届いてたみたいですね。……どうしよっかなあ。明日明後日はせっかくの休みなのに、ここまで来るの面倒だ」

「自宅に配達してもらえばよかったのに」

「仕事中のミーさんに対応させるのも悪い気がして」

なんでもミーさんミーさん、と混ぜっ返したセヴランは、

「家具屋に荷駄車借りろよ」

と真面目に忠告をくれる。

「おお」

「悪いが軍の荷駄車は貸してやれないから、家具屋に荷駄車がなかったら今日は諦めろ。街の貸し車屋で借りて、明日引き取りに行け」

「貸し車屋」

そもそも荷駄車という発想がなかった千裕は、感心しきりである。マットレスも含めた巨大な荷物を、担《かつ》いで何度か往復しなければならないと思っていたので、一度の運搬ですむ荷駄車はありがたい。

「じゃ、早速行ってみます。お疲れさまでした！　先輩ありがとうー！」

隊室から一路、夕映えの空の下、家具屋へと向かう。

支払いをすませ、荷駄車も無事借り受けることができた。

家具屋には「明日、ウチが運搬してもいいんですよ？」と恐縮されたが、千裕はそれを断った。

「自分で今日運んじゃえば、今晩から新しいベッドで眠れますから」

寝床生活でも不便はないが、新しいものは単純に嬉しい。

千裕は借りた荷駄車に、マットレス、枠、床板などの包みをひょいひょいと積載していく。

「ありがとう！　車、すぐに返しに来ます」

「はい。こちらこそどうもどうも。もう店は閉めちゃうから、裏口につけといて下さいな」

見送る店主に丁寧に頭を下げて、千裕はアデライド目指し、荷駄車を曳《ひ》いて駆ける。

アデライドに到着すると、何はともあれミシェイルの顔を見ずにはいられない。厨房に入り、「おかえり。お疲れさま」と微笑んでくれる彼にくっついて、耳を舐める。抱き締めたくて離れがたいのもいつも通り――それどころかカサンドラ行きの仕事で七日ほど離れていたために、いつも以上にミシェイルに飢えているのだが――頑張って身をもぎ離して、ハリルにも挨拶《あいさつ》をする。

続けて、ベッド搬入の許しをもらい、普段は施錠されている出入り口を開けてもらう。その出入り口は外と事務所を繋ぐもので、事務所の中には、ミシェイルと千裕の住居である二階に上がる階段があるのだ。

千裕は手早く搬入だけをすませ、カラの荷駄車を牽引《けんいん》して家具屋まで取って返す。言われた通りに裏口に荷駄車を戻し、自分は軍の宿舎で入浴と食事をすませた。そして今度こそアデライドに帰宅し、自室にこもる。

寝床を撤去して、空いた場所にベッドを組み立てる。

特に難しい箇所もなく枠を組み上げ、床板を置き、真新しいマットレスを設置する。

「おお……」

油紙に包まれている時から、その形状からして折られていないことも、厚みがあることもわかっていた。が、いざ出して目の当たりにすると、旧マットレスとの違いに感激した。

「すごい！　分厚い！　ふかふか！　ちょっと弾む！」

厚みは旧マットレスの三倍近くあるのではないだろうか。

「へー、この世界でも技術の進歩とか、あんのかね」

故郷の気忙しい技術革新に慣れた身には、こちらの世界は停滞しているように思えるが、実際はそんなことはないのだろう。

新品のベッドに膝を乗り上げ、ぐいぐいと体重をかけてみるが、ベッドはぎしりとも音を立てない。

（さすが上位種専用）

これならそうそう壊れることはないだろう。

ミシェイルが買い置いた新品のシーツへと掛け替え、二人の枕を並べる。それぞれの毛布も畳んで足元に置く。

寝床状態の時も居心地はよかった。だがベッドを設置すると、部屋感が増した。手を掛けられ整えられた、『しっかりと生活している』感が増したように思う。

（合宿雑魚《ざこ》寝《ね》生活が、ちょいセレブな若夫婦生活になった……！）

千裕はそんな感想を抱いたが、それはミシェイルとは共有しえない、故郷の感覚を引きずったものだった。これに共感できるものは、この世界にはいない。

実際、仕事を終えたミシェイルは、ベッドを見て、

「わあかわいい。飾り気なくあっさりしてるのに、この曲線がすごくかわいいんだよね」

とベッドの枠を褒めそやしたのだ。

千裕自身はそんな感想を持たなかったので、

(世界の差とかじゃなくて、感性の問題でもあった)

と苦笑いした。

そう思ってしまえば、この世界にひとりきりの――同郷人がいない孤独も霧散《むさん》する。結局は個対個なのだ。

うっとりとベッド枠を撫でているミシェイルに、ベッドに腰掛けた千裕はぴとりと抱きつく。

「気に入って頂《いただ》けてよかったです。ありがとうございます」

「チヒロのお金だよ？　お礼を言うならこっちだよ。ありがとうね」

それからミシェイルは、マットレスの表面に指先を滑らせた。

「マットどう？　枠が安かったから、マットレスは一番高いのにしちゃったんだよ。寝心地よさそうかな？」

「あ、はい！」

千裕は喜色《きしょく》を浮かべ、尻尾を振り立てた。腕をゆるめてミシェイルを解放し、隣へと誘う。

「ふかふかで柔らかくていい感じです！」

子どもじみた率直な感想を告げる千裕に、ミシェイルは面映《おもは》ゆいような笑みを向ける。そしてその隣に座って、ぽふぽふと弾んで心地を確かめると、すぐに立ち上がった。

「新品のベッドに油臭いのがついたら嫌だから、お風呂入ってくるね」

そう言い置いて千裕を流し見た眼差《まなざ》しには、常にはない色気がある。

どきりとしながら彼を見送った千裕は、いそいそと、ベッドとサイドテーブルの位置を調整した。

そしてその引き出しの中をあらためる。気ままな寝床生活で、マットレスの下に挟んでしまっていた潤滑油——今は隅の方の床に転がっていた——をあわてて探して拾い上げ、引き出しに入れる。

期待と飢えに胸をそわそわさせながら待っていると、やがてミシェイルが戻ってきた。

「このベッド、ネドコよりもちょっと狭いね」

湯に頬をほてらせたミシェイルは、照れ隠しのようにそんなことを言う。そして、サイドテーブルに置いたオイルランプを、ふっと吹き消した。

身体が深く沈み込み、弾みがつきやすい。

そんな感想を千裕は抱いた。というか、場違いに冷静なことを考えて気をまぎらわせないと、ひどくしてしまいそうなのだった。

潤滑油で念入りに解きほぐしたミシェイルの中は、滑りこそいいものの狭隘《きょうあい》だ。そこに自身を受け入れてもらい、繋がったはいいものの、新品のマットレスの弾みがよすぎて、思った以上に勢いがついてしまったようなのだ。

「……ッ」

唇を噛むミシェイルの吐息は、微妙に悲鳴じみていた。

いつもならそうっと繋がるところなのに、ひと突きであまりにも深くまで入り込まれてしまったのだ。無理もない。他種と上位種。そもそもの体格が違うので、はじめは本当に気を遣う。

「す、みませ……ッ」

身体をこわばらせたミシェイルの内部に自身を食い締められ、千裕は深く息を吸い、深く長く吐く。

そうやって気を散らさねば、衝動のままに動いてしまいそうだった。

「う……ん。平気。なんか、いっつもと、違うね……？」

はふっと息を吐いたミシェイルは、申し訳なさそうな顔をしている千裕に対し、なだめるように微笑む。

「新しいマットレスの反応がよすぎて」

「反応って」

表現のおかしさに、ミシェイルは軽く声を立てて笑った。

それがさざなみのように内部に伝わり、千裕は一気に余裕をなくす。

「ミーさ、」

「ん。動いて。……マットレスのせいなら、慣れなきゃ？　慣らさなきゃ？」

いつになく饒舌《じょうぜつ》なミシェイルである。からかいを帯びた口調だが、それが努力してのものであることは予想がついた。千裕を思いやってくれているのだろう。彼の優しさに千裕はこくりと頷き、ゆるゆると動き始めた。

ゆるい抽送《ちゅうそう》が次第に速度を増してゆき、ベッドの反動がそれを加速させる。いつも以上に身を揺さぶられ、柔らかなマットに沈み込む背の角度が、繋がりを深くする。

予想外に速く深くなる動きに翻弄《ほんろう》されるのは、ミシェイルだけではなく、二人ともだった。

千裕はすみませんと謝りながらも、ミシェイルに覆いかぶさり、腰を振り続ける。その動きを妨げる気のないミシェイルは、揺さぶられるままに、掲げた両足を揺らしていた。

千裕の動きに合わせて細い腰をくねらせながら、自らの手で押さえた腿を、胴へと引き寄せる。それによって結合は深まり、自由に動けるようになった千裕が更に本腰を入れることになる。ミシェイルにとっては自縄自縛《じじょうじばく》のようなものだが、それでよかった。千裕の負担にならず、愉《たの》しんでもらえれば本望なのだ。

けれども、そんな理性もやがては決壊する。

ミシェイルの身体が千裕の動きになじみ、きつく緊張していた内部が柔らかくほどけ出すと、途端にそこは快楽を拾い始めるのだった。

「あ」

ミシェイルのもらす吐息が、色を帯びてゆく。千裕の動きに合わせるかのように吐かれる息は、やがては音を伴《ともな》いあえぎとなって、細く高い嬌声《きょうせい》へと変わってゆく。千裕は彼の反応を見定めながら、深く自身を突き入れる。

「アっ」

最奥《さいおう》をえぐられ、千裕のすべてをおさめられ、ミシェイルがひときわ高い声をあげる。悲鳴じみた声にぶるりと耳を震わせた千裕は、更に奥を目指すように腰を回す。

「ふぁっ、あ、や、ぁッ……ん——！」

最奥をこじ開けられる恐怖とそれを凌駕《りょうが》する快楽は、毎回ミシェイルを、普段のミシェイルではなくしてしまう。

みっともなく取り乱してすがるものを求め、千裕に抱きついてしゃくり上げる。身体はミシェイル自身の思うようにはならず、その内部ははしたなく収縮して、千裕を搦《から》めとるのをやめられない。

「や、ダメ、や、やッぁ」

うわごとのように繰り返すのは、千裕に対してではない。

彼に攻め立てられて喜んでいる、自身の身体に対してだ。

「ダメ？　イヤ？」

取り乱すミシェイルを抱き上げながら、とろけるような甘い口調で千裕が問う。囁きに耳をくすぐられることにさえ感じてしまうミシェイルは、むずかるようにかぶりを振りながら「ちがう、ちがう」と繰り返した。

「違うの？」

何がどう違うのか、説明するだけの理性は今はない。問いを掛けながらも、向かい合って抱き上げたミシェイルを下から突き上げる千裕。その動きのすべてに感じ入るミシェイルは、ぺたんと伏せた耳先を震わせた。

「んあ、あ、あ、……んんッ、あっ」

答えを得る気が失せたのか、ミシェイルの背を抱いていた手が尻へと下りてくる。白い尻たぶを摑みもみしだきながら、上下に揺さぶられる。激しい動きに、さすがのベッドもぎしりと音を立てた。

新しいマットレスの弾力が更に弾みをつけ、ただでさえ深い結合が更に深く、勢いづいたものとなる。

「ん、すご……」

たまらない、と言いたげなうわずったうめきを、千裕がもらす。ミシェイルは彼のそんな声を、初めて聞いた。

ふわっと頬を色づかせた彼は、感極まったように番の名を叫ぶ。

「チヒロ……っ」

自分との行為で、千裕が気持ちよくなってくれているのが、嬉しい。嬉しいしいとしいしかわいいと思う。胸に満ちる切ないようないとしさを持てあまし、ミシェイルは千裕の頬にするりと頬を寄せると、小さく唇を開いて舌を突き出した。

ほんの少しだけ、おずおずと出した舌で千裕の唇をつつくように舐めると、すぐさま熱い舌に搦めとられた。

「ん、ん――!」

呼吸を奪うようなキスに、思考が溶けていく。

「あー……」

「ミーさん、気持ちいい?」

問われて啼《な》くようにうんうんと頷き、千裕が忍び笑いをあげるのを、夢うつつのように聞く。

すっかり行為に酔いしれているミシェイルを、千裕は容赦なく責め立て始めた。深いキスを続けたまま、片手でミシェイルの屹立をまさぐり、もう片方の手で尻を引き上げては下から腰を打ちつける。口をふさがれあえぎすら奪われ、逃せぬ熱がミシェイルの裡《うち》で高まっていく。どくんと、体内にこだまする己の心臓の音すらもが聞こえるようだった。

「んー……、ん、んんっ、は、ぁ」

逃せぬ熱が肌を染め、ほてった身体は敏感さを増していく。身をくねらせて胸を震わすミシェイルを見て、千裕は笑った。

「かわいいなぁ」

本当に、心の底からそう感じている。それが口からまろび出てしまった——それはそんな、柔らかでいとしげな口調だった。

ミシェイルはこの時ばかりは反論を思い浮かべることなく、嬉しさに甘く胸をときめかせる。きゅんと内部を締めてうねらせ、千裕を悶《もだ》えさせる。

「あー、待って待って。そんな締めたら、イっちゃいそ」

千裕のあげる悲鳴すらもが、艶めいている。それを耳にしたミシェイルは、ぞくぞくとした喜びが背筋を駆けるのを感じた。

だがそれなのに。待てと言われてしまった。

「や、ぁ」

言われたからには止まらなければならないのに。動いてくれなくなった熱が恋しくて、ミシェイルは自ら尻をすりつけた。

「わ、わ、ミーさん……!」

「チヒロ……!」

尻をすりつけながらキスをねだり、千裕の唇をぺろりと舐める。積極的にねだる仕草に、千裕が低くうなり声を発する。こらえることをかなぐり捨てた、絶頂へと駆けのぼる決意をこめたうなりだった。

ミシェイルに応えてキスを繰り返しながら、千裕が本気の動きで腰を使い始める。感じる箇所を余すところなく擦られ、歓喜にあえぐミシェイル。

「ミーさん、大好きです」

ぐっと抱き寄せられ耳に吹き込まれた告白に、ミシェイルは全身を震わせた。

「や、ぁあああああ――――！」

触れられてもいない前を爆《は》ぜさせ、内部をぎゅっと収縮させるミシェイル。絶頂にはねる身体を抱きすくめ、彼の後を追うように千裕も達する。きつく抱かれ鼓動を重ね合わせながら、ミシェイルは己の内部を満たすあたたかなものを感じていた。


満たされて眠ったその夜半。

軽く頬をはたかれる感触に、千裕はぼんやりと目覚めた。

「……？」

まぶたをこじ開けて見れば、灰色の耳がぴしりぴしりと、寝たり起きたりを繰り返している。どうやら、千裕の吐息がくすぐったくて、ぱたぱたと揺れているようだった。

肝心の耳の主はといえば、千裕の肩口に額をうずめて、ぐっすりと眠っているようである。

（ミーさん……！）

久しぶりに、ミシェイルが寄り添って寝てくれている。

その歓喜に、千裕は内心で喝采《かっさい》を叫んだ。

そして思わず腕に抱き込んで、その髪の匂いを深く吸い込む。

胸を満たす熱いもの。じわじわと湧き上がる幸福感に、千裕はばたばたと尻尾を振り立てる。

「ん……？」

その振動があまりにも大きかったのか、ミシェイルがぽかりと目を開けた。

「あ」

千裕の胸にすっぽりとおさまり、両腕で囲い込まれている体勢だ。みじろいだミシェイルは、緩慢《かんまん》な仕草で首を傾げた。

「――寝づらくない？」

「俺はちっとも。むしろすっごい幸せです」

「ふうん……？」

ミシェイルは生あくびをして、元のように、千裕の肩口に額を押しつける。

「ネドコよりも狭いから、くっつかせて……落ちちゃいそう……」

小さな声の語尾が、すうっと寝息に変わる。

（寝床からベッドにするメリット、あったじゃん）

千裕は更に彼を抱き寄せながら、歓喜に胸を震わせるのだった。

「なんてこった……」

驚愕に詰めた息を吐くと同時に、セヴランは呟《つぶや》いた。呆然とした声音だった。

それはそうだろう。

いつも通りの日常の総仕上げとばかりに、いつも通りに致していたら、突如、ベッドが崩壊したのだから。

セヴランとジェルヴェ、二人が共に暮らすようになって四年。このベッドはそれを機会に購入した、新しいものだった。当然、官舎で扱うものなので、グディムナ製である。

だが、上位種専用と謳《うた》われ絶大な信頼を得ているさすがのグディムナ材も、彼らには敵《かな》わなかったようだ——上位種二人に、在宅時にはほぼ毎夜激しく揺さぶられれば、仕方のない話なのか。

ともあれベッドは、二人が今まさに致している、そのさなかに壊れた。

ジェルヴェの激しい突き上げに、セヴランが感極まった嬌声を響かせた刹那《せつな》。その嬌声を掻き消すような不穏なきしみが響きわたった。その直後にベッドの横板が真ん中からへし折れ、支えを失った床板が崩壊。繋がっていた二人は、マットレスに乗ったまま落下したのである。

ジェルヴェはさすがの反射神経を見せて、セヴランを抱きかかえた。が、そこまでだった。床板が抜けて落下していくマットレスから飛び降りることまではできず、膝から崩れ落ちる。

とは言っても、所詮《しょせん》は彼らの脛《すね》ほどの高さのベッドだ。落ちたとしてもたいしたことはない。実際、ジェルヴェは膝を、セヴランは背中を打ちつけはしたが、どちらもマットレスに守られて、痛みもなかった。

割れた横枠や床板の欠片なども、みんなマットレスに阻《はば》まれて、二人に危害を加えることはない。だからこそ、冒頭のセヴランの、危機感のない台詞《せりふ》が出るのである。

「なんなんだよ一体……」

呆《あき》れうんざりした口調で再び呟き、セヴランは首をめぐらせる。この惨状を目で見て確認したいと思うのだが、首を横に向けたところで見えるのは、いつもと違う角度のクローゼットや窓だけだ。壊れたベッドは彼が背にしているマットレスに押し潰されており、彼自身は、未だジェルヴェと繋がり合ったままなのだった。

「怪我は？」

ジェルヴェは片手でセヴランの後頭部を支え、もう片方の手をマットレスについて体重を支えている。黄色い目に覗き込むように見られ、セヴランは「ない」と答えようとしたのだが――。

「いや、ある！　どっか痛い！」

とあわてて言い換えた。

けれども、至近距離で彼の様子をうかがっていたジェルヴェに、そんな急造の誤魔化《ごまか》しが通じるはずもない。

「ないな」

鋭く断じられ、セヴランは首を振った。非常に嫌な予感がした。

「あるっつーの！」

「ないだろ」

かたくなに言い張るセヴラン。それに比例するかのように、ジェルヴェは黄色い目に猛りを宿していく。

「ほ、ほんとに――……」

往生際《おうじょうぎわ》悪く、なおも言いつのろうとするセヴランに加えられたのは、容赦のないひと突きだった。胸や肩を突かれたわけではない。もちろん、繋がり合ったままの内部である。

「ひゃッ！」

最奥をえぐられ、セヴランは悲鳴をあげる。

セヴランの腰を摑み直したジェルヴェは、彼を揺さぶり始める。

「や……！　そ、ンなッ場合、じゃ、ないだ、ろ!!」

割れ残ったベッドの床板が、容赦のない揺さぶりに再度割れないとも限らない。

こうなるような予感があったセヴランは、黒虎の胸に両腕を突っ張る。必死で遠ざけ離れようとするが、無駄なあがきだった。

「落ちる時にあんたのがすっごい締めつけてきてさ。ここで抜けとか無理だからな」

「そういう時は萎《な》えとけよ馬鹿虎ァ！」

実際セヴラン自身は萎えたし、半ば飛んでいた意識も正気に戻ったのである。セヴランはそんな自分をごく常識的だと思うし、特別弱いとも感じない。

だが、彼とは色々な意味で違う黒虎は、色々なことが彼以上に『強い』。腕力しかり性格しかり性的なあれこれや執着もしかり。

「ひぅ……ッ」

萎えろという言葉に反応したのか、黒虎がセヴランのそれを握る。摑み包まれ擦り上げる手の熱さ大きさに不意を衝《つ》かれ、悲鳴をもらすセヴラン。続けようとした罵詈雑言《ばりぞうごん》は、かぶりつくように重ねられた唇に呑み込まれた。

「っ、……は、あっ、」

ゆるく揺さぶられながら前をしごかれ、口内を舐められながら唾液を飲まされる。

黒虎の仕草は、反抗するセヴランをなだめるためにか、妙に優しげで甘ったるい。

曲がったマットレスがぎしぎし音を立てているし、その下で割れた木材ががりがりがたがた言っているというのに。こんなことをしている場合でも、する場所でもないというのに。

だが、元々たかぶっていた身体に、そんな風に優しい愛撫を加えられてしまっては、逆らうことなどできるわけがない。

ひくりと反応して、黒虎自身に絡みうねり始めた内部。自身でもそれがわかっているセヴランは、羞恥に肌を染めつつも、虎を受け入れやすいように、更に足を開く。次いで、熱に浮かされた甘いうめきをあげた。

「あー……、あぁ、もう……ッ」

それはさながら、降参の表明だ。

そしてセヴランは白い手を振り上げ、黒虎の背中をばしんと叩く。せめてもの憂《う》さ晴らしである。

それから手首を返し、番の首筋にすがりついた。

さすがの黒虎も、一度で事を終えた。

（また馬鹿みたいなことをしてしまった）

黒虎の沸かした風呂で、羞恥に悶えつつ、身体を清めたセヴラン。

風呂から上がってみれば、壊れたベッドは解体されて、細かな破片を片付けるのみとなっていた。

ジェルヴェは無理を通すが、その分よく働く。

家のことはなんでも率先して片付けるし、恩着せがましい態度を取ることもない。

（四角い部屋を丸く掃く横着《おうちゃく》さもあるから、精度はいまいちなんだけどな！）

だからたまには俺が仕上げをしなきゃならん。

そんな風にセヴランは思うものの、それが憎まれ口であるのもわかっていた。むしろ、そうやって茶化《ちゃか》さなければやっていられないほど、ジェルヴェの献身の深さを理解していたのだ。

「マットレスも捨てるのか？」

ゴミと化したベッドは、持ち出しやすいように玄関近くに集められている。家具屋に引き渡せば、処分するなり再利用するなりの始末をつけてくれるのだ。そこに、マットレスまでが巻かれているのを見つけて、セヴランは声をあげた。

「やー……」

答えづらそうに目を泳がせるジェルヴェ。セヴランが首を傾げると、

「裏、破れちゃった」

と肩をすくめるではないか。

大きな図体のくせに、恥ずかしげもなくかわいい仕草をする。そういうのを見るたびに、セヴランは複雑な気分になる。

うっとうしいとも思うが、同時に、かわいいとも感じてしまうのだ。かわいいの割合が年々大きくなっていることにも、セヴランは自分で気がついている。

「そら破れるよな」

なにせそのマットレスの裏は、致している間中、床板の割れた切っ先にえぐられ続けていたのだ。思えば、がりがりと不穏な音もさせていた。むしろ、破れただけですんだこと、突き破ってこなかったことを安堵すべきかもしれない。

「……」

怒るでも呆れるでもなく、案外普通の反応でさらりと流したセヴランに、ジェルヴェは拍子抜けしたようだ。もっとなじられ、あんな場所で続行したことをここぞとばかりに責められると思っていたのだろう。

(昔ならそうしたろうけど、俺も丸くなったんだよバーカ)

何故丸くなったのかということを問いつめられると分《ぶ》が悪いため、セヴランは心の中でのみ呟いて、その場を去る。

台所で水を飲み、ひと心地ついた後、居間に戻って洗濯物に手を伸ばす。取り込まれただけのそれをローテーブルに広げ、ソファに腰掛けて畳み始める。

ほどなくして、ジェルヴェが寝室から引き上げてきた。タオルとブラシを手に、セヴランの背後に回った彼は、慣れた仕草で灰色の髪を拭き始める。

ベッドが壊れたこと以外は、いつも通りの夜だった。

ジェルヴェがセヴランの髪の手入れをしたがるのもいつも通りだったので、セヴランはされるがままに髪をゆだねているのである。

「なあ」

セヴランがふと口を開いたのは、しばらくしてからだった。

「なに？」

「この後、どーすんだ？」

「ん？」

「ベッド壊れたし。客間のはひとり用だろ？　このソファと客間に分かれて寝るしかないよな？」

だから、どっちがどっちを使うか決めよう。セヴランは、そう続けたかったのだが。

「二人で客間を使う」

「はあ？　客間にソファ持ち込むのか？」

「いや、ベッドで」

「……狭いだろ？」

「でも、別々で寝るの無理だし」

「無理って。別々ったって、客間にソファを持ち込んで並べるんなら、すぐ隣じゃねーか」

セヴランは今度こそ呆れを隠さずに言い放つが、それでもジェルヴェは頑《がん》として受けつけない。

「近くにいるのに触れない距離とか、余計無理。一緒にベッドで寝る。いいだろ？　俺の実家で泊まった時も、ひとり用で二人で寝たじゃん」

ひとり用でも二人で寝られる事実を突きつけられてしまえば、それ以上否とは言えない。

「お前、やたら無理無理言うけど……無理ってか、嫌ってだけじゃねえか。わがままだろ！」

「無理でも嫌でもどっちでもいいけど。絶対分かれては寝ない。あんた抱っこして寝ないと寝た気にならない」

言葉尻を捉えた悪態も、開き直った態度ではねのけられる。結局セヴランは、客間のベッドに無理矢理押し込められたのである。


追い立てられてベッドに上がり、壁際に寝るセヴラン。その隣に滑り込んだジェルヴェの脇に入り込み、浅黒い手に舌を寄せる。指の股をぺろっと舐めて匂いをつけ、手のひらに頰をすり寄せてはまた舐める——強引な展開を腹立たしく思っていても、いつもながらの入眠儀式は欠かさない。

それを受けるジェルヴェは、ほっと安堵していた。

(怒っちゃってこれをしてくれないのが、一番怖いんだよなあ)

とはいえ実際は、そんな局面は今まで一度だって訪れていないのだ。どれだけ喧嘩《けんか》をして腹を立てようが、セヴランが家を飛び出したこともないし、共寝を避けたこともなければ、ジェルヴェを舐め

なかったこともない。

セヴランは、沸点が低くすぐに怒るくせに、相手を突き放したり諦めたりはしない情の深さを持っている。

それにずいぶんと助けられている、とジェルヴェは思う。

ジェルヴェの強情さやわがままに、辛抱強く付き合ってくれている。そのことにも感謝している。

それならば、多少控えればどうだ、とは自分でも思うのだが。

（無理無理。離れて寝るとか絶対無理）

それは譲《ゆず》れない。理屈ではない。番と離れるなんて耐えられない。それにそもそも、ジェルヴェが無理を通すことは、セヴランに関することだけだ。

だから諦めてくれ。というのも甘えなのだろうが。

（ごめんな）

絶対に口にはしない謝罪を、心の中では神妙に呟いて。お詫びのような優しさで、灰色の耳をついばむ。

（あんたを抱いたり抱き締めて一緒にいたりすること以外では、負担かけないからさ。掃除だって洗濯だって料理だって、なんだってしてやるし。仕事でも、もっとこき使ってくれて全然構わないんだし）

ひとしきり舐めて満足したのか。ジェルヴェの手に頬をあてたまま、セヴランが寝息を立て始める。

彼の耳を舐めていたジェルヴェは、自分よりもかなり細い身体を抱き込み直す。そして番の匂い――嗅ぐだけで多幸感に包まれるいい香りを胸一杯に吸い込むと、自分も眠るべく目を閉じた。

「はあ……、身体中ばっきばきだ」

軍の制服を着込み、二人揃って官舎を後にする。

宿舎へと続く木立を爽やかな風が吹き抜け、柔らかな朝陽がちらちらと木漏《こも》れ日を落としていた。

どうにも本調子ではないらしいセヴランは、歩きながら肩を回したり背を反らしたりしている。

理由はわかっている。

寝返りを打つにも不自由な狭いベッドで、二人でぎゅうぎゅうになって寝たせいだ。

ジェルヴェ自身も、筋肉が固まってしまって身体が痛い。それどころか、肩先と肘、おそらくは膝にも打ち身を作っている。

けれどそれを、彼はセヴランに隠していた。

狭いのをわかりながら、ひとり用のベッドに強引にセヴランを押し込めたのはジェルヴェ自身だ。

俺も身体が痛い、だのとほざける厚顔さはさすがにない。

(しかもそれ言ったら、嬉々《きき》として『分かれて寝る！』って言い出すだろうしなあ)

その時のセヴランの顔の輝き具合さえ、目に浮かぶようである。

(分かれてなんて、絶対寝ないからな)

そのためにも、セヴランの頭突きを食らってベッドから転がり落ちたことは、内緒にしなければならないのである。

落ちたと言えば心配してもらえるし、打ち身を見せればかわいそうがってくれるだろう。それは大変に気持ちがいい。

けれどそれが分かれて寝るための、更なる口実となってしまうのならば。

（すごい気遣って心配そうに眉をひそめて、『やっぱり分かれて寝た方がよくないか……？』とか言うんだろ？　わかってるよかわいいよきれいな顔だよ）

けれど、ジェルヴェを心配しての願いであっても、聞けないものは聞けない。それならば、そのかわいくてきれいな顔は見ない方がいいし、落ちたことそのものも、やはり内緒にしておいた方がいい。

「ぱっぱとメシ食って、民生課寄るからな」

ごきりと肩を鳴らしているセヴランが言いきるのに、ジェルヴェは否やなく頷く。

「あるといいな、在庫」

「なかったら、ベレンジェールの民生課にも駆け込んで輸送してやる。軍の荷駄車に載せてやるんだ。公私混同？　知るか！　曳くのは俺自身だ！」

今日の仕事先の街の名前を挙げて、セヴランは拳《こぶし》を固めている。

自分も身体を伸ばして筋肉を解きほぐしたい気持ちを隠しながら、ジェルヴェは深く頷いた。

はじめまして。「金色狼と灰色猫」をお手に取ってくださり、誠にありがとうございます。

この作品は四年前に、投稿サイトムーンライトノベルズ様に投稿したものとなります。細く長くシリーズを続けているうちに、こうして書籍としてまとめて頂けることとなりました。ずっと読み続けてくださった読者の方々、お目に留めてくださった編集部の方、イラストを担当してくださった榎本先生、編集や販売に携わって下さったすべての方々にお礼申し上げます。


「獣人国」と呼ばれるこのシリーズの売りは、上位種だと思います。本作品の主人公千裕がトリップ先で変化するのが、上位種と呼ばれる、五感や運動能力に優れた種族です。頑強さ故にほぼ攻め側に回る彼らは、受けを溺愛執着し、受けが死んだら後を追う——今にして思えば、作者が攻めに求める理想を詰め込んだ種族でした。

強くはあって欲しいけれど、先に死ぬのは攻めが好きなので短命で。受けが死んだ後に永らえさせるのは可哀相なので、後追いをする習性を付け加えて。

強いのに儚い。

今でも、私自身にとっては最高の攻め種族設定だなと感じています。

願わくば、読んで下さった方にも、好いていただける彼らでありますように。拙い箇所は多々ございますが、この世界を、少しでも楽しんでいただければ幸いです。

もしよろしければ、感想などいただけますと嬉しいです。お手紙も嬉しいですし、ウェブでしたら拍手やツイッターなどもございますので、どうぞ宜しくお願いします！

弊社ノベルズをお買い上げいただきありがとうございます。
この本を読んでのご意見、ご感想など下記住所「編集部」宛までお寄せください。

リブレ公式サイトで、本書のアンケートを受け付けております。
サイトにアクセスし、TOPページの「アンケート」から
該当アンケートを選択してください。
ご協力お待ちしております。

「リブレ公式サイト」
http://libre-inc.co.jp

金色狼と灰色猫

獣人国と番紋《つがいもん》

著者名　棕櫚
©Syuro 2018

発行日　2018年8月20日　第1刷発行

発行者　太田歳子

発行所　株式会社リブレ
〒162-0825 東京都新宿区神楽坂6-46
ローベル神楽坂ビル
電話03-3235-7405(営業)　03-3235-0317(編集)
FAX 03-3235-0342(営業)

印刷所　株式会社光邦

装丁・本文デザイン　須納瀬 純

Printed in Japan
ISBN 978-4-7997-3970-9